KB273301

국어 교과서 시 탐구 여행

일러두기

1. 2009 개정 중학교 검정 교과서 “국어①~⑥” 16종 96책에 수록된 시 가운데 89편을 엄선하여 수록하였습니다.
2. 작품의 표기는 원문에 충실히 따르는 것을 원칙으로 하되 맞춤법과 띄어쓰기는 현행 표기법을 따랐습니다.
3. 작품 감상과 이해에 필요한 내용을 상세하게 행간주로 달았으며 작품을 한눈에 파악할 수 있도록 각 연을 요약해서 제시했습니다.
4. 작품 본문의 어려운 어휘와 구절에 어휘 풀이와 구절 풀이를 달았습니다.
5. ‘생각 톡톡’을 통해 학생 스스로 작품을 입체적으로 감상해 볼 수 있도록 안내하였습니다.
6. 문학 작품을 한눈에 파악하고 쉽고 빠르게 이해할 수 있도록 핵심 내용들을 간결하게 정리하였습니다.
7. 작품을 감상하고 난 뒤에는 독서 기록장을 따로 작성하지 않고도 독서 이력을 쌓을 수 있게 ‘독서논술 콕콕’을 실었습니다.
8. ‘독서 퀴즈’를 재미있게 풀다 보면 작품을 더 잘 이해할 수 있고, 독서에 흥미를 불러일으킬 수 있습니다.
9. ‘어휘력 팡팡’은 작품에 등장한 핵심 어휘의 뜻을 확인하고 학생의 부족한 어휘력을 길러 줍니다.

국어 교과서
시 탐구 여행

한철우 한국교원대학교 명예교수 감수
OK통합논술연구소 편저

(주)교학사

머리말

국어는 만과(萬科)의 기초, 즉 모든 교과 학습의 기초가 된다고 합니다. 그리고 국어 공부의 중심은 독서에 있습니다. 독서는 문학 작품을 읽는 것과 설명문, 논설문 등을 읽는 것을 모두 포함합니다. 특히 문학 작품은 그 비중이 매우 크기 때문에 국어 공부에서 문학 감상 능력은 필수적입니다. 그러므로 국어 실력의 차이는 독서와 문학 감상의 실력에 비례한다고 볼 수도 있습니다.

독서와 문학 감상의 기초는 물론 국어 수업 시간에 배웁니다. 시 감상의 기초는 운율, 심상, 시의 짜임 분석 등이고, 소설의 주제, 구성, 배경, 인물과 사건, 복선 등에 관한 내용일 겁니다. 설명문과 논설문의 공부는 글의 짜임과 주제, 어휘 등이 주요 학습 내용입니다. 이런 내용의 학습은 국어 시간에 잘 듣고 이해하고 기억해야 합니다. 그것이 기초가 되기 때문입니다.

그러나 국어 실력의 향상은 이 기초만으로 되지 않습니다. 학습한 기초를 다지고 확장해야 합니다. 다른 작품의 반복적인 감상을 통해서 감상의 기초적인 내용을 다시 한 번 확인하여 적용하면서 잘 이해하고 있는지를 점검하고, 다시 또 다른 작품 감상으로 확장해야 합니다. 자기가 공부하는 국어 교과서의 작품 감상과 읽기만으로는 국어 능력이 향상되지 않습니다. 자전거를 타는 기초를 배웠으면 운동장에서만이 아니라 거리로 나가 실제 현장에서 많이 타 보아야 자전거 타는 실력이 향상되고 자전거 타기가 즐거워집니다. 국어 공부도 이 자전거 타기 원리와 같습니다. 즉 학교 수업 시간에 익힌 기초를 적용하고 확장하는 수많은 독서와 감상이 있어야 합니다. 다른 교과서의 모든 문학 작품과 설명문, 논설문을 읽음으로써 국어 공부의 만전을 기할 수 있을 것입니다.

독서와 문학 감상의 적용과 확장에는 상호 텍스트성이 있습니다. 이는 주제, 구성, 운율, 심상, 배경, 사건 등의 관련되는 다른 글과 문학 작품을 다양하게 감상하는 것입니다.

이 책은 국어 공부와 문학 감상의 기초 다지기, 상호 텍스트성의 원리를 바탕으로 편찬되었습니다. 현재 중학교에서 사용되는 16종의 모든 국어 교과서의 작품을 망라하여 독서와 문학 감상의 완벽을 기하도록 하였습니다. 교과서에 수록된 문학 작품과 글 자료들은 교과서 편찬자들이 신중에 신중을 기하고, 심혈을 기울여 엄선한 주옥같은, 국어 공부에 피와 살이 되는 작품들이므로 반드시 읽어야 합니다.

동서양을 막론하고 교과 학습의 기초는 국어와 수학입니다. 국어가 만과(萬科)의 기초가 된다는 사실을 학생들은 잊기가 쉽습니다. 이 국어 교과서 탐구 여행 시리즈 읽기를 통하여, 국어 능력을 키우고 다른 교과 학습의 기초를 튼튼히 하기 바랍니다.

2013년 2월
한국교원대학교 국어교육과 명예교수 한철우

1. 가족, 그 따스함으로

2. 사랑과 이별 앞에서

01

가족,
그 따스함으로

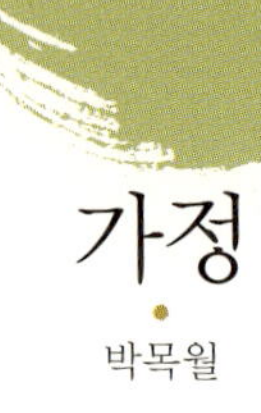

가정

박목월

지상에는
삶의 현실
아홉 켤레의 신발.
아홉 명의 자식
아니 현관에는 아니 들깐에는

아니 어느 시인의 가정에는

*알전등이 켜질 무렵을

*문수가 다른 아홉 켤레의 신발을.

1연 자식이 아홉인 어느 시인의 가정

내 신발은

십구 문 반
가장으로서의 책임감 상징
눈과 얼음의 길을 걸어,
고달픈 삶의 현실 ①
그들 옆에 벗으면

육 문 삼의 코가 납작한
막내의 신발 → 말하는 이의 신발(십구 문 반)과 대조
귀염둥아 귀염둥아

우리 막내둥아.

2연 삶의 고달픔과 자식에 대한 애정

미소하는

내 얼굴을 보아라.

얼음과 눈으로 벽을 짜 올린

여기는

지상.

연민한 삶의 길이여.

내 신발은 십구 문 반.

아랫목에 모인

아홉 마리의 강아지야.

강아지 같은 것들아.

굴욕과 굶주림과 추운 길을 걸어

내가 왔다.

아버지가 왔다.

아니 십구 문 반의 신발이 왔다.

아니 지상에는

아버지라는 어설픈 것이

존재한다.

『미소하는

내 얼굴을 보아라.』
『 』: 가족에 대한 사랑 → 현실 극복 의지   4연 가족에 대한 사랑으로 현실을 극복하려는 의지

* 들깐: 창고.
* 알전등: 알전구.
* 문수: 신 따위의 치수.

'동리 · 목월 문학관'을 방문하여 박목월의 생애와 작품 세계에 관련된 다양한 정보를 찾아보자. 

  박목월(1916~1978) 경상남도 고성에서 태어났으며, 본명은 영종이다. 1939년 "문장"에 '길처럼', '산그늘' 등을 발표하며 등단했다. 해방 후인 1946년에 조지훈, 박두진과 함께 합동 시집 "청록집"을 출간하면서 '청록파' 로 불리었다. 아세아 자유 문학상, 대한민국 문화 예술상 본상, 서울시 문화상, 국민 훈장 모란장 등을 수상했다.

  주요 저서로는 시집 "산도화", "산새알 물새알", "무순(無順)", "경상도의 가랑잎"과 수필집 "문학의 기술", "구름의 서정시", "밤에 쓴 인생론" 등이 있다.

● 작품 만나기

  1968년에 발표된 시집 "경상도의 가랑잎"에 수록된 '가정' 은 '가장으로서의 고달픈 삶과 가족에 대한 사랑' 이라는 일상적인 주제를 평범하고 쉬운 시어로 표현한 작품이다. 말하는 이와 자식들은 '신발' 에 비유하고, '고달픈 삶의 현실' 은 '눈과 얼음의 길' 과 같은 상징적인 시어로 형상화하고 있다.

  말하는 이는 '아버지라는 어설픈 것' 이라는 표현을 통해 가장으로서의 역할을 다하지 못함을 자책하고 있지만, '미소하는 / 내 얼굴을 보아라.' 와 같은 표현을 통해 누구보다 자식들을 사랑하는 아버지의 모습을 그리고 있다.

● 핵심 만나기

갈래	자유시, 서정시
성격	독백적, 상징적
제재	가장의 삶
주제	가장으로서의 고달픈 삶과 가족에 대한 사랑
특징	• 일상적이고 평범한 시어로 가장의 책임감과 가족에 대한 사랑을 노래함. • 시인이자 가장으로서 살아가는 고된 현실을 상징적 시어로 표현함. • 가장으로서의 책임감과 자식에 대한 사랑을 신발의 문수(치수)를 통해 시각적으로 표현함.

● '가정'의 말하는 이와 관련된 표현

직업	시인	어느 시인의 가정에는
가족 사항	자식이 아홉 명임.	문수가 다른 아홉 켤레의 신발
처지	고달프고 힘든 현실을 살아가고 있으며, 가장으로서의 자신의 삶에 연민을 느낌.	눈과 얼음의 길, 얼음과 눈으로 벽을 짜 올린, 연민한 삶의 길, 굴욕과 굶주림과 추운 길
태도	• 자식들에 대한 책임감과 애정이 있음. • 막내를 특히 귀여워함.	• 내 신발은 / 십구 문 반, 아홉 마리의 강아지야, 미소하는 / 내 얼굴을 보아라. • 귀염둥아 귀염둥아 / 우리 막내둥아.

● '가정'의 비유적 표현

- 아홉 켤레의 신발: 아홉 명의 자식
- 십구 문 반의 신발: 아버지, 가장으로서의 책임감

● '가정'의 공간적 배경

❶ 4연의 '미소하는 / 내 얼굴을 보아라.'에 담긴 의미를 생각해 보자.

❷ 말하는 이가 자식들을 '강아지'라고 부른 이유를 생각해 보자.

● 책 이름(출판사)   ● 지은이

● 인상 깊은 내용과 그 이유

● 읽고 난 후의 생각이나 느낌

✏️ 이 시의 중심 내용을 4컷 만화로 표현해 보자.

아버지의 마음

김현승

『바쁜 사람들도

굳센 사람들도

바람과 같던 사람들』도
『」: 평범하고 분주한 아버지의 일상
집에 돌아오면 아버지가 된다.

1연 아버지의 존재

『어린 것들을 위하여

난로에 불을 피우고

그네에 작은 못을 박는 아버지가 된다.

2연 아버지의 희생

저녁 바람에 문을 닫고
세파와 시련
낙엽을 줍는 아버지가 된다.』
『」: 아버지의 희생과 사랑을 형상화

3연 아버지의 사랑

세상이 시끄러우면

줄에 앉은 참새의 마음으로
자식의 앞날에 대한 아버지의 염려
아버지는 어린 것들의 앞날을 생각한다.

어린 것들은 아버지의 나라 다. – 아버지의 동포 다.

4연 자식의 장래를 염려하는 아버지

『아버지의 눈에는 눈물이 보이지 않으나

아버지가 마시는 술에는 항상

보이지 않는 눈물이 절반이다.』
『』: 아버지의 꿋꿋한 모습과 나약한 모습이 교차됨.
아버지는 가장 외로운 사람이다.

아버지는 비록 영웅이 될 수도 있지만……

5연 아버지의 고독

폭탄을 만드는 사람도
  폭력적 인간
감옥을 지키던 사람도
  억압적 인간
술가게의 문을 닫는 사람도
  타락한 인간
집에 돌아오면 아버지가 된다.

6연 아버지의 존재

아버지의 때는 항상 씻김을 받는다.
  어렵고 고된 삶   영혼의 정화
어린 것들이 간직한 그 깨끗한 피로……
  자식들에게서 위로받는 아버지 → 청교도적인 윤리 사상 반영

7연 고독을 치유받는 아버지

☐ : 가장 소중한 존재임을 강조

● 작가 만나기

김현승(1913~1975) 1934년 "동아일보"에 '쓸쓸한 겨울 저녁이 올 때 당신들은' 이라는 시를 발표하면서 등단했다. 초기에는 일제 치하에서 강인한 의지로 민족적 희망을 노래하는 시를 썼으나, 광복 후에는 청교도적인 사상을 바탕으로 하여 절대자와 고독한 인간과의 대화, 문명화된 시대 상황, 사랑, 신앙 등에 대한 탐구를 노래했다. 시집으로는 "김현승의 시초(時抄)", "옹호자의 노래", "견고한 고독", "절대 고독" 등이 있다.

● 작품 만나기

'아버지의 마음' 은 가족에 대한 아버지의 헌신적인 사랑이라는 평범한 삶의 모습을 기독교적 세계관을 바탕으로 담담하게 그리고 있다.

1연에서는 일상적이고 평범한 아버지의 존재에 대해 이야기한다. 2연과 3연, 4연에서는 비바람을 막아 주는 '집' 처럼 가족을 위해 헌신하는 아버지의 모습을 그려 내고 있다. 7연은 이 시의 핵심 연이라 할 수 있는데, 아버지의 노고와 깊은 고독이 자식들의 순수하고 올바른 성장으로 인해 보상받음을 이야기한다.

이 시는 존재의 고독과 구원을 주로 노래한 지은이의 후기 작품이다. 아버지라는 존재를 통해 절망적인 고독이 아니라 인생을 재발견하기 위한 자기성찰적 고독을 탐구하는 지성적 · 철학적인 시로 평가된다.

● 핵심 만나기

갈래	자유시, 서정시
성격	서정적, 서술적, 비유적, 상징적
제재	아버지
주제	가족에 대한 아버지의 헌신적인 사랑과 고독
특징	• 비유적이고 상징적인 심상이 돋보임. • 평범한 시어를 통해 친근함을 주고 반복법과 열거법을 사용해 아버지의 헌신과 고독을 구체적으로 표현함.

● '아버지의 마음'의 짜임

1연	평범하고 일상적인 아버지의 존재
2연	자식을 위한 아버지의 희생
3연	세파로부터 자식을 보호하는 아버지의 사랑
4연	자식의 앞날에 대해 걱정하는 아버지
5연	고단한 삶을 사는 아버지의 외로움
6연	일상적인 아버지의 존재
7연	자식을 통해 고독을 치유하는 아버지

● '때'와 '씻김'의 의미

시어	일반적 의미	'아버지의 마음'에서의 의미
때	부정적이고 불결한 것	아버지의 어렵고 고된 삶을 의미
씻김	죽은 이의 영혼을 깨끗이 씻어 주어 이승에서 맺힌 원한을 풀게 하는 것	자식들로부터 위안을 얻은 아버지의 영혼이 정화됨을 의미함. 아버지의 힘듦과 고독이 자식들을 통해 극복됨을 비유적으로 표현함.

● '아버지의 마음'에 나타난 청교도적 사상

- **대표 구절**: 어린 것들이 간직한 그 깨끗한 피
- **청교도적 사상**: 아버지의 외로움을 치유할 수 있는 것은 '어린 것들의 순수한 피', 다시 말해서 자식들의 올바른 성장과 순수밖에 없음을 강조한 구절이다. 순수한 마음과 올바른 성장이라는 청교도적인 윤리 사상을 반영하고 있다.

❶ 5연의 '보이지 않는 눈물'로 추측할 수 있는 아버지의 삶에 대해 생각해 보자.

❷ 어린 자식을 '나라', '동포'에 비유한 까닭을 생각해 보자.

● 책 이름(출판사)　　　　　　　　　● 지은이

● 인상 깊은 내용과 그 이유

● 읽고 난 후의 생각이나 느낌

자신이 알고 있는 노래의 가사를, 이 시를 읽고 난 후의 생각이나 느낌이 잘 드러나도록 바꾸어 보자.

반중 조홍감이

박인로

*반중(盤中) *조홍감이 고아도 보이나다.
돌아가신 부모님을 떠올리게 한 매개체

『유자 안이라도 품엄 즉도 하다마난』
아니라도　　　　　　　『』: 회귤 고사 인용

『품어 가 반기리 업슬새 글노 설워하나이다.』
반길 이 → 부모　　　그것으로　　『』: 풍수지탄

초장	조홍감을 접대받음.
중장	회귤 고사를 떠올림.
종장	돌아가신 부모를 떠올리며 탄식함.

현대어 풀이

소반에 놓인 붉은 감이 곱게도 보이는구나.

비록 유자가 아니라도 품어 갈 마음이 있지마는

품어 가도 반가워해 주실 부모님이 안 계시니 그를 서러워합니다.

* 반중: 소반 가운데.
* 조홍감: 일찍 익은 붉은 홍시.

　박인로(1561~1642) 조선 선조에서 인조 때 활동한 문인이다. 호는 노계(蘆溪)
이며, 13세 때 한시 '대승음(戴勝吟)'을 짓는 등 글 짓는 솜씨가 뛰어났다. 임진왜란
이 일어나자 수군에 종군하여 공을 세우고 벼슬을 지내다가 낙향하여 글을 지으며
세월을 보냈다. 시문에 뛰어나 송강 정철, 고산 윤선도와 더불어 우리 시가 문학의
삼고봉(三高峰)이라 평가받는다. '누항사', '독락당', '선상탄', '태평사' 등 가사 9
편과 교훈적인 내용을 담은 시조 73편이 문집 "노계집"에 실려 있다.

● 작품 만나기

　'반중 조홍감이'는 지은이가 소반에 담아서 내온 홍시를 보고 돌아가신 어머
니를 생각하며 지은 시로 알려져 있다. 맛있는 음식을 보고 돌아가신 부모를 떠올
리고 탄식하는 데서 충효로 일관된 지은이의 유교 사상을 엿볼 수 있다. 풍수지탄
의 마음을 중국 삼국 시대 육적의 고사와 비교한 것도 유학자다운 취향이라 할 수
있다.

　이덕형이 지은이에게 '조홍시가' 첫 수를 들은 뒤 나머지 3수를 더 짓도록 하여
'조홍시가' 4수가 완성되었다고 전해지는데, 이 중 '반중 조홍감이'로 알려진 첫째
수가 가장 알려져 있다. 각 수는 통일성은 없으나 유학자로서의 사상과 가치관이
짙게 배어 있는 것이 특징이다.

● 핵심 만나기

갈래	정형시, 고시조
성격	유교적, 교훈적, 사친가
제재	감
주제	지극한 효심 / 부모를 그리워하는 마음
특징	• 육적의 회귤(懷橘) 고사를 인용하여 효를 강조함. • 부모님이 돌아가셔서 효를 다하지 못함을 서러워하는 풍수지탄의 대표적인 시조라 할 수 있음.

⊙ '반중 조홍감이'의 짜임

초장	조홍감을 접대받음.
중장	육적의 회귤(懷橘) 고사를 떠올림.
종장	이미 돌아가신 부모님을 생각하며 탄식함.

⊙ 육적의 '회귤' 고사

　중국 삼국 시대 오나라의 육적은 여섯 살 때 원술이라는 사람을 찾아갔다가 귀한 귤을 대접받았다. 육적은 그중 세 개를 먹지 않고 몰래 품속에 숨겼는데, 인사를 하고 나오다 떨어뜨려 원술에게 들키고 말았다.

　원술이 그 사연을 묻자, 육적은 귀한 귤이니 집에 가지고 가서 어머니께 드리려고 했다고 대답했다. 이에 원술을 비롯한 많은 사람들이 육적의 지극한 효심에 감동했다. 이 일을 두고 육적이 귤을 품었다 하여 '회귤' 또는 '육적 회귤'이라 했고, 이때부터 '부모에 대한 효심'을 뜻하는 고사로 사용되었다.

⊙ '조홍시가'의 구성

- 1수: 회귤 고사를 인용하여 효도를 다하지 못해 후회하는 심정을 노래하고 있다.
- 2수: 효자들의 고사를 인용하여 효도를 다짐하고 있다.
- 3수: 나이 드신 부모님이 더디 늙으시기를 바라는 심정을 노래하고 있다.
- 4수: 현인군자와 교유하는 유학자로서의 자긍심을 노래하고 있다.

❶ 이 시조에서 돌아가신 부모님을 떠올리게 한 소재를 생각해 보자.

❷ 이 시조에서 강조하고 있는 가치관을 생각해 보자.

● 책 이름(출판사)　　　　　　　　　　　● 지은이

● 인상 깊은 내용과 그 이유

● 읽고 난 후의 생각이나 느낌

✏ 이 시를 읽고 난 후 '효'에 대한 자신의 생각을 써 보자.

봉선화

김상옥

비 오자 장독간에 봉선화 반만 벌어
해마다 피는 꽃을 나만 두고 볼 것인가.
세세한 사연을 적어 누님께로 보내자.

1수 봉선화를 보고 누님을 생각함.

누님이 편지 보며 하마 울까 웃으실까.
눈앞에 *삼삼이는 고향 집을 그리시고
손톱에 꽃물 들이던 그 날 생각하시리.

2수 편지를 보는 누님을 상상함.

양지에 마주 앉아 실로 찬찬 매어 주던
하얀 손 가락 가락이 연붉은 그 손톱을
지금은 꿈속에 본 듯 힘줄만이 서노라.

3수 어린 시절을 회상함.

□ : 색채의 대비(시각적 심상)

* 삼삼하다: 잊히지 않고 눈앞에 보이는 듯 뚜렷하다.

● 작가 만나기

김상옥(1920~2004) 경상남도 충무에서 태어났으며, 호는 초정(草汀)이다. 1939년 김용호, 함윤수 등과 함께 "맥"의 동인으로 활동했으며, 시조 '봉선화'가 "문장"의 추천을 받았다. 1941년 "동아일보" 신춘문예에 시조 '낙엽'이 당선되어 본격적인 작품 활동을 시작했다. 마산 고등학교, 부산 여자 고등학교 등에서 교사로 재직하였고, 1980년에는 대한민국 제1회 노산 문학상을 수상했다. 해방 후, 시와 시조의 창작에 전념하며 세련된 시어로 아름다운 작품들을 계속 발표했다. 시집으로 "초적", "고원의 곡", "이단의 시", "목석의 노래" 등이 있다.

● 작품 만나기

'봉선화'는 친근한 봉선화를 소재로 하여 어린 시절에 대한 추억과 그리움을 노래하고 있는 현대 시조이다. 이 시조에는 두 가지 그리움이 나타나는데, 하나는 집을 떠나 있는 누님에 대한 그리움이고, 또 하나는 누님과 함께 손톱에 꽃물을 들이며 놀던 평화로운 어린 시절에 대한 그리움이다.

많은 시간이 흘러 어른이 된 '나'는 다시는 그 시절로 돌아갈 수 없기 때문에 어린 시절의 기억들을 더욱 아름답게 여기고 있다. 다시 말해 이 시조는 매우 평범하다고 할 수 있는 어린 시절의 경험을 통해 순수했던 그 시절에 대한 간절한 그리움을 나타내고 있는 것이다. '봉선화'라는 평범한 소재에서 누님을 떠올리고, 그것으로부터 어린 시절을 추억하는 자연스러운 이야기의 흐름이 잘 살아 있는 작품이다.

● 핵심 만나기

갈래	정형시(현대 시조, 연시조), 서정시
성격	향토적, 회상적
제재	봉선화
주제	누님과 손톱에 봉선화 꽃물을 들이던 어린 시절에 대한 추억
특징	• 4음보의 규칙적인 운율이 나타남(외형률). • 현재(1수) → 상상(2수) → 회상+현재(3수)의 구성임.

● '봉선화'의 짜임과 주요 내용

구분	1수	2수	3수
정서	그리움	그리움	그리움
정서를 뒷받침하는 소재	장독간, 봉선화	편지, 고향 집, 꽃물	연붉은 손톱
주요 내용	봉선화를 보고 누님을 생각함(현재).	편지를 읽는 누님을 상상함(상상).	어린 시절을 회상함 (회상+현재).

● 고시조와 현대 시조

현대 시조는 흔히 개화기 이후의 시조를 말한다. 전통적인 고시조를 잇고 있으나 주제와 내용, 형식, 지은이 등에서 차이를 보인다.

우선 주제와 내용면에서 고시조는 충효, 의리, 자연의 경치 등 추상적인 내용이 대부분이다. 하지만 현대 시조는 개인적인 생활이나 마음을 자유롭게 표현한다.

형식적으로 고시조는 엄격하게 정해진 형식을 따르지만, 현대 시조는 시행을 배열하는 것이 비교적 자유롭고, 연시조가 많으며, '봉선화' 처럼 제목이 있는 작품이 많다.

지은이를 살펴보면 고시조는 양반 사대부를 중심으로 창작되었고, 조선 후기에 와서는 평민, 부녀자 계층까지 참여했다. 하지만 현대 시조는 주로 전문적인 시조 작가가 창작한다.

● 이 시조의 소재를 통해 말하는 이가 그리워하는 대상을 생각해 보자.

● 책 이름(출판사)　　　　　　　　　● 지은이

● 인상 깊은 내용과 그 이유

● 읽고 난 후의 생각이나 느낌

✏ 그리운 대상에게 하고 싶은 이야기를 편지 형식에 맞게 써 보자.

시집살이 노래

작자 미상

『형님 온다 형님 온다 분고개로 형님 온다.』
형님 마중 누가 갈까 형님 동생 내가 가지.

형님 형님 사촌 형님 시집살이 어떱데까?

이애 이애 그 말 마라 시집살이 개집살이.

앞밭에는 당추 심고 뒷밭에는 고추 심어,

고추 당추 맵다 해도 시집살이 더 맵더라.

둥글둥글 수박 식기 밥 담기도 어렵더라.

도리도리 도리 소반 수저 놓기 더 어렵더라.

오 리 물을 길어다가 십 리 방아 찧어다가

아홉 솥에 불을 때고 열두 방에 자리 걷고

외나무다리 어렵대야 시아버님같이 어려우랴.

나뭇잎이 푸르대야 시어머니보다 더 푸르랴.

시아버지 호랑새요 시어머니 꾸중새요,

동서 하나 할림새요 시누 하나 뾰족새요,

시아재비 뾰중새요 남편 하나 미련새요,

자식 하난 우는 새요 나 하나만 썩는 샐세.

『』: A·A·B·A의 반복적 운율

기 형님에 대한 반가움과
시집살이에 대한 호기심

해학적 언어 유희

고추

수박처럼 둥글게 생긴 밥그릇

둥글고 작은 밥상

호랑이처럼 무서움.

고자질을 잘함.

성격이 모나고 까다로움.

퉁명스러움.

속이 썩음.

귀먹어서 삼 년이요 눈 어두워 삼 년이요,

말 못해서 삼 년이요 석 삼 년을 살고 나니,
  9년
배꽃 같던 요 내 얼굴 호박꽃이 다 되었네.

삼단 같던 요 내 머리 비사리 춤이 다 되었네.
  싸리의 껍질
백옥 같던 요 내 손길 오리발이 다 되었네.

열새 무명 반물치마 눈물 씻기 다 젖었네.
  아주 고운 무명
두 폭 붙이 행주치마 콧물 받기 다 젖었네.

울었던가 말았던가 베갯머리 소이 졌네.
  베갯머리에서 흘린 눈물이 연못을 이룸.
그것도 소이라고 거위 한 쌍 오리 한 쌍
  자식들을 비유
쌍쌍이 떼 들어오네.

서　시집살이의 고달픔.

결　시집살이에 대한 해학적인
　　체념과 순응

* 춤: 가늘고 긴 물건을 한 손으로 쥘 만한 양.
* 반물: 검은빛을 띤 짙은 남빛.
* 소: 늪이나 작은 연못.

● 작품 만나기

　‘시집살이 노래’는 여성들이 부르던 민요, 즉 부요(婦謠)이다. 봉건적 가족 관계 속에서 겪는 서민층 여성의 고통과 좌절, 허무와 애환이 적나라하게 반영되었으며, 한국 민요의 특성인 삶의 진솔함과 소박함이 잘 드러나 있다. 이런 ‘시집살이 노래’는 전국에 분포되어 있으며, 내용은 조금씩 다르다. 경상북도 경산 일대에서 채록한 이 노래는, 일상어로 되어 있으면서도 언어의 묘미를 잘 살리고 있으며, 짙은 한(恨)과 함께 해학성이 응축되어 있는 작품이다.

　이 노래에는 여러 가지 표현법이 다양하게 나타나고 있다. 사촌 자매가 대화하는 방식으로 시작할 뿐 아니라 각 행마다 대구와 대조, 반복과 열거 등 다양한 표현 방법을 사용하는 것이 특징이다. 시댁 식구와 자기 자신을 새에 비유하고, 자식들을 거위, 오리에 비유해서 해학적으로 표현한 것 또한 흥미롭다. 이런 다양한 표현은 이 민요가 구전되는 과정에서 자연스럽게 다듬어진 것이다.

● ‘시집살이 노래’에 드러난 조선 후기의 특성

　조선 후기는 전통적인 유교 이념이 정착되어 이에 대한 반론을 억압한 사회였다. 따라서 여러 방면에서 그 모순에 대한 지적과 새로운 가치관의 모색이 나타났다. 판소리 · 사설시조 · 서민 가사 등도 그러한 억압에 대한 모순을 드러내는 문학 장르였다. ‘시집살이 노래’는 당시 서민 여성의 생활을 현실감 있게 표현함으로써, 대립과 갈등을 드러내고 비판과 해결을 모색한 작품이라 할 수 있다.

● 핵심 만나기

갈래	민요, 부요(婦謠)
성격	여성적, 서민적, 풍자적, 해학적
제재	시집살이
주제	시집살이의 어려움 / 시집살이의 한
특징	• 동생과 시집간 형님과의 대화 형태로 시작함. • 반복, 대구, 대조, 열거 등 다양한 표현법을 사용함. • 서민들의 소박한 삶과 애환이 잘 드러나 있음.

● 노동요로서의 '시집살이 노래'

창작 목적	부녀자들이 일을 하면서 부른 노동요로, 길쌈·빨래·바느질·취사·밭매기 등을 할 때 두루 불림. 길쌈이나 빨래 같은 일들은 모두 오랜 시간 혼자서 계속적으로 해야 하는 단조로운 작업이라는 특징이 있음. 따라서 지루하고 힘겨운 노동 시간에 노래를 곁들임으로써 무료함을 달래고 일의 효율도 높임.
노래 형태	노랫가락은 부르는 사람에 따라 약간의 차이가 있기는 하나 대개 읊조리는 식이어서 다채로운 변화가 적음. 대신 지루하고 단조로운 일을 하는 긴 시간 동안 계속할 수 있도록 길고 다양한 사설로 되어 있으며 서사적, 서정적 양식을 아우르고 있음.

● '시집살이 노래'와 '내방 가사'의 비교

구분		시집살이 노래	내방 가사
공통점		유교적인 봉건 사회에서 여성이 겪는 불행을 여성 스스로가 표현하고 있음.	
차이점	향유 계층	평민층의 부녀자	양반 사대부의 부녀자
	말하는 이	자신의 감정을 진솔하게 표현하는 소박한 여성	자신의 감정을 억제하고 통제하는 인고의 자세를 지닌 여성
	내용	부당한 시집살이에 대한 고발	부당한 시집살이를 눈물과 한숨으로 참고 견디는 규방 생활

❶ '시집살이 노래'는 주로 어떤 상황에서 불렀을지 생각해 보자.

❷ 이 노래에 표현된 시댁 식구들은 어떤 사람들일지 생각해 보자.

● 책 이름(출판사)　　　　　　　　　● 지은이

● 인상 깊은 내용과 그 이유

● 읽고 난 후의 생각이나 느낌

이 노래를 부르던 시대에 비해 현대 사회에 와서 여성의 삶이 어떻게 달라졌는
지 써 보자.

성탄제

김종길

『어두운 방 안에
　　　춥고 힘든 현실
바알간 숯불이 피고』　『』: 시각적 심상
　　빨간(시적 허용)

1연　어두운 방 안의 모습

외로이 늙으신 할머니가

애처로이 잦아드는 어린 목숨을 지키고 계시었다.
　　병에 걸린 어리고 연약한 '나'

2연　병든 '나'를 돌보는 할머니

이윽고 눈 속을
　　아버지의 시련
아버지가 약을 가지고 돌아오시었다.
　　산수유 열매

3연　약을 구해 온 아버지

『아, 아버지가 눈을 헤치고 따 오신

그 붉은 산수유 열매─』　『』: 시각적 심상
　　아버지의 정성, 사랑

4연　아버지가 따 온 산수유 열매

나는 한 마리 어린 짐승

젊은 아버지의 『서느런 옷자락에

열(熱)로 상기한 볼』을 말없이 부비는 것이었다.
　『』: 촉각적 심상　　　　비비는(시적 허용)

5연　'나'를 향한 아버지의 사랑

이따금 뒷문을 눈이 치고 있었다.
과거 회상의 매개체
그날 밤이 어쩌면 성탄제의 밤이었을지도 모른다.
아버지의 사랑을 예수의 사랑과 연관 지음.　6연　눈이 오는 성탄제 무렵의 밤
(과거 → 현재)

어느새 나도
현재의 말하는 이(어른)
그때의 아버지만큼 나이를 먹었다.
7연　어른이 된 '나'

옛것이라곤 찾아볼 길 없는
정, 따뜻함.
성탄제 가까운 도시에는
시간적·공간적 배경
이제 반가운 그 옛날의 것이 내리는데,
눈 → 아버지의 사랑을 떠올리게 함.　8연　눈이 오는 성탄제 무렵의 도시

서러운 서른 살, 나의 이마에

불현듯 아버지의 서느런 옷자락을 느끼는 것은,
9연　아버지의 사랑을 회상하는 '나'

『눈 속에 따 오신 산수유 붉은 알알이　『 』: 시각적 심상

아직도 내 혈액 속에 녹아 흐르는 까닭일까.』
생명, 마음　10연　아버지의 사랑에 대한 그리움

● 작가 만나기

　김종길(1926~) 본명은 치규이며, 1926년 경상북도 안동에서 태어났다. 1947
년 "경향신문" 신춘문예에 시 '문' 이 입상하여 등단했으며, 이후 시인과 시론가로
활발하게 활동했다. 목월 문학상과 청미 문학상, 이육사 시문학상 등을 수상했다.
저서로는 시집 "성탄제", "하회에서", "황사 현상" 등이 있고, 시론·평론집으로
"시론", "진실과 언어", "한국 시의 위상" 등이 있다.

● 작품 만나기

　'성탄제' 는 전체 10연으로 이루어진 시로, 1~6연까지는 말하는 이의 어린 시절
에 대한 회상이, 7~10연까지는 어린 시절을 회상하는 어른으로서의 삶이 대칭적으
로 구성된 작품이다. 시의 전반부에서 어린 시절의 '나' 는 열병을 앓고 있다. 그때
아버지가 눈을 헤치고 따 온 '붉은 산수유 열매' 는 아들에 대한 아버지의 사랑을 나
타낸다. 시의 후반부에서 어른이 된 말하는 이는 열병을 앓던 어린 시절에 느꼈던
아버지의 사랑을 그리워하고 있다. 말하는 이의 어린 시절의 기억을 되살려 준 것
은 성탄제 무렵 도시의 밤에 내린 눈의 '서느런' 감촉이다. 말하는 이는 이것으로
인해 어린 시절 아버지의 '서느런 옷자락' 을 떠올린다.

　이 시에서 '성탄제' 는 예수의 탄생, 즉 서구의 화려한 기념일이 아니라 어린 시
절의 따뜻한 기억과 아버지에 대한 사랑을 다시 한 번 깨닫게 하는 매개체다.

● 핵심 만나기

갈래	자유시, 서정시
성격	회상적, 고백적, 문명 비판적
제재	아버지의 사랑
주제	아버지의 순수하고 따뜻한 사랑에 대한 그리움
특징	• 과거에서 현재로 시간적 순서에 따라 시가 전개됨. • 시의 전반부(1~6연)와 후반부(7~10연)가 시간적인 대칭 구조를 이룸. • 심상(시각, 촉각)과 색채 대비를 통해 생생한 느낌을 전달함.

● **'성탄제'에 나타난 대비**

• 시각적 심상의 대비

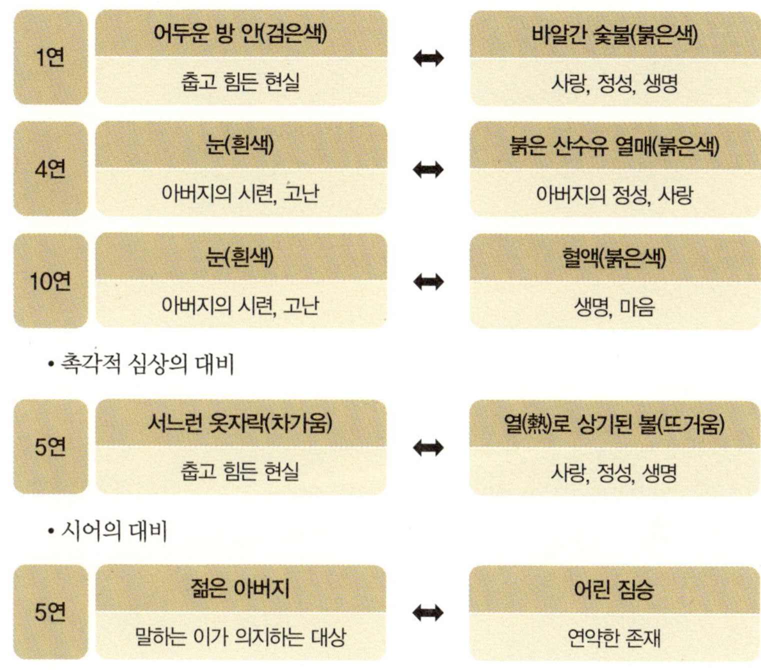

• 촉각적 심상의 대비

• 시어의 대비

● **아버지에 대한 그리움이 된 '열병'**

어린 시절의 말하는 이는 성탄제 무렵의 어느 날 밤에 열병을 앓았고 아버지가 눈을 헤치고 따 오신 산수유 열매 때문에 회복할 수 있었다. 아버지만큼 나이를 먹은 현재의 '나'에게 열병은 이제 아픔이 아니라 아버지를 향한 그리움이다.

● 이 시에서 아버지가 눈을 헤치고 따 오신 산수유 열매의 의미를 써 보자.

● 책 이름(출판사)　　　　　　　　　● 지은이

● 인상 깊은 내용과 그 이유

● 읽고 난 후의 생각이나 느낌

✏ 이 시를 읽고 가장 인상 깊은 장면을 떠올려 그림을 그려 보자.

어떤 귀로

박재삼

새벽 서릿길을 밟으며

어머니는 장사를 나가셨다가

촉촉한 밤이슬에 젖으며
촉각적 심상
우리들 머리맡으로 돌아오셨다.

1연 어머니의 고된 삶

『선반엔 꿀단지가 채워져 있기는커녕
'먼지' 와 대조
먼지만 뿌옇게 쌓여 있는데,』 『』: 대립적 시어로 가난한 상황을 강조

빚으로도 못 갚는 땟국물 같은 어린것들이
돌보지 못한 자식들
방 안에 제멋대로 뒹굴어 자는데,

2연 가난한 집안과 아이들의 모습

보는 이 없는 것,

알아주는 이 없는 것,

이마 위에 이고 온

별빛을 풀어 놓는다.

소매에 묻히고 온

달빛을 털어 놓는다.

3연 어머니의 무조건적인 희생과 사랑

□ : 시각적 심상으로 어머니의 사랑의 숭고함을 형상화

● **작가 만나기**

　박재삼(1933~1997) 1953년 시조 ‘강가에서’로 "문예"에 추천을 받아 등단했다. ‘춘향이 마음’과 ‘울음이 타는 가을 강’과 같은 시를 통해 한국 서정시의 향토적 서정을 재현했고, 소박한 일상생활과 자연에서 소재를 찾아 섬세하면서도 절제된 가락을 만들어 냈다. 또한 슬픔이라는 근원적인 정서에 한국적 정한의 세계를 보여 줌으로써 삶의 지혜와 감동을 전달했다. 현대 문학 신인상, 문교부 문예상, 인촌상, 한국 시협상, 한국 문학 작가상 등을 수상했고, 1997년에는 ‘은관 문화 훈장’을 받았다. 저서로는 시집 "춘향이 마음", "천년의 바람", "뜨거운 달", 수필집 "아름다운 삶의 무늬" 등이 있다.

● **작품 만나기**

　‘어떤 귀로’는 자식들을 위해 희생하고 헌신하는 어머니의 숭고한 사랑을 형상화한 작품이다. 가난한 형편 속에서 이른 새벽부터 밤늦게까지 어린 자식들을 위해 일하는 어머니의 숭고한 사랑을 ‘별빛’, ‘달빛’이라는 아름다운 시어를 사용하여 형상화했다.

　각 연마다 대구 형식의 문장 구조를 반복해 운율을 만들어 냈고, ‘어머니 → 어린 것들 → 어머니’로 이어진 시적 대상의 변화를 통해 말하는 이의 정서와 주제를 더 효과적으로 나타냈다. 또한 ‘선반 위의 꿀단지’, ‘먼지’를 대립적 시어로 사용해 존재와 부재, 인간과 물질을 대조했다.

● **핵심 만나기**

갈래	자유시, 서정시
성격	감각적, 애상적, 회상적
제재	어머니의 희생
주제	어머니의 숭고한 사랑에 대한 회상
특징	• 대구 형식의 문장의 반복을 통해 운율을 만들고, 시적 긴장감을 유지함. • 촉각적 심상을 통해 어머니의 고단한 삶을, 시각적 심상을 통해 자식을 향한 어머니의 사랑을 형상화함.

● '어떤 귀로'의 짜임

1연	새벽부터 밤늦게까지 일하는 어머니의 고달픈 삶
2연	가난한 집안 모습과 보살핌을 받지 못한 어린 자식들을 바라보는 어머니의 안타까운 심정
3연	알아주는 이 하나 없는 어머니의 고생과 무조건적이고 헌신적인 사랑

● '어떤 귀로'의 시적 의미 전개 과정

선반 위의 먼지		새벽 서릿길, 밤이슬		별빛, 달빛
어머니와 말하는 이가 처해 있는 고달프고 힘겨운 상황을 의미	➡	자식들을 위해 밤늦게까지 일하는 어머니의 고달픈 삶을 의미	➡	자식들을 위한 어머니의 숭고한 사랑과 희생을 의미

● '말하는 이'와 '시적 대상'의 전환

- 말하는 이의 변화

우리들(1연)	➡	어머니(2연)	➡	관찰자(3연)

- 시적 대상의 변화

어머니(1연)	➡	우리들(2연)	➡	어머니(3연)

❶ 이 시의 3연에서 '별빛'과 '달빛'에 담긴 의미를 생각해 보자.

❷ 이 시의 말하는 이가 어머니에 대해 어떻게 생각하는지 써 보자.

● 책 이름(출판사)　　　　　　　　　　● 지은이

● 인상 깊은 내용과 그 이유

● 읽고 난 후의 생각이나 느낌

✎ 지은이에게 하고 싶은 말이나 궁금한 점 등을 두 가지 이상 질문하고, 그 질문에 지은이가 되어 대답하는 내용도 써 보자.

엄마 걱정

기형도

열무 삼십 단을 이고

시장에 간 우리 엄마

안 오시네, 해는 시든 지 오래

나는 찬밥처럼 방에 담겨

아무리 천천히 숙제를 해도

엄마 안 오시네, 배추 잎 같은 발소리 타박타박

안 들리네, 어둡고 무서워

금 간 창틈으로 고요히 빗소리

빈방에 혼자 엎드려 훌쩍거리던

아주 먼 옛날

지금도 내 눈시울을 뜨겁게 하는

그 시절, 내 유년의 윗목

● 작가 만나기

기형도(1960~1989) 인천 옹진군 연평도에서 태어났다. 대학 재학 중 박영준 문학상과 윤동주 문학상을 수상했으며, 1985년 "동아일보" 신춘문예에 시 '안개'가 당선되면서 문단에 공식적으로 등단했다. 1989년 3월 시집 출간을 준비하던 중 종로의 한 극장 안에서 뇌졸중으로 숨진 채 발견되었다.

대표 저서로는 유고 시집인 "입 속의 검은 잎", 산문집 "짧은 여행의 기록", "기형도 전집" 등이 있다.

● 작품 만나기

'엄마 걱정'은 지은이가 자신의 어린 시절에 대한 회상을 바탕으로 하여 쓴 자전적 작품이다. 이 시의 말하는 이로 설정된 '나'는 가난했던 어린 시절 시장에 간 어머니를 기다리던 자신의 모습과 심정을 떠올리고 있다. 1연에는 캄캄해지도록 돌아오지 않는 어머니를 기다리던 무섭고 외로운 기억이, 2연에는 그런 어린 시절을 떠올리며 느끼는 쓸쓸함과 서글픔이 그려져 있다. 특히 2연에서는 유년기를 차가운 '윗목'에 비유함으로써 말하는 이의 유년기가 그처럼 외롭고 슬펐음을 밝히고 있다.

이 시는 어둡고 무거운 분위기를 형성하는 시간적 배경과 감각적 심상들을 사용하여 말하는 이가 지닌 정서를 생생하게 표현하고 있다.

● 핵심 만나기

갈래	자유시, 서정시
성격	감각적, 회상적
제재	가난했던 어린 시절
주제	엄마를 혼자 기다리던 외로운 어린 시절에 대한 회상
특징	• 어른이 된 '나'가 어린 시절을 회상하는 구조로 되어 있음. • 시각적 · 촉각적 · 공감각적 심상을 사용함. • 의도적으로 문장의 행을 달리하여 나눔으로써 종결되지 않게 함. • 비슷한 문장의 반복을 통해 운율감을 형성하고 의미를 심화시킴.

● **'엄마 걱정'의 정서와 분위기**

시어와 시구	정서와 분위기
찬밥, 윗목	차가움
어둡고 무서워, 금 간 창틈, 고요히 빗소리	무서움
엄마 안 오시네, 빈방에 혼자 엎드려 훌쩍거리던	외로움과 슬픔

↓

쓸쓸하고 외로운 '나'의 정서와 차갑고 무서운 분위기를 나타냄.

● **'엄마 걱정'에 나타나는 감각적 심상**

- 시각적 심상: 해는 시든 지 오래, 금 간 창틈
- 청각적 심상: 고요히 빗소리
- 촉각적 심상: 찬밥처럼, 눈시울을 뜨겁게 하는, 유년의 윗목
- 공감각적 심상: 배추 잎 같은 발소리 타박타박

● **'찬밥'과 '윗목'의 의미**

- 한창 어머니의 보살핌과 사랑을 받지 못하고 가난한 삶으로 인해 하루 종일 빈 방에 혼자 지낼 수밖에 없었던 어린 '나'의 외로운 처지를 비유한 것이다.
- 가난으로 인해 쓸쓸하고 외로웠던 유년 시절을 차가움의 이미지로 나타내고 있다.

❶ 이 시에서 느껴지는 어린 '나'의 상황과 정서를 생각해 보자.

❷ 이 시에서 떠오르는 어머니의 모습을 생각해 보자.

● 책 이름(출판사) ● 지은이

● 인상 깊은 내용과 그 이유

● 읽고 난 후의 생각이나 느낌

✏ 이 시의 내용과 비슷한 나의 경험을 떠올려 써 보자.

찬밥

문정희

아픈 몸 일으켜 혼자 찬밥을 먹는다

찬밥 속에 *서릿발이 목을 쑤신다

부엌에는 각종 전기 제품이 있어

일 분만 단추를 눌러도 따끈한 밥이 되는 세상

찬밥을 먹기도 쉽지 않지만

오늘 혼자 찬밥을 먹는다

가족에겐 따스한 밥 지어 먹이고

찬밥을 먹던 사람

이 빠진 그릇 에 찬밥 훑어

누가 남긴 무 조각 에 생선 가시 를 핥고

몸에서는 제일 따스한 사랑을 뿜던 그녀

깊은 밤에도

혼자 달그락거리던 그 손이 그리워

나 오늘 아픈 몸 일으켜 찬밥을 먹는다

『집집마다 신을 보낼 수 없어

신 대신 보냈다는 설도 있지만』

홀로 먹는 찬밥 속에서 그녀를 만난다

나 오늘

세상의 찬밥이 되어
말하는 이도 어머니의 삶을 살아야 하는 여성임을 깨달음.　　　　12~19행 어머니의 삶에 대한 온전한 깨달음

　 : 어머니의 희생을 상징
* 서릿발 서리가 땅바닥이나 풀포기에 엉키어 삐죽삐죽하게 성에처럼 된 모양.

● 작가 만나기

문정희(1947~) 1969년 "월간문학"으로 등단했다. 현대 문학상, 소월 시문학상, 정지용 문학상 등을 수상했고, 2004년 마케도니아 테토보 세계 문학 포럼에서 작품 '분수'로 '올해의 시인상'을, 2008년 한국 예술 평론가 협회 선정 올해의 최우수 예술가상(문학 부문) 등을 수상했다. 여성성과 일상성을 바탕으로 한 삶에 대한 통찰로 많은 사랑을 받아 왔다.

저서로는 "문정희 시집", "새떼", "혼자 무너지는 종소리", "찔레", "하늘보다 먼 곳에 매인 그네", "별이 뜨면 슬픔도 향기롭다", "남자를 위하여", "오라, 거짓 사랑아", "양귀비꽃 머리에 꽂고", "나는 문이다", "지금 장미를 따라", "사랑의 기쁨" 등이 있다.

● 작품 만나기

'찬밥'은 가족을 향한 어머니의 희생적 삶에 대한 깨달음을 형상화한 작품이다. 홀로 아픈 몸을 일으켜 찬밥을 먹는 경험은 말하는 이로 하여금 어머니의 희생적인 삶의 의미를 깨닫게 하는 계기가 된다. '찬밥'이 어머니를 회상하게 하는 매개체가 된 것이다.

이 시에서 '찬밥'은 '이 빠진 그릇', '누가 남긴 무 조각', '생선 가시'와 의미가 일맥상통하며, '따스한 밥'과는 대조를 이루어 어머니의 희생과 사랑을 더욱 강조하고 있다. 그리고 여기에서 더 나아가 가족을 위해 어머니 자신은 정작 찬밥을 먹으면서도 '신'에 비견될 만한 따스한 사랑을 베푸는 존재임을 말하고 있다.

● 핵심 만나기

갈래	자유시, 서정시
성격	체험적, 회상적, 교훈적
제재	찬밥
주제	어머니의 희생적 삶에 대한 깨달음
특징	• '찬밥'을 통해 어머니의 희생적 삶을 회상하며 깨달음을 얻음. • '찬밥'과 '따스한 밥'을 촉각적 심상으로 대비하여 어머니의 사랑을 강조함. • 시적 대상인 어머니의 부재가 시상 전개의 바탕이 됨.

● '찬밥'의 짜임

1~6행	아픈 몸을 일으켜 홀로 찬밥을 먹음.
7~11행	어머니의 희생적 사랑을 회상함.
12~19행	어머니의 삶에 대한 온전한 깨달음을 얻음.

● '찬밥'을 통한 시상 전개

현재	과거	현재
• 찬밥을 먹고 있는 사람 → 나(말하는 이) • 소외된 '나'의 처지 • 어머니에 대한 그리움으로 찬밥을 먹음.	• 찬밥을 먹던 사람 → 어머니 • 어머니의 깊고 따스한 사랑을 회상(찬밥, 이 빠진 그릇, 생선가시 등을 떠올림.)	• 찬밥을 먹고 있는 사람 → 나(말하는 이) • 홀로 찬밥을 먹으며 어머니의 삶에 대한 깨달음을 얻음.

● '세상의 찬밥이 되어'에 나타난 의미

말하는 이는 찬밥을 먹으며 어머니를 그리워한다. 그리고 이 회상에서 더 나아가 신의 사랑에 비견할 만큼 위대하고 헌신적인 세상 모든 어머니들의 보편적인 삶에 대한 깨달음을 얻는다. 말하는 이 또한 누군가의 어머니가 되었기에 어머니의 존재와 사랑을 상징적으로 나타내는 '찬밥'이 되리라 고백하는 것이다.

❶ '찬밥 속에 서릿발이 목을 쑤신다'라는 표현에서 엿볼 수 있는 어머니의 삶에 대해 생각해 보자.

❷ 말하는 이가 굳이 따뜻한 밥을 해 먹지 않고 찬밥을 먹은 이유를 생각해 보자.

● 책 이름(출판사)　　　　　　　　　　● 지은이

● 인상 깊은 내용과 그 이유

● 읽고 난 후의 생각이나 느낌

어떤 사람이 이 시를 읽으면 좋을지 생각해 보고, 그 이유를 구체적으로 적어
보자.

유리창

정지용

유리(琉璃)에 차고 슬픈 것이 어른거린다.
죽은 아이의 모습
열없이 붙어 서서 입김을 흐리우니
기운 없이
길들은 양 언 날개를 파닥거린다.
사라져 가는 입김 자국(새의 모습에 비유)

1~3행 유리창에 비친 아이의 모습

지우고 보고 지우고 보아도
자식에 대한 그리움을 행동으로 표현
새까만 밤이 밀려 나가고 밀려와 부딪히고,
죽음의 세계
물 먹은 별이, 반짝, 보석(寶石)처럼 박힌다.
죽은 아이

4~6행 창밖에 비친 밤의 모습

밤에 홀로 유리를 닦는 것은
죽은 아이와 만나기 위한 노력
외로운 황홀한 *심사이어니
두 가지 대비되는 정서의 결합(감정의 절제)

7~8행 밤에 유리를 닦는 이유

고운 폐혈관(肺血管)이 찢어진 채로

아아, 너는 산새처럼 날아갔구나!
죽은 아이를 잠시 머물다 날아간 새에 비유

9~10행 아이의 안타까운 죽음

* 심사: 어떤 일에 대한 여러 가지 마음의 작용.

정지용 사이버 문학관을 방문하여 정지용의 생존 모습, 대표 작품 등을 읽어 보며 작품에 대한 배경지식을 얻어 보자.

● **작가 만나기**

정지용(1902~?) 충청북도 옥천에서 태어났다. 휘문 고등 보통학교 재학 때 박팔양 등과 함께 동인지 "요람"을 간행했고, 유학 시절인 1926년 6월 유학생 잡지인 "학조"에 시 '카페 프란스' 등을 발표했다. 1930년 김영랑과 박용철이 창간한 "시문학"의 동인으로 참가했으며, 1939년에는 "문장"의 시 추천 위원이었는데, 이때 박목월·조지훈·박두진 등의 청록파 시인들을 발굴했다. 저서로는 시집 "정지용 시집", "백록담"이 있으며, 산문집으로 "지용 문학 독본", "산문" 등이 있다.

● **작품 만나기**

'유리창'은 지은이가 어린 자식을 병으로 잃고 난 후에 쓴 시로 알려져 있다. 어린 자식을 먼저 보낸 아버지로서 느끼는 슬픔, 자식에 대한 그리움이 잘 나타난 작품이다.

1~3행에서 말하는 이는 죽은 아이를 그리워하며 유리창에 붙어 서서 입김을 불어 본다. 유리창이라는 객관적 사물에 주관적 관점을 투영한 것이다. 시의 후반부도 객관적 정황과 주관적 감정의 상호 이입과 충돌로 짜여 있다. 이 객관적 정황과 주관적 감정, 현실과 환상 사이에 유리창이 놓여 있다. '유리창'은 환상과 현실의 매개체이면서 단절시키는 모순된 존재이고, '별'이나 '새까만 밤'은 환상과 현실의 거리를 시각적으로 나타낸 것이다. 감정의 절제를 통해 시상의 승화를 보인 대표적인 작품이라 할 수 있다.

● **핵심 만나기**

갈래	자유시, 서정시
성격	서정적, 상징적, 회화적
제재	유리창에 서린 입김, 어린 자식의 죽음
주제	자식을 잃은 슬픔, 죽은 자식에 대한 그리움
특징	• 선명한 이미지를 사용하고 있음. • 감정을 절제하여 표현함.

● '유리창'의 이중적 기능

이 시에서 '유리창'은 두 가지의 기능을 가지고 있는 소재이다. 우선 '유리창'은 죽은 아이가 있는 새까만 밤과 말하는 이가 있는 방 안을 구분한다. 즉, 죽음의 세계와 삶의 공간을 구분하는 것이다. 이승과 저승을 구분해 주어서 죽은 아이가 있는 공간과 말하는 이가 살아가는 공간이 확실히 다름을 나타낸다.

다른 한편으로 '유리창'은 죽은 자식과의 만남을 가능하게 해 주는 기능을 한다. 유리창에 서린 입김을 통해 죽은 아이의 모습을 떠올리는 것이다.

다시 말해 안과 밖의 세상을 단절하지만 동시에 연결하기도 하는 '유리창'은 단절과 만남이라는 이중적 기능을 가지고 있는 것이다.

● '유리창'에 쓰인 시구의 의미

시구	의미
차고 슬픈 것	입김 → 죽은 어린 아이의 모습을 나타냄.
날개를 파닥거린다	사라져 가는 입김 자국 → 죽은 아이의 모습을 상징
새까만 밤	죽음의 세계를 의미함.
물 먹은 별	눈물이 가득 고인 눈으로 바라보는 별의 모습 → 죽은 아이의 모습을 상징
산새	이 세상에 잠시 머물다가 떠나 버린 아이를 의미함.

❶ 이 시에서 '유리창'의 역할을 생각해 보자.

❷ 이 시에서 '물 먹은 별'의 의미를 생각해 보자.

● 책 이름(출판사) ● 지은이

● 인상 깊은 내용과 그 이유

● 읽고 난 후의 생각이나 느낌

✎ 이 시의 말하는 이에게 위로하는 편지를 써 보자.

뻐꾹새

권정생

뻐꾹새야 뻐꾹새야
단어의 반복적 사용으로 운율 형성
『뻐꾹뻐꾹 울어 주면』 『』: 말하는 이의 바람

1연 뻐꾹새가 울기를 바람.

밭을 매는 우리 엄마

허리 허리 덜 아프고
단어의 반복

2연 밭 매는 엄마를 위로하길 바람.

뻐꾹새야 뻐꾹새야

뻐꾹뻐꾹 울어 주면
의성어

3연 뻐꾹새가 울기를 바람.

먼 길 가신 아버지가

걸음걸음 가벼웁고

4연 아버지의 고생을 덜어 주길 바람.

● 작가 만나기

권정생(1937~2007) 일제 강점기 일본 도쿄에서 가난한 노동자의 아들로 태어났으며, 해박 직후 경북 안동에 정착했다. 1969년 동화 '강아지 똥'으로 기독교 아동 문학상을 받았으며, 1973년 "조선일보" 신춘문예에 동화 '무명 저고리와 어머니'가 당선되었다. 기독교적인 믿음을 바탕으로 하여 자연과 생명, 이웃과 어린이에 대한 사랑을 주제로 글을 썼으며, 동화, 옛이야기, 동시, 동극, 산문, 평론 등 장르를 자유롭게 넘나들며 활동했다. 저서로는 동화집 "강아지 똥", "사과나무 밭 달님", "바닷가 아이들", "하느님의 눈물", 장편 동화 "몽실 언니", "점득이네", 시집 "어머니 사시는 그 나라에는" 등이 있다.

● 작품 만나기

'뻐꾹새'에 등장하는 말하는 이는 밭을 매러 간 엄마와 먼 길 떠난 아버지를 기다리고 있는 어린아이이다. 어린아이는 뻐꾹새의 친근한 울음소리를 듣고 밭을 매는 엄마의 허리가 덜 아프고, 먼 길 가신 아버지의 걸음이 가벼워지기를 바라고 있다. 뻐꾹새의 울음소리를 통해 부모님을 걱정하는 어린아이의 순수하고 애틋한 마음을 드러낸 것이다.

1연과 3연이 짝을 이루고, 2연과 4연이 짝을 이루고 있는 이 시는, 비슷한 말 덩어리가 이어지거나 '허리 허리', '걸음걸음' 등 일상에서 자주 쓰이지 않는 방식으로 단어를 반복함으로써 특유의 리듬감을 살리고 있다.

● 핵심 만나기

갈래	자유시, 서정시, 동시
성격	서정적
제재	뻐꾹새
주제	가족을 생각하는 애틋한 마음
특징	• 비슷하거나 동일한 시행을 반복해 운율을 형성하고 있음. • 각 시행을 2음보 또는 4음보로 끊어서 읽을 수 있음. • 의성어를 사용해 운율을 만들고 감각적인 반응을 불러일으킴.

● '뻐꾹새'의 운율과 효과

표현 방법	시구	효과
같은 단어의 반복	• 뻐꾹새야 뻐꾹새야 • 허리 허리 • 걸음걸음	일상에서 잘 쓰이지 않는 방식으로 같은 말을 반복해 사용함으로써 읽는 재미를 더해 주고 있음.
의성어 사용	뻐꾹뻐꾹	소리를 흉내 내는 말을 사용하여 감각적인 반응을 불러일으킴.
2음보 또는 4음보 구성	뻐꾹새야∨뻐꾹새야∨ 뻐꾹뻐꾹∨울어 주면∨ 밭을 매는∨우리 엄마∨ 허리 허리∨덜 아프고∨	일정한 음보로 끊어 읽게 함으로써 재미를 더하고, 운율을 형성함.

● 뻐꾹새 울음소리를 통한 말하는 이의 바람

뻐꾹새의 울음소리

→ 밭을 매는 엄마
허리가 덜 아프게 해 주길 바람.

→ 먼 길 가신 아버지
걸음이 가볍게 해 주길 바람.

❶ 이 시에서 뻐꾹새의 울음소리를 통해 바라고 있는 말하는 이의 마음을 생각해 보자.

❷ 이 시에서 말하는 이는 누구일지 써 보자.

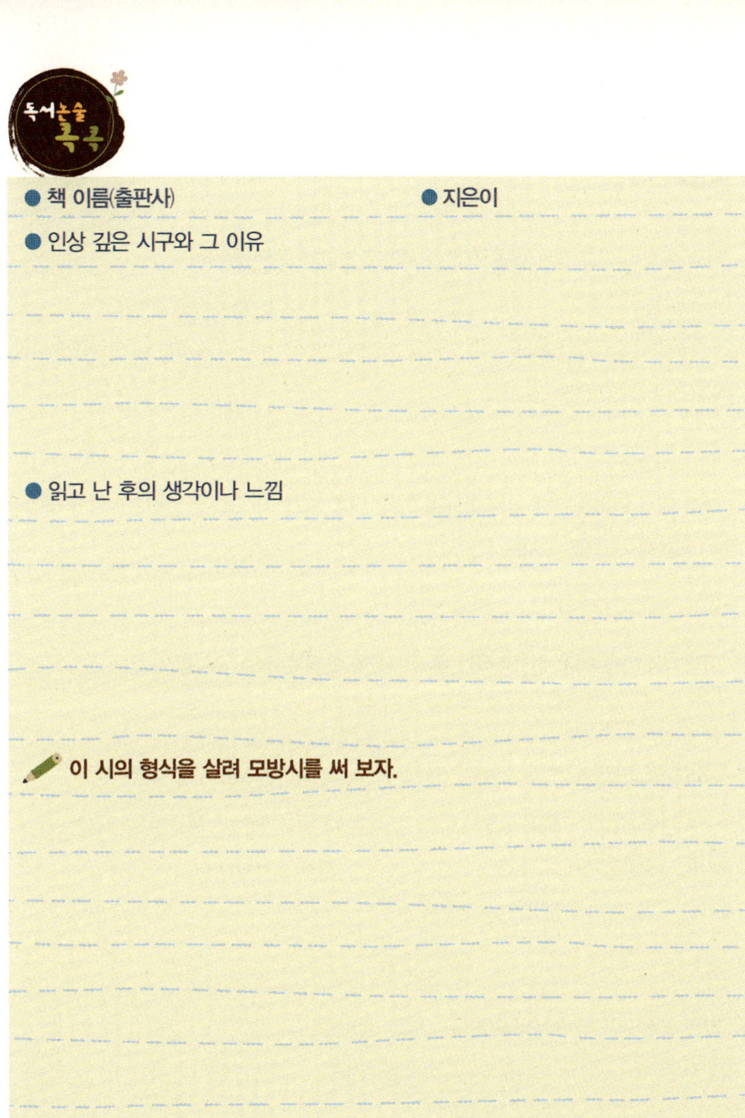

● 책 이름(출판사)　　　　　　　　● 지은이

● 인상 깊은 시구와 그 이유

● 읽고 난 후의 생각이나 느낌

　이 시의 형식을 살려 모방시를 써 보자.

1. '가정'에서 어렵고 힘든 삶을 표현한 시어로 알맞지 <u>않은</u> 것은?

　① 눈과 얼음의 길　　　　　　　　② 연민한 삶의 길

　③ 굴욕과 굶주림과 추운 길　　　　④ 미소하는 내 얼굴을 보아라.

　⑤ 얼음과 눈으로 벽을 짜 올린

2. '가정'에서 말하는 이를 비유한 표현이자, 아홉 명의 자식을 둔 가장으로서의 책임감을 나타내는 시어를 쓰시오.

3. '아버지의 마음'에서 청교도적인 윤리 사상을 엿볼 수 있는 시구를 쓰시오.

4. '아버지의 마음'의 7연에 나오는 '때'와 '씻김'의 의미를 바르게 연결한 것은?

　① 때 – 불결한 마음, 씻김 – 용서　　　② 때 – 타락, 씻김 – 영혼의 정화

　③ 때 – 힘들고 고된 삶, 씻김 – 용서　　④ 때 – 불결한 마음, 씻김 – 영혼의 정화

　⑤ 때 – 힘들고 고된 삶, 씻김 – 영혼의 정화

5. '반중 조홍감이'의 주제와 어울리는 한자 성어는?

　① 유비무환　　② 고진감래　　③ 풍수지탄　　④ 수어지교　　⑤ 인과응보

6. '반중 조홍감이'의 '유자 안이라도 품엄 즉도 하다마난'과 관련된 고사를 쓰시오.

7. '봉선화'의 주된 정서인 '그리움'을 나타내는 시어가 <u>아닌</u> 것은?

　① 누님　　　② 꽃물　　　③ 힘줄　　　④ 봉선화　　　⑤ 장독간

8. '시집살이 노래'에 대한 설명으로 적절하지 <u>않은</u> 것은?

　　① 사촌 자매가 대화하는 방식으로 시작한다.

　　② 여성들이 부르던 민요, 즉 부요(婦謠)이다.

　　③ 봉건 사회 속 서민층 여성의 한스러운 삶이 반영되어 있다.

　　④ 일상 언어를 사용하여 삶의 진솔함과 소박함이 잘 드러나 있다.

　　⑤ 말하는 이는 고통을 극복하려는 적극적인 해결 의지를 지니고 있다.

9. '시집살이 노래'에서 '거위 한 쌍 오리 한 쌍'이 무엇을 비유하는지 쓰시오.

10. '성탄제'에서 자식을 사랑하는 아버지의 정성이 담겨 있는 소재를 찾아 쓰시오.

11. '성탄제'에 나타나는 주된 정서로 가장 알맞은 것은?

　　① 초조함　　　　② 미안함　　　　③ 반가움　　　　④ 외로움　　　　⑤ 그리움

12. '어떤 귀로'에 대한 설명으로 적절하지 <u>않은</u> 것은?

　　① 냉소적이고 비판적인 성격의 시이다.

　　② 주제는 '어머니의 숭고한 사랑에 대한 회상'이다.

　　③ 시각적 심상을 통해 어머니의 사랑을 형상화하고 있다.

　　④ 시적 대상이 '어머니 → 우리들 → 어머니'로 전환된다.

　　⑤ 촉각적 심상을 통해 어머니의 고단함을 형상화하고 있다.

13. '어떤 귀로'의 2연에 나오는 '꿀단지'와 대립되는 시어를 쓰시오.

14. '엄마 걱정'의 말하는 이가 자신의 힘든 어린 시절을 무엇에 비유했는지 쓰시오. (2개)

15. '엄마 걱정'의 말하는 이는 고단한 삶에 지친 엄마의 모습을 무엇에 비유했는가?

　　① 빈방　　　　② 창틈　　　　③ 찬밥　　　　④ 배추 잎　　　　⑤ 빗소리

16. '찬밥'의 '홀로 먹는 찬밥 속에서 그녀를 만난다'라는 시구에서 말하는 이가 어머니
    에게 느끼는 감정으로 적절하지 <u>않은</u> 것은?(2개)

    ① 원망   ② 그리움   ③ 고마움   ④ 미안함   ⑤ 부러움

17. '찬밥'에서 어머니의 희생적 삶을 떠올리게 된 매개체를 쓰시오.

18. '유리창'에서 '죽은 아이의 모습'을 의미하는 것이 <u>아닌</u> 것은?

    ① 산새   ② 유리   ③ 언 날개   ④ 물 먹은 별   ⑤ 차고 슬픈 것

19. '유리창'에서 죽은 자식을 그리워하는 마음을 행동으로 표현하고 있는 행을 쓰시오.

20. '뻐꾹새'에서 다음 빈칸에 들어갈 알맞은 시어를 쓰시오.

> 밭을 매는 우리 엄마
> (   ) 덜 아프고

21. '뻐꾹새'에서 운율을 형성하기 위해 사용된 표현 방법이 <u>아닌</u> 것은?

    ① 의성어의 사용   ② 일정한 음보의 반복

    ③ '~고'와 같은 각운 사용   ④ 도치법과 의태어의 사용

    ⑤ 유사하거나 동일한 시행의 반복

● 다음 뜻에 해당하는 말을 풍선에서 찾아 빈칸에 써 보자.

(1) ____________ : 일찍 익은 붉은 홍시.

(2) ____________ : 검은빛을 띤 짙은 남빛.

(3) ____________ : 어떤 일에 대한 여러 가지 마음의 작용.

(4) ____________ : 잊히지 않고 눈앞에 보이는 듯 뚜렷하다.

(5) ____________ : 신 따위의 치수. 1문은 약 2.4센티미터에 해당한다.

(6) ____________ : '창고'의 경상도 방언. 물건이나 자재를 저장하거나 보관하는 건물.

(7) ____________ : 알전구. 갓 따위의 가리개가 없는 전구. 또는 전선 끝에 달려 있는

맨전구.

(8) ____________ : 늪이나 작은 연못. 호수보다 물이 얕고 진흙이 많으며 침수 식물이

무성한 곳.

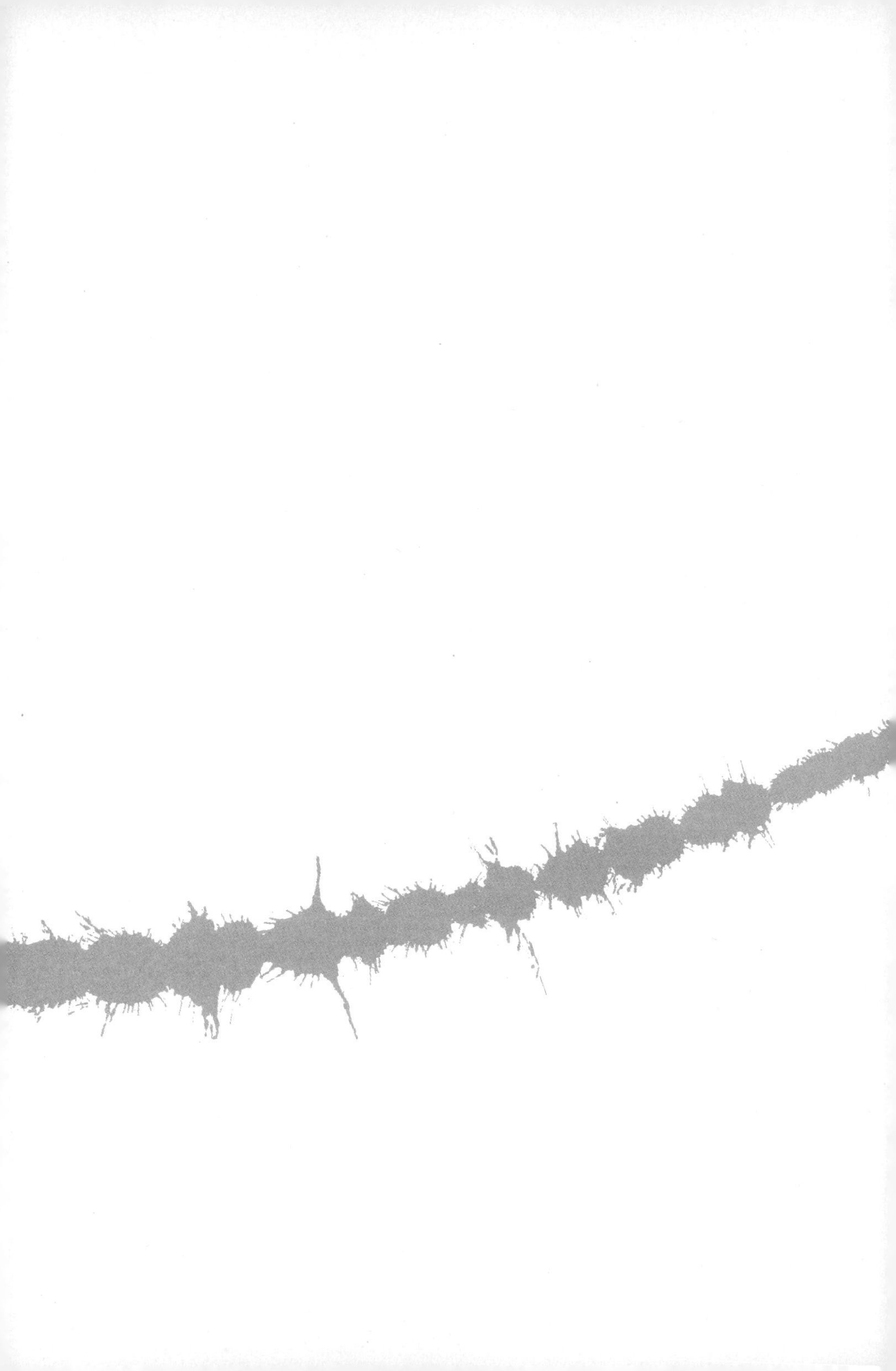

02

사랑과 이별 앞에서

가시리

작자 미상

가시리 가시리잇고 나는
음을 맞추기 위한 여음(운율 형성)
버리고 가시리잇고 나는

위 증즐가 대평성대(大平盛大)
노래의 내용과 상관없는 후렴구

1연 이별의 서러움.

날러는 어찌 살라 하고
나더러는
버리고 가시리잇고 나는

위 증즐가 대평성대(大平盛大)

2연 떠나는 임에 대한 원망

잡사와 두어리마나는
붙잡아 둘 것이지마는
선하면 아니 올세라
서운하면
위 증즐가 대평성대(大平盛大)

3연 체념하고 이별을 받아들임.

설온 님 보내옵나니 나는
서러운
가시는 듯 돌아오소서 나는

위 증즐가 대평성대(大平盛大)

4연 임과 다시 만날 것을 소망함.

'가시리'는 입에서 입으로 전해지다가 조선 시대에 훈민정음이 창제된 이후 문자로 기록된 고려 가요이다. "악장가사"에 수록되어 있으며, "시용향악보"에는 '귀호곡'이라는 이름으로 첫 연만 실려 있다. 전체 4연으로 2구씩 구성되었고, 연과 연 사이에 특별한 의미는 없지만 '위 증즐가 대평성대'라는 후렴구가 삽입되어 있다.

이 가요는 임과의 이별에 대한 안타까움뿐만 아니라 임과 다시 만날 것을 소망하는 등 여러 가지 감정들을 섬세하고 아름답게 그리고 있다. 사랑하는 임을 떠나보내야 하는 것이 너무나 슬픈 일이지만, 그럼에도 임을 보내야 하는 이별의 정한은 우리 시가에 나타나는 전형적인 특징이라고 볼 수 있다.

● 고려 가요

고려 가요(高麗歌謠)는 고려 시대의 시가(詩歌)로 '여요' 또는 '고려 장가'라고도 한다. 고려 가요 중에서도 '한림별곡', '관동별곡' 등의 시가를 '경기체가'라고 하고, '청산별곡', '서경별곡', '가시리' 등의 시가를 '속요'로 분류한다. 경기체가가 귀족의 문학이라면 속요는 서민의 문학이며, 형식 또한 다르다.

속요는 서민들 사이에서 입에서 입으로 전해지다가 조선 시대에 우리말이 만들어진 이후에 "악학궤범", "악장가사", "시용향악보" 등에 문자로 기록되어 전해지게 되었다. 하지만 기록되기 이전에 입에서 입으로 전해지는 과정에서 노래가 여러 가지 모양으로 변하여 원래의 형태를 찾기 힘든 작품도 있다.

● 핵심 만나기

갈래	고려 가요
성격	애상적, 서정적, 자기 희생적
제재	사랑하는 임과의 이별
주제	이별의 정한(情恨)
특징	• 구비 전승되다가 조선 시대에 문자로 기록됨. • 동일한 구절(후렴구)을 반복하여 운율을 형성함.

● '가시리'의 짜임

1연(기)	이별의 서러움	임에게 떠나지 말라고 애원하는 말하는 이의 마음이 드러남.
2연(승)	떠나는 임에 대한 원망	떠나는 임에 대한 원망의 마음이 최고조에 이름.
3연(전)	체념하고 이별을 받아들임.	떠나는 임을 붙잡거나 매달리면 임이 다시는 돌아오지 않을 것이라 생각하여 임을 떠나보냄.
4연(결)	임과 다시 만날 것을 소망함.	지금은 떠나지만 곧 임이 돌아와 다시 만날 것을 간절히 소망함.

● '가시리'에서 말하는 이의 심리 변화

'가시리'에서 말하는 이의 심리는 '원망 → 좌절 → 체념 → 소망'의 순으로 변하고 있다. 1연에서 떠나는 임에 대한 서러움과 원망을 직설적으로 표현하고 있다. 2연에서는 임에 대한 원망의 감정이 최고조에 이른 좌절의 상태다. 하지만 3연에서는 매달리면 혹시 임이 돌아오지 않을까 하는 두려운 마음에 체념적으로 이별을 받아들인다. 4연에서는 슬픈 마음을 자제하며 임과 다시 만나기를 소망한다.

● '가시리'에서 말하는 이의 정서와 태도

- 정서: 원망, 체념, 절제, 소망
- 태도: 소극적, 자기희생적, 미래 지향적 태도

❶ 이 시에서 '위 증즐가 대평성대'의 역할에 대해 생각해 보자.

❷ 이 시의 말하는 이가 3연에서 임을 잡고 싶은 마음을 바꾼 이유는 무엇일지 생각해 보자.

● 책 이름(출판사)　　　　　　　　● 지은이

● 인상 깊은 내용과 그 이유

● 읽고 난 후의 생각이나 느낌

✎ 이 시의 분위기와 정서를 통해 알 수 있는 말하는 이의 태도를 써 보자.

송인

정지상

『비 갠 긴 강둑엔 풀빛이 푸르른데
남포에서 임 보내니 슬픈 노래 울먹이네.』
대동강 물이야 어느 때 마를거나

해마다 이별의 눈물만 푸른 물결에 더하는 것을.

정지상(?~1135) 고려 시대의 문인으로 호는 남호(南湖)이며, 서경에서 태어났다. 1114년 예종 9년 과거에 급제하였고, 좌사간(左司諫) 등의 벼슬을 지냈으며, 서경 천도와 금나라의 정벌을 주장했다. 묘청의 난이 일어났을 때 김부식에게 참살되었다.

정치적 인물로서만이 아니라, 문인으로서 특히 뛰어난 재주를 가지고 있었다. 주요 작품으로는 "동문선"에 '신설(新雪)', "동경잡기(東京雜記)"에 '백률사(栢律寺)' 등이 전하며, 저서로는 "정사간집(鄭司諫集)"이 있다.

● 작품 만나기

"파한집(破閑集)"에 수록된 '송인'은 우리나라 한시 중에서 송별시(送別詩)로는 가장 오래된 작품으로, 임을 보내는 정한을 노래한 한시 가운데 백미로 꼽히고 있다. 7언 절구의 이 한시는 전통적인 한시의 형식인 서경(자연의 경치)과 서정(감정과 정서)의 세계를 대조 형식으로 보여 주고 있다. 시적 이미지를 선명하게 드러내고 언어를 함축적으로 사용하는 한시의 특성이 도드라지면서도 풍부한 서정성이 짙게 깔려 있어 매우 뛰어난 작품으로 평가받는다.

1, 3구는 자연의 모습을, 2, 4구는 인간(말하는 이)의 정서를 표현하고 있다. 이와 같은 구성은 자연의 아름다움을 인간의 슬픔과 대조를 이루게 하여 그 슬픔을 더욱 부각하고 있다.

● 핵심 만나기

갈래	한시(7언 절구), 송별시
성격	서정적, 애상적
제재	임과의 이별
주제	이별의 정한
특징	• 주로 시각적 심상을 사용함. • 자연과 인간의 모습을 대비하여 주제를 강조함.

● '송인'의 짜임

기(1구)	비 온 뒤의 맑은 정경(희망)	자연사(서경)
승(2구)	이별의 정경(슬픔, 어둠)	인간사(서정)
전(3구)	무정하게 흐르는 대동강 물(원망)	자연사(서경)
결(4구)	임을 떠나보내는 깊은 슬픔	인간사(서정)

● '송인'의 선경후정

선경후정(先景後情)이란 먼저 경치에 관한 묘사가 나오고, 뒤이어 정서적인 부분이 따르는 작시(作詩)의 한 방법이다.

이 시에서는 1구에서 긴 강둑에 진한 초록색의 풀잎들이 있는 경치를 묘사한 후, 2구에서 구슬픈 노랫가락의 정서를 나타내었다. 또 3구에서 마를 날 없이 오랫동안 흐르고 있는 대동강의 경치를 표현했고, 4구에서 대동강 물과 같이 흐르는 눈물의 정서를 나타내었다.

● '송인'에 나타난 이별의 정한

'송인'은 이별의 슬픔을 노래한 시 가운데 백미(白眉)로 꼽히는 시이다. 특히 앞쪽의 두 행에서 봄날에 소생하는 자연의 모습과 임과 말하는 이의 슬픈 이별을 대조시켜 이별의 정한을 고조시키고 있다. 본래 한시에서는 '물'을 이별의 한으로 표현하는 일이 많은데 이 시에서도 '물'은 '눈물'의 이미지와 결합하여 이별의 한을 더 충만하게 한다. 임이 그리워 흘리는 눈물로 대동강 물이 결코 마르지 않으리라는 과장스러운 표현 또한 '한(恨)'으로 가득한 이별의 슬픔을 잘 나타낸 것이다.

● 이 시에서 이별의 정한이 가장 잘 드러난 구절이 무엇인지 생각해 보자.

● 책 이름(출판사)　　　　　　　　● 지은이

● 인상 깊은 내용과 그 이유

● 읽고 난 후의 생각이나 느낌

이 시를 읽고 난 후의 생각이나 느낌을 그림으로 표현해 보자.

황조가

유리왕

훨훨 나는 저 꾀꼬리

암수 서로 정다운데

외로울사 이내 몸은

뉘와 함께 돌아갈꼬.

1~2구 꾀꼬리의 다정한 모습(선경)

3~4구 짝을 잃은 외로움(후정)

● 작가 만나기

유리왕(?~A.D.18) 고구려 제2대 왕이며, 동명왕인 주몽의 맏아들이기도 하다. 부여에서 아버지를 찾아 고구려로 와서 태자에 책립(황태자나 황후를 황제의 명령으로 봉하여 세우던 일)되었고, 주몽의 뒤를 이어 즉위했다. 즉위 3년경에 '황조가'를 지었다. 도읍을 홀본(졸본)에서 국내성(國內城)으로 옮기고 위나암성(尉那巖城)을 쌓았다.

● 작품 만나기

'황조가'는 고구려 제2대 유리왕의 설화에 삽입된 가요로, 사랑하는 임과 이별한 채 홀로 남게 된 외로운 심정을 '꾀꼬리'라는 자연물에 빗대어 우의적(다른 사물에 빗대어 비유적인 뜻을 나타내거나 풍자함)으로 표현한 서정 시가이다.

'황조가'의 두드러진 특징 가운데 하나는 시상의 전개인데, 자연물의 모습을 먼저 제시한 후 말하는 이의 정서를 노래하는 선경후정(先景後情)의 표현 방식을 따르고 있다. 내용적으로 작품의 짜임은 1·2구와 3·4구가 완벽한 대칭 구조로 균형을 이루고 있다. 짝을 이루어 즐거이 노니는 꾀꼬리와 홀로 쓸쓸히 있는 말하는 이의 모습이 대조되면서 사랑하는 임을 잃은 슬픔과 외로움을 효과적으로 표현하고 있다.

● 핵심 만나기

갈래	고대 가요, 한역시, 서정시
성격	체념적, 애상적, 서정적
제재	꾀꼬리
주제	사랑하는 임을 잃은 슬픔
특징	• 현전하는 가장 오래된 서정 시가임. • 선경후정의 시상 전개가 이루어짐. • 자연물에 빗대어 지은이의 외로운 심정을 우의적으로 표현함. • 집단적 서사시에서 개인적 서정시로 넘어가는 단계의 가요임.

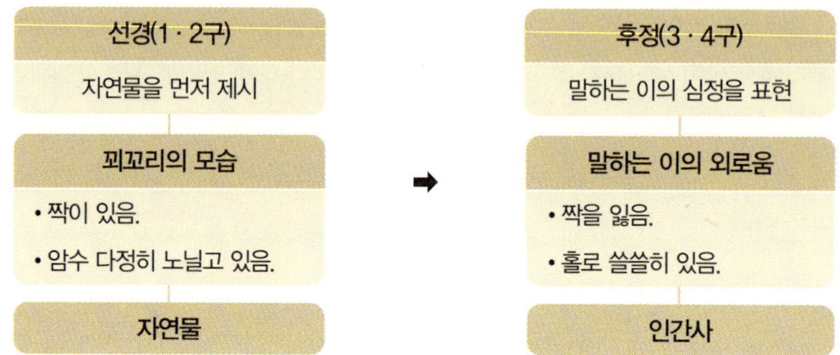

● '황조가'의 배경 설화

유리왕 3년에 왕비 송씨가 세상을 떠나자, 유리왕은 화희(禾姬)와 치희(稚姬)를 후궁으로 맞아들였다. 화희와 치희는 왕의 총애를 받기 위해 서로 다투었기에 사이가 좋지 않았다. 그러던 어느 날 유리왕이 기산으로 사냥을 나가 있는 동안 두 여인 사이에 큰 싸움이 일어나 치희가 제 나라로 돌아가 버렸다. 뒤늦게 유리왕이 그 사실을 알고 말을 달려 치희를 쫓아갔으나 치희는 노여워하며 돌아오지 않았다. 유리왕은 쓸쓸히 돌아오는 길에 쌍쌍이 노니는 꾀꼬리를 보고 이 노래를 지었다고 한다.

● '꾀꼬리'의 역할

'황조가'에서 말하는 이는 암수 꾀꼬리들의 다정한 모습을 먼저 표현하고, 자신의 외로운 처지를 말하고 있다. 정다운 꾀꼬리와 말하는 이의 외로운 처지를 극명하게 대비시키고 있는 것이다. 따라서 꾀꼬리는 말하는 이의 외로운 처지를 더욱 부각시키는 소재이다.

● 이 시에서 꾀꼬리의 역할이 무엇인지 생각해 보자.

● 책 이름(출판사)   ● 지은이

● 인상 깊은 내용과 그 이유

● 읽고 난 후의 생각이나 느낌

 이 시를 읽고 유리왕에게 위로하는 말을 편지 형식으로 써 보자.

서동요

백제 무왕

*선화 공주니믄
서동이 행위를 전가시킨 주체
남*그즈시 어러 두고

맛둥방을
서동 도련님을
바메 몰 안고 가다.

1~2구 선화 공주의 사랑

3~4구 선화 공주와 서동의 은밀한 사랑

현대어 풀이

선화 공주님은

남몰래 결혼하고

맛둥서방을

밤에 몰래 안고 가다.

---

* 선화 공주: 신라 진평왕의 셋째 공주.
* 그즈시: 그윽히. 남몰래.

● 작가 만나기

　백제 무왕(재위 600~641) 백제 제30대 왕이며, 이름은 장(璋) 또는 무강(武康)이다. 서동은 무왕의 아명으로 추측하고 있다.

　제29대 법왕의 아들이자 제31대 의자왕의 아버지인 무왕은 보위에 올라 위태로운 백제 왕권을 강화시키고, 40여 년간의 재위 기간 동안 끊임없이 신라를 압박했다. 또한 사비궁을 중수하고, 왕흥사와 미륵사를 창건하는 등 대내외적으로 큰 발전을 이루었다.

● 작품 만나기

　백제의 무왕이 신라 제26대 진평왕 때 지었다고 알려진 '서동요'는 현재까지 전해지는 우리나라 최초의 4구체 향가이다. 장차 일어날 일을 예언하는 참요적 성격을 가진 이 시에서는 말하는 이인 서동이 선화 공주를 아내로 맞이하고 싶은 자신의 은밀한 소망을 주객전도 방식으로 드러내고 있다. 쉽게 말해서 시적 대상인 선화 공주가 서동의 소망을 실제로 행한 것처럼 표현한 것이다. 또한 고귀한 신분의 선화 공주의 사랑을 고발하듯 풍자한 것은 당시 신분의 귀천을 벗어나고 싶은 사람들의 소망을 표현한 것이라고도 볼 수 있다.

　이 시는 어린아이들이 부르는 동요처럼 간결하고 소박하게 표현한 것이 특징이다. 향찰로 표기된 원문과 배경 설화가 "삼국유사"에 실려 전해지고 있다.

● 핵심 만나기

갈래	4구체 향가
성격	참요적, 풍자적, 동요적
제재	선화 공주와의 사랑
주제	선화 공주의 은밀한 사랑 / 선화 공주에 대한 서동의 사랑
특징	• 현재까지 전해 오는 가장 오래된 향가임. • 동요가 향가로 정착한 작품임. • 배경 설화와 함께 전하여 옴. • 장차 일어날 일을 예언하는 참요적 성격을 지니고 있음.

● '서동요'의 배경 설화

백제 서동은 신라 진평왕의 딸 선화 공주가 아름답다는 소문을 듣고 신라의 수도 인 경주로 가서 '서동요'를 지어 아이들에게 부르게 했다. 선화 공주가 밤마다 몰래 서동을 만나러 온다는 노래가 퍼져 궁궐에까지 전해지자 진평왕은 선화 공주를 궁 궐에서 내쫓아 멀리 귀양을 보내기에 이르렀다. 서동은 그 길목에서 기다리고 있다 가 선화 공주를 백제로 데려와 아내로 맞이했다.

● '서동요'의 내용적인 특징

- 외면적인 내용: 선화 공주의 불량한 행실을 풍자하고 있다.
- 내면적인 내용: 선화 공주를 아내로 맞고자 하는 서동의 계략이 담겨 있다.
- 참요적인 특징: '서동요'는 아직 실현되지 않은 미래의 일을 노래하고 있다. 즉, 서동이 선화 공주와 결혼하기 위해 '서동요'를 지어 불렀고, 노래 때문에 궁궐에서 쫓겨난 선화 공주와 결국 결혼하게 된 것이다.

● '서동요'의 짜임

1 · 2구(시상의 발단)	3 · 4구(시상의 결과)
선화 공주의 사랑	선화 공주와 서동의 밀애
선화 공주를 적극적이고 능동적인 여인으로 형상화함. 서동의 숨겨진 갈망을 선화 공주에게 전가시킨 주객전도식의 표현임.	선화 공주와 서동의 밀애에 대한 결과를 예언하고 있음. 선화 공주를 얻기 위한 서동의 계략이 구체적으로 드러난 부분임.

● 서동이 '서동요'를 지어 널리 퍼뜨린 까닭을 생각해 보자.

● 책 이름(출판사)　　　　　　　● 지은이

● 인상 깊은 내용과 그 이유

● 읽고 난 후의 생각이나 느낌

이 노래를 들은 선화 공주의 입장이 되어 그 심경을 일기글로 표현해 보자.

동짓달 기나긴 밤을

황진이

동짓달 기나긴 밤을 한 허리를 버혀 내여
춘풍 니불 아래 *서리서리 너헛다가
『어론 님 오신 날 밤』이여든 구뷔구뷔 펴리라.

* 서리서리: 국수, 새끼, 실 따위를 헝클어지지 아니하도록 둥그렇게 포개어 감아 놓은 모양.

황진이(?~?) 개성 출신이며, 조선 중기의 이름난 기생으로 본명은 진(眞), 기명(妓名)은 명월(明月)이다. 15세경에 자신을 연모하던 총각이 병으로 죽고 난 후 기생이 되었다고 전해진다. 뛰어난 미모를 지녔을 뿐만 아니라 시(詩), 소리와 음악 등에 탁월한 재주를 보였다.

주요 작품으로는 '박연', '영반월', '청산리 벽계수야' 등이 있고 현재 전해지는 작품은 5~6수밖에 없지만, 저마다 뛰어난 표현력으로 높은 평가를 받고 있다.

● 작품 만나기

'동짓달 기나긴 밤을'은 황진이의 대표적인 시조로, 사랑하는 임을 기다리는 여인의 마음이 잘 나타난 작품이다. 특히 임이 그리워 잠 못 이루는 긴 겨울밤의 한 부분을 잘라서 봄바람같이 포근한 이불 속에 넣어 두었다가 임이 오시는 날 펼치겠다는 표현은 매우 섬세하면서도 뛰어나다.

초장의 '기나긴 밤'은 그리움의 시간을 의미한다. 임을 향한 그리움의 시간을 모아 두었다가 임이 다시 오시면 꺼내 놓겠다는 것이다. 여기에는 사랑하는 임과 더욱 오랜 시간을 함께 보내고 싶은 마음이 잘 나타난다. 또한 중장의 '서리서리 너헛다가'와 종장의 '구뷔구뷔 펴리라'의 대조적인 표현은 우리말의 아름다움을 잘 살린 부분이다.

● 핵심 만나기

갈래	정형시, 평시조, 서정시
성격	낭만적, 감상적
제재	임을 사모하는 마음
주제	임에 대한 그리움
특징	• 추상적인 이미지를 시각적으로 표현함. • 우리말의 아름다움을 잘 살려서 표현함.

● '동짓달 기나긴 밤을'의 짜임

초장	동짓달 기나긴 밤의 한 허리를 베어 냄(추상적인 시간을 시각적으로 표현함).
중장	봄바람 같은 포근한 이불에 포개어 넣어 둠(동짓달 → 춘풍: 기다림의 시간, 시간의 흐름).
종장	정든 임이 오시는 날에 굽이굽이 펼침(동짓달 기나긴 밤 ↔ 어룬 임 오신 날 밤).

● '동짓달 기나긴 밤을'에 나타난 시간 표현

말하는 이는 긴 겨울밤의 한 부분을 잘라 내어 봄바람같이 포근한 이불 아래 넣어 두었다가 사랑하는 임이 오시는 날 밤에 다시 펼치겠다고 이야기한다. 눈으로 볼 수 없는 시간을 마치 눈에 보이는 사물처럼 구체적으로 표현한 것이다. 여기에는 사랑하는 임과 함께하는 시간이 조금이라도 더 길어지기를 간절히 바라는 소망이 깃들어 있다.

● '기녀 시조'의 특징

- 남녀 간의 사랑 이야기를 포함하여 인간의 마음을 솔직하게 잘 표현한다.
- 여성만이 할 수 있는 섬세하고 세련된 표현을 사용한다.
- 우리말의 아름다움을 잘 살려 시어로 사용한다.

❶ 이 시조의 종장에 있는 '어론 님 오신 날 밤'의 의미를 생각해 보자.

❷ 말하는 이가 '동짓달 기나긴 밤'을 잘라 '춘풍 니불 아래'에 넣고 싶다고 한 이유를 생각해 보자.

● 책 이름(출판사)　　　　　　　　　● 지은이

● 인상 깊은 내용과 그 이유

● 읽고 난 후의 생각이나 느낌

이 시조의 형식을 활용하여 모방시를 써 보자.

묏버들 가려 꺾어

홍랑

『 』: 도치법

묏버들 가려 꺾어 『보내노라 님의 손에』
임에 대한 사랑　　　　　　　　　　님에게
자시는 창 밖에 심어 두고 보소서.
주무시는
밤비에 새잎 곧 나거든 나인가 여기소서.
　　　　　　　　　　나를 본 것처럼

초장 마음을 담은 징표를 보냄.

중장 임에게 보내는 당부

종장 임과 함께하고 싶은 마음

  홍랑(?~?) 조선 중기 선조 때 함경남도 홍원 출신의 이름난 기생이자 재색을 겸비한 여류 시인이다. 정조 때 편찬된 "해동시선"이란 명시집에 '기최고죽(寄崔孤竹: 최고죽에게 드림)'이라는 시가 실릴 정도로 뛰어난 시조와 한시 작품을 많이 남겼다. 선조 때의 뛰어난 문장가인 고죽 최경창을 경성에서 만나 평생 지고지순한 사랑을 바치었다.

● 작품 만나기

  '묏버들 가려 꺾어'는 선조 6년에 최경창이 북해 평사로 경성에 부임해서 만난 홍랑이라는 기생이, 이듬해 최경창이 상경할 때 버들가지를 꺾어 보내면서 함께 지어 보낸 시조이다. 이별을 앞둔 임에게 바치는 사랑을 '묏버들'이라는 자연물을 통해 전하면서 이별을 하더라도 부디 잊지 말고 기억해 달라는 소망을 나타내고 있다. 한이나 슬픔을 겉으로 드러내지 않고 이별의 감정을 보다 절제하여 단정하게 보여 주고 있는 것이 이 시조의 큰 특징이다.

  초장 후반부에는 도치법을 써서 묏버들을 보내는 뜻을 더욱 강조하고, 종장의 비 온 뒤 촉촉하게 젖은 가지에 파릇하게 움트는 새잎을 통해서는 시각적으로 청순 가련하고 섬세한 여인의 이미지를 표현하고 있다.

● 핵심 만나기

갈래	정형시, 고시조, 평시조
성격	감상적, 애상적, 여성적
제재	묏버들, 이별
주제	임에게 보내는 사랑
특징	• 자연물을 통해 말하는 이의 사랑을 전달하고자 함. • 상징법과 도치법이 효과적으로 쓰임. • 청순가련하고 섬세한 여성의 이미지가 잘 드러남.

● ‘묏버들’과 ‘새잎’의 상징적 표현

이 시에서 ‘묏버들’과 ‘새잎’은 지은이인 홍랑을 상징하고 있다. 지은이는 임의 손에 묏버들을 들려 보내며 새잎이 나거들랑 자신이라 여겨 달라고 청한다. 즉 ‘묏버들’과 ‘새잎’은 임에 대한 그리움으로 눈물겨워하는 지은이의 순수한 사랑을 상징하는 자연물이다.

● ‘묏버들 갈해 것거’로 살펴본 평시조의 형식

- 3장: 초장, 중장, 종장
- 4음보: ‘음보’란 시에서 운율을 이루는 기본 단위이다. 평시조는 ‘묏버들 ∨ 가려 꺾어 ∨ 보내노라 ∨ 님의 손에’처럼 4음보의 운율로 끊어 읽는다.
- 6구: ‘자시는 창 밖에 ∨심어 두고 보소서.’처럼 두 개의 음보가 합쳐져 구를 이룬다. 평시조는 여섯 개의 구를 가지고 있다.
- 45자 내외: 평시조의 글자 수는 언제나 45자 내외이며 3 · 4조, 4 · 4조의 글자 수가 반복된다. 종장의 첫 음보는 항상 3음절로 고정된다.

묏버들 가려 꺾어 ∨ 보내노라 님의 손에 → 초장
　3　　　4　　　　　4　　　　4
자시는 창 밖에 ∨ 심어 두고 보소서. → 중장
　3　　3　　　4　　　3
밤비에 새잎 곧 나거든 ∨ 나인가 여기소서. → 종장
　3　　　6　　　　3　　　4

---

❶ 이 시조에서 말하는 이가 처한 상황을 생각해 보자.

❷ 이 시조에서 ‘묏버들’의 의미를 적어 보자.

● 책 이름(출판사)　　　　　　　　　　● 지은이

● 인상 깊은 내용과 그 이유

● 읽고 난 후의 생각이나 느낌

이 시조를 읽고 난 후의 생각이나 느낌을 그림으로 표현해 보자.

먼 후일

김소월

먼 훗날 당신이 찾으시면
미래 상황에 대한 가정
그때에 내 말이 '잊었노라.'
말하는 이의 답변

1연 먼 훗날 말하는 이의 반응

당신이 속으로 나무라면

'무척 그리다가 잊었노라.'
그리워하다가

2연 임의 질책에 대한 말하는 이의 반응

그래도 당신이 나무라면

'믿기지 않아서 잊었노라.'

3연 임의 계속되는 질책과 말하는 이의 반응

오늘도 어제도 아니 잊고
임을 줄곧 그리워함(과거와 현재).
먼 훗날 그때에 '잊었노라.'
먼 훗날에나 잊겠다는 답변(미래) → 반어적 표현

4연 임을 잊지 못하는 말하는 이의 마음

김소월(1902~1934) 본명은 정식(廷湜)이며, 평안북도 구성에서 태어났다. 1920년에 동인지 "창조"에 '낭인의 봄', '그리워' 등을 발표하며 등단했다. "영대(靈臺)"의 동인으로 활동했으며, 1925년 시집 "진달래꽃"을 발표했다. 민요적 가락과 소박하고 향토색 짙은 서정시를 주로 썼다.

서울 남산에 시비가 세워져 있으며, 1981년 금관 문화 훈장을 받았다. 주요 작품으로 '금잔디', '진달래꽃', '가는 길', '초혼' 등이 있으며, 저서로는 시집 "진달래꽃", "소월 시집" 등이 있다.

● 작품 만나기

1922년 "개벽"에 수록된 '먼 후일'은 결코 잊을 수 없는 임에 대한 강한 그리움을 표현한 작품이다. 이 시에서 말하는 이는 임에 대한 원망이 깊어서 '잊었노라'고 다짐한다. 그러나 이것은 임을 잊고 살아갈 수 있다고 애써 자신을 달래는 말이다. 실제로는 그렇게 쉽게 임을 잊을 수는 없기 때문이다. 4연의 '오늘도 어제도 아니 잊고'라는 시구에서 말하는 이의 이러한 마음은 더욱 확실하게 나타난다.

따라서 1연에서 4연까지 반복되는 '잊었노라'는 실제로 '잊었다'는 사실이 아니라 오히려 '잊을 수 없다'는 마음을 표현한 것이다. '오늘도 어제도', 즉 과거도 현재도 잊을 수 없는 임이라면, '먼 훗날' 미래에 임이 찾아왔을 때도 잊을 가능성은 거의 없다. 결국 이 시는 임을 잊을 수 없는 현재의 안타까운 마음을 반어적으로 표현하고 있는 것이다.

● 핵심 만나기

갈래	자유시, 서정시
성격	애상적, 민요적, 반어적
제재	임과의 이별
주제	떠난 임을 잊을 수 없는 마음
특징	• 반어적 표현 사용 • 3음보의 규칙적인 운율

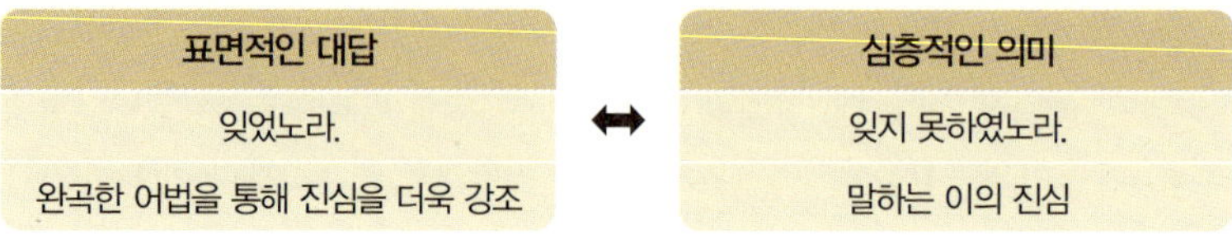

● '먼 후일'의 반어적 표현

표면적인 대답		심층적인 의미
잊었노라.	↔	잊지 못하였노라.
완곡한 어법을 통해 진심을 더욱 강조		말하는 이의 진심

● 김소월의 시에 나타난 정한

지은이 김소월의 시에서 두드러진 특징 가운데 하나는 한(恨)의 정서이다. 한의 정서는 우리 민족의 보편적인 정서이자, 시가와 구비 문학의 두드러진 특징이기도 하다. 한은 마음 깊은 곳에 쌓인 슬픔 덩어리라고 할 수 있다. 지은이는 '먼 후일'을 포함하여 '진달래꽃'과 같은 시에서 우리 민족의 정한을 익숙한 민요 가락에 실어 노래했다.

● '잊었노라'의 효과

이 시는 미래의 상황을 가정하여 자신의 심정을 표현하고 있다. 말하는 이는 먼 후일에 임이 찾아오면, 임을 잊었다고 말하리라 다짐한다. 이것은 먼 후일이긴 하지만 임이 자신을 찾을 것이라는 기대를 버리지 않는 것이다. 즉 '잊었노라'는 반어적 진술로, 말하는 이가 임을 잊지 못하고 그리워한다는 것을 보여 준다. 또한 '잊었노라'를 반복함으로써 말하는 이의 진심을 더욱 강조할 뿐 아니라 운율을 형성하고 있다.

❶ 이 시의 말하는 이가 어떠한 상황에 놓여 있는지, 시의 제목과 관련지어 생각해 보자.

❷ 이 시의 말하는 이가 진정으로 바라는 것이 무엇인지 생각해 보자.

● 책 이름(출판사) ● 지은이

● 인상 깊은 내용과 그 이유

● 읽고 난 후의 생각이나 느낌

✏️ 자신이 알고 있는 노래의 가사를 이 시를 읽고 난 후의 생각이나 느낌이 잘 드러나도록 바꾸어 보자.

진달래꽃

김소월

나 보기가 역겨워

가실 때에는

말없이 고이 보내 드리오리다.

1연 이별의 수용과 체념

영변에 약산

진달래꽃

아름 따다 가실 길에 뿌리오리다.

2연 임에 대한 사랑과 축복

가시는 걸음 걸음

놓인 그 꽃을

사뿐히 즈려밟고 가시옵소서.

3연 원망을 넘어선 희생적 사랑

나 보기가 역겨워

가실 때에는

죽어도 아니 눈물 흘리오리다.

4연 인고의 태도로 슬픔을 극복함.

* 아름: 두 팔을 둥글게 모아서 만든 둘레.

김소월(1902~1934) 본명은 정식(廷湜)이며, 평안북도 구성에서 태어났다. 1920년에 동인지 "창조"에 '낭인의 봄', '그리워' 등을 발표하며 등단했다. "영대(靈臺)"의 동인으로 활동했으며, 1925년 시집 "진달래꽃"을 발표했다. 민요적 가락과 소박하고 향토색 짙은 서정시를 주로 썼다.

서울 남산에 시비가 세워져 있으며, 1981년 금관 문화 훈장을 받았다. 주요 작품으로 '금잔디', '진달래꽃', '가는 길', '초혼' 등이 있으며, 저서로는 시집 "진달래꽃", "소월 시집" 등이 있다.

● 작품 만나기

'진달래꽃'은 고대 시가인 '가시리'와 민요 '아리랑'의 맥을 이어서 우리 민족의 전통적인 정서를 노래한 지은이의 대표 작품이다. '가시리', '아리랑', '진달래꽃'은 모두 이별의 아픔을 인고의 의지로 극복해 내려는 여인을 말하는 이로 설정하여 한국적 정한의 세계를 시적으로 형상화하고 있다.

'진달래꽃'에서도 말하는 이는 표면적으로는 임과 이별하더라도 그 슬픔을 참고 견디겠다는 희생과 인고의 자세를 보여 주고 있다. 그러나 그 이면에는 임이 돌아올 때까지 기다리겠다는 강한 의지를 품고 있어 임에 대한 절실한 사랑을 나타내고 있다.

● 핵심 만나기

갈래	자유시, 서정시
성격	전통적, 향토적, 민요적, 여성적
제재	진달래꽃
주제	이별의 정한과 승화
특징	• 반어적 표현을 통해 이별의 정한을 강조함. • 수미 상관의 구조 • '~오리다'와 같은 여성적 어조를 사용해 애절하고 간절한 분위기를 형성함.

● '진달래꽃'의 짜임

1연(기)	이별의 수용과 체념	체념
2연(승)	임에 대한 사랑과 축복	축복
3연(전)	원망을 넘어선 희생적 사랑	희생
4연(결)	인고의 태도로 슬픔을 극복함.	극복

● '진달래꽃'의 의미

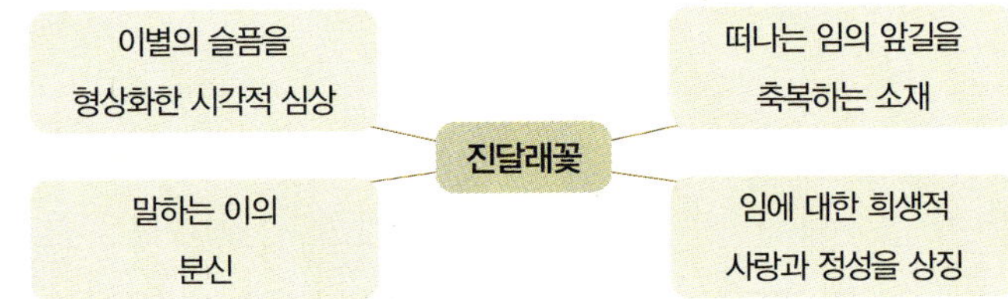

● '진달래꽃'의 문학적인 전통

　'진달래꽃'은 말하는 이를 이별의 슬픔을 인고의 의지로 극복해 내는 여인으로 설정하여 이별의 정한이라는 우리 민족의 전통 정서를 계승하고 있다. 이 정한의 세계는 고대 가요인 '공무도하가', 고려 속요인 '가시리', '서경별곡', 민요 '아리랑'으로 이어지고 있으며 '진달래꽃'까지 맥을 잇고 있다.

❶ 이 시의 각 연에 드러나는 말하는 이의 태도를 정리해 보자.

❷ 이 시의 4연에서 '죽어도 아니 눈물 흘리오리다.'와 같이 표현한 이유를 생각해 보자.

● 책 이름(출판사)　　　　　　　　　● 지은이

● 인상 깊은 내용과 그 이유

● 읽고 난 후의 생각이나 느낌

이 시를 읽고 난 후 말하는 이에게 위로하거나 충고하고 싶은 말을 생각하여 편지 형식으로 써 보자.

내 마음은

김동명

내 마음은 호수요.
잔잔하고 평화로운 세계
그대 노 저어 오오.

나는 그대의 흰 그림자를 안고, 옥같이

그대의 뱃전에 부서지리다.
임을 위한 거룩한 희생

1연　희생적인 사랑

내 마음은 촛불이요.
희생과 정열
그대 저 문을 닫아 주오.

나는 그대의 비단 옷자락에 떨며, 고요히

최후의 한 방울도 남김없이 타오리다.
열정적인 사랑과 희생

2연　임에 대한 열정적인 사랑과 희생

내 마음은 나그네요.
고독과 방랑
그대 피리를 불어 주오.

나는 달 아래 귀를 기울이며, *호젓이

나의 밤을 새이오리다.
임을 향한 그리움

3연　사랑의 고독함.

내 마음은 낙엽이요.

잠깐 그대의 뜰에 머무르게 하오.

이제 바람이 일면 나는 또 나그네같이, 외로이

그대를 떠나 오리다.

4연 이별을 각오한 사랑

☐ : 강한 의지의 반복적 표현

* 호젓이: 매우 홀가분하여 쓸쓸하고 외롭게.

● 작가 만나기

김동명(1900~1968) 강원도 강릉에서 태어났으며, 호는 초허(超虛)이다. 친구 현인규에게서 보들레르의 시집 "악의 꽃"을 빌려 읽고 깊은 감명을 받은 것이 계기가 되어 시를 쓰기 시작했다. '당신이 만약 내게 문을 열어 주시면' 이라는 시를 "개벽"(1923년 10월호)에 발표함으로써 문단에 등단했다. 첫 시집은 "나의 거문고"이며, 대표적인 작품으로 '파초', '수선화', '수선(水仙)Ⅱ', '나의 뜰', '바다', '하늘 Ⅰ·Ⅱ·Ⅲ', '명상', '술 노래' 등이 있다. 후기의 시 세계는 해방과 더불어 크게 바뀌는데, 시집으로 "삼팔선"과 "진주만"이 있다.

● 작품 만나기

'내 마음은' 은 가곡(歌曲)으로도 불리는 아름다운 서정시로서, 전체적으로 은유법을 바탕으로 하여 임에 대한 깊은 사랑을 고백하고 있다. '내 마음' 을 '호수', '촛불', '나그네', '낙엽' 등에 빗대어 표현함으로써 말하는 이의 추상적인 마음을 구체적으로 묘사하는 것이 특색이다.

이 시의 1연에 나오는 '호수' 는 말하는 이의 넓고 잔잔한 마음을 드러내고, 2연의 '촛불' 은 사랑에 대한 말하는 이의 희생과 정열을 드러낸다. 또 3연의 '나그네' 는 고독하고 애상적인 이미지를, 4연의 '낙엽' 은 쓸쓸하고 외로운 이미지를 드러낸다. 다시 말해서 이 작품은 '내 마음' 에 비유된 보조 관념들을 통해 사랑의 이중적 측면인 기쁨과 외로움을 나타내고 있다.

● 핵심 만나기

갈래	자유시, 서정시
성격	낭만적, 비유적, 상징적
제재	내 마음
주제	사랑의 기쁨과 애달픔.
특징	• 은유법을 통한 함축적 표현으로 내 마음을 드러냄. • '~오', '~리다' 의 반복으로 운율을 형성함.

● '내 마음은'의 구조적 특징

구분	내용적 구분	주요 소재와 의미
1연	사랑의 기쁨, 정열	호수: 사랑으로 인해 마음이 넓고 잔잔함(열정).
2연		촛불: 사랑을 향한 정열적인 마음과 희생(헌신)
3연	사랑의 애달픔.	나그네: 어디에도 머무르지 못하여 고독하고 쓸쓸함(그리움).
4연		낙엽: 쓸쓸하고 외로운 마음(애달픔.)

● '내 마음은'의 어조

- 각 연의 2행에 모두 '~지리다', '~오리다'로 끝맺고, 각 연의 4행은 '오오', '주오', '하오'로 끝맺고 있다. 임에 대한 사랑을 부드럽고 호소력 있게 표현하고 있다.
- 섬세한 어감과 분위기를 나타낸다.
- 말하는 이의 강한 의지를 표현하는 단정적 어조를 느낄 수 있다.
- 리듬감 있는 어감으로 내재율을 살리고 있다.

● '내 마음은'의 은유적 표현

- 원관념: 내 마음
- 보조 관념: 호수, 촛불, 나그네, 낙엽

❶ 이 시에서 '내 마음'을 빗대어 표현한 것을 모두 찾아보자.

❷ 이 시의 1·2연과 3·4연은 내용적으로 어떻게 다른지 생각해 보자.

● 책 이름(출판사)　　　　　　　　　　● 지은이

● 인상 깊은 내용과 그 이유

● 읽고 난 후의 생각이나 느낌

✏ 이 시를 읽고 사랑하는 사람의 다양한 심리 상태를 그림으로 표현해 보자.

즐거운 편지

황동규

1

내 그대를 생각함은 그대가 앉아 있는 배경에서 『해가 지고 바람이
부는 일』처럼 사소한 일일 것이나 그대가 한없이 괴로움 속을 헤매일
때에 오랫동안 전해 오던 그 사소함으로 그대를 불러 보리라.

2

진실로 진실로 내가 그대를 사랑하는 까닭은 내 나의 사랑을 한없이
잇닿은 그 기다림으로 바꾸어 버린 데 있었다. 『밤이 들면서 골짜기엔
눈이 퍼붓기 시작했다.』 내 사랑도 어디쯤에선 반드시 그칠 것을 믿는
다. 다만 그때 내 기다림의 자세를 생각하는 것뿐이다. 그동안에 『눈이
그치고 꽃이 피어나고 낙엽이 떨어지고 또 눈이 퍼붓고 할 것을 믿는
다.』

황동규(1938~) 평안남도 숙천에서 태어났으며, 소설가 황순원의 맏아들이다. 1946년 가족과 함께 월남해서 서울에서 성장했다. 1958년 서정주에 의해 시 '10월', '동백나무', '즐거운 편지' 가 "현대문학"에 추천되어 시인으로 등단했다. 초기에는 '즐거운 편지', 연작시 '소곡', '엽서' 등과 같은 사랑에 관한 서정시를 주로 썼지만, 이후 '허균', '열하일기' 등의 시대적 상황을 그리는 작품들을 발표했다. 저서로는 시집 "어떤 개인 날", "비가", "삼남에 내리는 눈" 등이 있고, 산문집 "겨울 노래", "나의 시의 빛과 그늘", "시가 태어나는 자리" 등이 있다.

● 작품 만나기

'즐거운 편지' 는 '그대' 에 대한 간절한 사랑을 표현하고 있는 작품이다. 말하는 이는 '그대' 가 자신의 사랑을 아무리 사소한 것으로 받아들여도 계속해서 기다릴 것이며, 계절이 되풀이되어도 영원히 그 사랑은 변치 않을 것이라고 다짐하고 있다. 그러므로 이 시에서 말하는 이가 자신의 사랑을 사소하다고 말하고, 그 사랑이 언젠가는 그칠 것이라고 말하는 것은 모두 반어적 표현이라고 할 수 있다.

이 시는 지은이의 첫 시집 "어떤 개인 날"에 실려 있으며, 시집에 실린 다른 시들과 마찬가지로 사랑을 노래하고 있다. 지은이의 초기 시 세계를 보여 주는 대표적인 작품으로, 적극적인 기다림의 자세를 보여 주는 것이 큰 특징이다.

● 핵심 만나기

갈래	산문시, 서정시
성격	서정적, 고백적, 낭만적
제재	이루지 못한 사랑과 기다림.
주제	기다림을 통한 이별의 정한 극복
특징	• 행의 구분이 없이 줄글로 이루어진 산문시임. • 반어법을 사용하여 '그대' 를 향한 간절한 사랑을 표현함. • 동일한 시구의 반복을 통해 운율을 형성함.

● '즐거운 편지'의 함축적 의미

| 밤, 골짜기 | 견디기 힘든 외로운 기다림의 시간 | 어두운 이미지 |
| 눈 | 그대를 기다리는 '나'의 마음 | 밝은 이미지 |

● '즐거운 편지'의 반어적 표현

이 시의 말하는 이는 자신의 사랑을 사소하다고 말한다. 또한 자신의 사랑이 언젠가는 그칠 것이라고 한다. 하지만 이것은 말하는 이가 하고 싶은 이야기가 아니다. 자신의 사랑이 소중하고 계속될 것이라는 것을 말하기 위해서 사용한 반어적인 표현이다. 다시 말해 이 시의 중심적인 표현 기법인 반어법은 말하는 이가 믿고 있는 영원한 사랑을 '그대' 또한 느낄 수 있도록 효과적으로 전달하기 위해 사용한 방법이다.

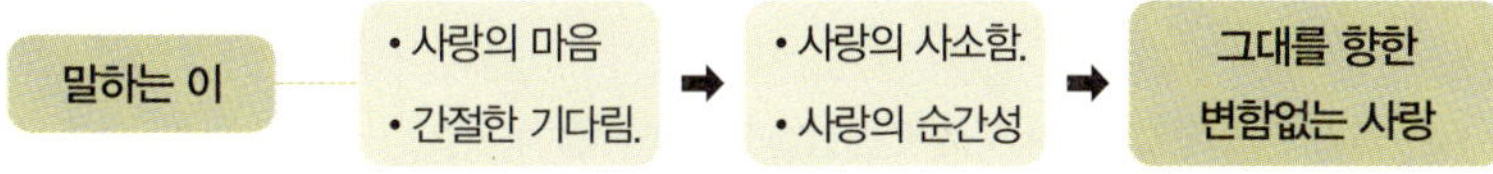

● 시적 허용

시적 허용은 시적 자유, 시적 파격이라고도 한다. 이는 시에서 시적인 효과를 얻기 위해서 의도적으로 문법에 어긋나는 표현을 사용하는 것이다. 즉, 맞춤법이나 띄어쓰기에 어긋나는 표현을 일부러 사용하여 운율을 만들고 강조, 변화 등의 느낌을 주는 것이다.

● 이 시의 말하는 이가 어떠한 상황에 있는지 생각해 보자.

● 책 이름(출판사)　　　　　● 지은이

● 인상 깊은 내용과 그 이유

● 읽고 난 후의 생각이나 느낌

✏ 내가 가장 사랑하는 사람에게 진심을 담아 편지를 써 보자.

1. '가시리'에서 말하는 이의 소망이 잘 나타나 있는 구절을 4연에서 찾아 쓰시오.

2. '송인'을 읽고 빈칸에 들어갈 알맞은 단어를 쓰시오.

> 이 시는 경치에 관한 묘사가 먼저 오고, 정서적인 묘사가 뒤따르는 ________ 의 구조를 가지고 있다.

3. '황조가'에서 말하는 이의 외로운 처지를 부각시키는 소재를 찾아 쓰시오.

4. 다음 중 '서동요'의 성격이 <u>아닌</u> 것은?

① 참요적   ② 예찬적   ③ 동요적   ④ 풍자적   ⑤ 민요적

5. '동짓달 기나긴 밤을'의 주된 정서로 가장 알맞은 것은?

① 원망   ② 미움   ③ 불안함   ④ 미안함   ⑤ 그리움

6. '묏버들 가려 꺾어'의 주제로 알맞는 것은?

① 인생의 허망함.   ② 임에 대한 원망

③ 부모에 대한 그리움   ④ 임에게 보내는 사랑

⑤ 이루어질 수 없는 사랑

7. '묏버들 가려 꺾어' 의 일부이다. 빈칸에 들어갈 시어를 쓰시오.

8. '먼 후일' 에서 '먼 훗날 당신이 찾으시면 / 그때에 내 말이 '잊었노라.'' 에 쓰인 주된 표현 방법을 쓰시오.

9. '진달래꽃' 에서 '진달래꽃' 의 의미로 알맞지 <u>않은</u> 것은?
① 떠나는 임에 대한 원망　　　　　② 임에 대한 희생적 사랑과 정성
③ 말하는 이의 분신과 같은 존재　　④ 떠나는 임의 앞길을 축복하는 소재
⑤ 이별의 슬픔을 형상화한 시각적 심상

10. '진달래꽃' 의 '죽어도 아니 눈물 흘리오리다.' 속에 담긴 의미를 쓰시오.

11. '내 마음은' 에서 '내 마음은 호수요' 에 사용된 표현법은?
① 직유법　　　　② 은유법　　　　③ 의인법　　　　④ 점층법　　　　⑤ 미화법

12. '즐거운 편지' 에서 말하는 이의 간절한 사랑을 반어적으로 나타내는 시어를 찾아 쓰시오.

● 다음 시어의 현대어 풀이를 써 보자.

가시리	날러는	(1)
	셜온	(2)
서동요	어러 두고	(3)
동짓달 기나긴 밤을	버혀 내여	(4)
묏버들 가려 꺾어	자시는	(5)
	님의 손에	(6)
	나인가	(7)

03

삶, 그 잔잔한 속삭임으로

까마귀 싸우는 골에

영천 이씨

까마귀 싸우는 골에 백로야 가지 마라.
역신 → 이성계 일파   충신 → 정몽주

성낸 까마귀 흰 빛을 새올세라
지조와 절개   시기하니

『청강에 맑게 씻은 몸』을 더럽힐까 하노라.
맑은 강물   깨끗이   『 』: 군자의 지조와 절개를 비유

초장 까마귀에 대한 경계

중장 까마귀의 시샘

종장 군자의 지조와 절개 강조

영천 이씨(? ~ ?) 고려 시대 문신인 정몽주의 어머니이다. 임신하였을 때 난초 화분을 품에 안고 있다가 땅에 떨어뜨리는 꿈을 꾸고 정몽주의 이름을 몽란에서 몽룡으로 개명하고, 성인이 된 뒤 몽주라 고쳤다. 아들의 비범함을 일찍이 알아보고 '백로가'를 지어 경계토록 하였다고 전해진다.

● 작품 만나기

정몽주의 어머니인 영천 이씨가 지은 것으로 전해지는 시조이다. 아들인 정몽주가 고려 왕조를 무너뜨리고 새 왕조를 일으키려는 무리들을 경계하고, 그들의 권력 다툼 사이에서 지조와 절개를 지키기를 바라는 내용이다. 주요 소재인 '까마귀'는 간신·역신배, 또는 이성계 일파를 상징하고, '백로'는 충신, 또는 정몽주를 상징한다고 할 수 있다.

이 당시 이성계 일파와 그의 아들 방원은 고려 왕조를 무너뜨리고 새로운 왕조인 조선을 건국할 목적으로 고려의 유신(遺臣)들을 회유하거나 포섭하였다. 정몽주의 어머니는 아들의 장래를 염려하여 몸가짐을 조심하라는 뜻에서 이 시조를 지었다고 전한다. 까마귀, 백로 등의 이미지를 형상화하여 극단적인 은유로 묘사한 것이 특징이다. 아들의 장래를 염려하는 모정(母情)과 나라의 현실을 개탄하는 소극적, 여성적 인생관이 엿보인다.

● 핵심 만나기

갈래	정형시, 평시조, 고시조
성격	교훈적
제재	까마귀, 백로
주제	군자, 충신으로서의 지조와 절개
특징	• 대조적인 소재와 상징적인 시어를 이용해 주제를 우회적으로 제시함. • 극단적인 은유법을 사용하여 주제를 강조함.

● '까마귀'와 '백로'의 의미

까마귀	검은색	부정적 이미지	고려 왕조를 무너뜨리고 새로운 왕조(조선)를 세우려는 신흥 세력(이성계 일파)
백로	흰색	긍정적 이미지	지조와 절개를 지키며 고려 왕조를 지키려는 충신(정몽주)

● 이직의 '까마귀 검다 하고'와 비교하기

까마귀 검다 하고 백로야 웃지 마라.
겉이 검은들 속조차 검을소냐.
아마도 겉 희고 속 검을손 너뿐인가 하노라.

- '까마귀 검다 하고'에서는 자신의 행위에 대한 정당성을 부여하고 위선적 인물에 대한 풍자로 주제를 전달한다.
- '까마귀 싸우는 골에'처럼 대조적인 시어(까마귀, 백로)를 사용했으나 시어의 의미는 전혀 다르다. 까마귀는 조선 건국에 협력한 개국 공신(겉은 검으나 속은 흰 존재)을 가리키고, 백로는 조선의 건국을 비난하는 고려 유신(겉은 희나 속은 검은 존재)을 가리킨다.
- '까마귀'는 긍정적 이미지이고, '백로'는 부정적 이미지이다.

❶ 이 시에 그려진 '까마귀'와 '백로'의 속성을 생각해 보자.

❷ 이 시가 창작된 시대적 배경을 고려하여 '까마귀'와 '백로'의 의미를 생각해 보자.

● 책 이름(출판사)　　　　　　　● 지은이

● 인상 깊은 내용과 그 이유

● 읽고 난 후의 생각이나 느낌

✎ 이 시조를 쓴 지은이의 마음 또는 입장에 대해 써 보자.

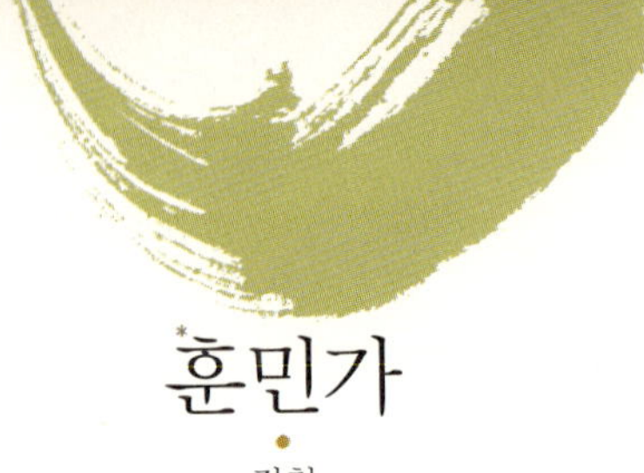

*훈민가

정철

남으로 생긴 중에 벗같이 *유신(有信)하랴.

나의 왼 일을 다 이르려 하노매라.
　잘못된 일　　　　말하려
이 몸이 벗님 곧 아니면 사람됨이 쉬울까.

10수　벗을 소중히 여기는 마음

오늘도 날이 다 새었다 호미 메고 가자스라.
　　　　　　　　　　　　　가자꾸나
내 논 다 매거든 네 논도 매어 주마.

오는 길에 뽕 따다가 누에 먹여 보자스라.
돌아오는 길에　　　　　　　　보자꾸나

13수　농사일의 성실함과 상부상조

이고 진 저 늙은이 짐 풀어 나를 주오.
짐을 머리에 이고 등에 짊어진
나는 젊었거니 돌이라 무거울까.
　　젊었으니
늙기도 설워라커든 짐을조차 지실까.
　　　　서러워하겠거늘

16수　노인에 대한 공경

* 훈민: 백성을 가르침.

* 유신: 신의가 있음.

　정철(1535~1593) 조선 선조 때의 문신이자 시인이며 호는 송강(松江)이다. 1580년 강원도 관찰사로 등용되었고, 이후 3년 동안 전라도와 함경도 관찰사를 지내면서 많은 시 작품을 남겼다. 이 시기에 '관동별곡(關東別曲)'을 지었고, 또 시조 '훈민가(訓民歌)' 16수를 지어 널리 낭송하게 함으로써 백성들의 교화에도 힘썼다. 1585년에 관직을 떠나 고향에 돌아가 4년 동안 창작에 매진했다. 이때 "사미인곡(思美人曲)", "속미인곡(續美人曲)" 등 수많은 가사와 시조를 지었다.

● 작품 만나기

　'훈민가'는 지은이가 강원도 관찰사로 재직하던 1580년(선조 13년) 정월부터 이듬해 3월까지 백성들을 계몽하고 교화하기 위하여 지은 작품이다. 총 16수로 이루어졌으며 '경민가(警民歌)' 또는 '권민가(勸民歌)'라고도 한다. 이 시조는 유교적 윤리와 도덕의 실천을 백성에게 가르치고자 한 작품으로, 부모에 대한 효심, 형제 간의 우애, 이웃 간의 상부상조 등을 주제로 하고 있다.

　이 시조의 표현 형태는 전통적 시가 형식이며, 우리말로 된 일상어를 사용했다. 일상적이고 정겨운 이야기를 주제로 각 편의 말하는 이와 듣는 이를 평범한 백성으로 설정함으로써 신분적 관계에 의한 명령이 아닌 백성의 목소리를 부각시켜 설득력을 높였다.

● 핵심 만나기

갈래	정형시, 고시조, 연시조
성격	교훈적, 직설적, 계몽적, 유교적, 설득적
제재	유교적 윤리와 도덕
주제	올바른 삶의 도리
특징	• 우리말로 된 일상어의 사용으로 백성의 이해를 도움. • 청유형, 명령형 어미의 사용으로 설득력을 높임. • 백성의 교화를 위한 계몽적이고 교훈적인 노래임.

● '훈민가'의 문학사적 의의

- 삼강오륜을 바탕으로 사람이 지켜야 할 도리와 덕목을 주제로 한 목적시이다.
- 백성을 대상으로 하는 교화의 글로 활용되었다.
- 상하 관계를 통한 명령이 아니라 백성의 목소리와 인정을 담았다.

● '훈민가' 16수의 주요 내용

수	내용	덕목
1수	부모님의 은혜	부의모자(父義母慈)
2수	임금과 신하의 도리	군신유의(君臣有義)
3수	형제의 우애	형우제공(兄友弟恭)
4수	어버이의 자애와 자식의 효도	자효(子孝)
5수	부부의 사랑	부부유은(夫婦有恩)
6수	남녀 사이의 분별	남녀유별(男女有別)
7수	자식의 학문	자제유학(子弟有學)
8수	마을 사람들의 교화	향려유례(鄕閭有禮)
9수	어른과 아이 사이의 도리	장유유서(長幼有序)
10수	벗을 소중하게 여기는 마음	붕우유신(朋友有信)
11수	가난한 사람을 가엾이 여기는 마음	빈궁우환 친척상구(貧窮憂患親戚相救)
12수	경조사를 돌보려는 마음	혼인사상 인리상조(婚姻死喪隣里相助)
13수	농사일의 성실함과 상부상조	무타농상(無惰農桑)
14수	도둑질과 동냥질의 경계	무작도적(無作盜賊)
15수	도박과 송사 금지	무학도박(無學賭博), 무호쟁송(無好爭訟)
16수	노인에 대한 공경	반백자불부대(斑白者不負戴)

❶ 이 시조의 10수를 통해 우리가 배울 수 있는 점을 생각해 보자.

❷ 이 시조의 창작 의도를 생각해 보자.

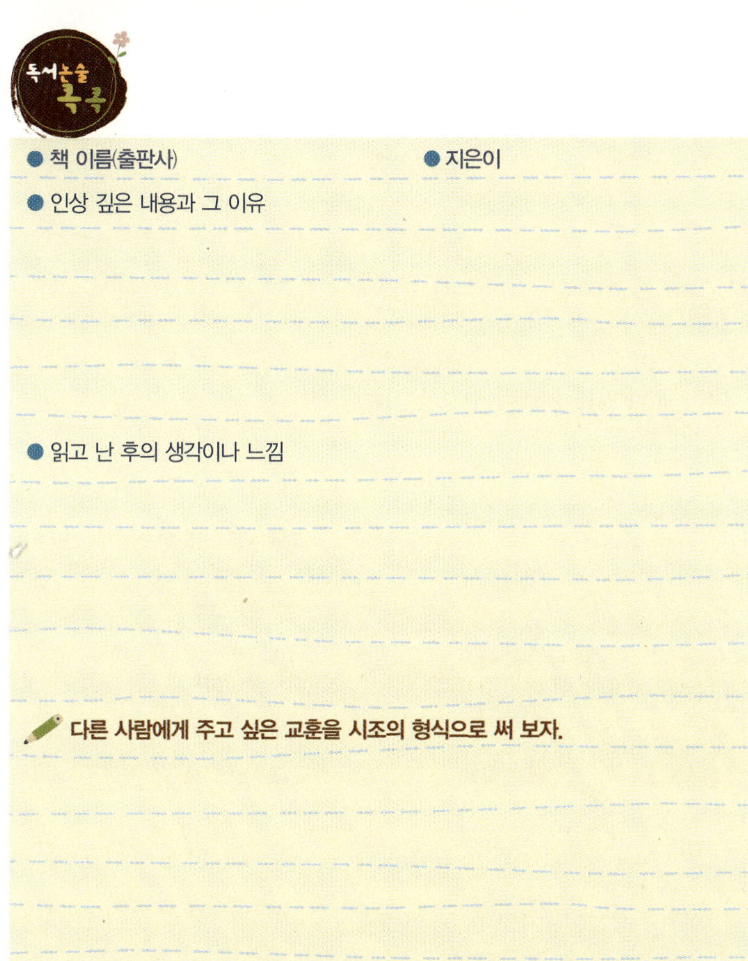

● 책 이름(출판사)　　　　　　● 지은이

● 인상 깊은 내용과 그 이유

● 읽고 난 후의 생각이나 느낌

다른 사람에게 주고 싶은 교훈을 시조의 형식으로 써 보자.

꽃

김춘수

내가 그의 이름을 불러 주기 전에는

그는 다만

하나의 몸짓에 지나지 않았다.

내가 그의 이름을 불러 주었을 때

그는 나에게로 와서

꽃이 되었다.

내가 그의 이름을 불러 준 것처럼

나의 이 빛깔과 향기(香氣)에 알맞은

누가 나의 이름을 불러 다오.

그에게로 가서 나도

그의 꽃이 되고 싶다.

우리들은 모두

무엇이 되고 싶다.

너는 나에게 나는 너에게

잊혀지지 않는 하나의 눈짓이 되고 싶다.

4연 의미 있는 관계를 맺고 싶은 소망

● 작가 만나기

김춘수(1922~2004) 경상남도 통영에서 태어났다. 1945년 통영에서 유치환, 윤이상, 심상옥 등과 통영 문화 협회를 만들어 예술 운동을 하였다. 1948년 대구에서 발행되던 "죽순" 8집에 시 '온실' 등을 발표하고, 첫 시집 "구름과 장미"를 발표하면서 본격적인 작품 활동을 시작했다.

대표 작품으로는 시 '꽃', '꽃을 위한 서시', '샤갈의 마을에 내리는 눈', '처용단장' 등이 있으며, 저서로는 '꽃'이 수록된 시집 "부다페스트에서의 소녀의 죽음" 외에도 시집 "늪", "타령조 기타" 등이 있다.

● 작품 만나기

'꽃'은 사물과 이름, 그리고 그 사이의 의미와 진정한 관계를 이야기하고 있다. '꽃'은 여기에서 단순한 자연물이 아니라 지은이의 관념을 대변해 주고, 이름을 불러 주는 행위를 통해 의미를 갖는 존재를 상징한다.

1연에서는 '그'라는 구체적인 대상을 인식하고 판단하기 이전의 존재에 대해 이야기한다. '그'는 그저 의미 없는 무수한 사물 중 하나일 뿐이며, '하나의 몸짓'에 불과한 막연한 존재이다. 하지만 2연에서 내가 '그'의 존재를 깨닫고 이름을 불러 줌으로써 '그'의 존재가 드러나며 나에게 다가오게 된다. 3연에서는 '나'도 '너'에게 의미 있는 존재가 되고 싶은 소망을 이야기한다. 마지막으로 4연에서는 '나'와 '너'라는 각각의 존재가 아니라 '우리'로 공존하려면 서로의 이름을 불러 주어야 한다고 말한다. 우리 모두가 진정한 관계를 맺게 되기를 소망하고 있는 것이다.

● 핵심 만나기

갈래	자유시, 서정시
성격	관념적, 상징적, 철학적
제재	꽃
주제	존재의 본질을 나타내고자 하는 소망
특징	• 상징적인 시어를 사용함. • 존재의 의미를 점층적으로 확대함.

● '꽃'에 있는 시어의 의미

시어	의미
몸짓	아무런 의미를 갖지 못한 존재
꽃	의미 있는 존재
빛깔과 향기	존재가 지닌 본래의 성질
무엇	서로에게 의미 있는 존재, 의미 있는 다른 사람과의 관계
눈짓	서로에게 의미 있는 존재

● '이름'의 의미

- 의미 없던 사물에 의미를 부여한다.
- 사물과 그 이름을 붙인 사람과의 관계를 나타낸다.
- 진정한 관계를 맺을 수 있는 가능성을 나타낸다.

● '꽃'의 시상 전개

몸짓		꽃		눈짓
의미 없는 존재	➡	의미 있는 존재	➡	서로에게 의미 있는 존재
나		너		우리

❶ 3연에서 말하는 이의 소망이 무엇인지 써 보자.

❷ 이 시에서 '이름을 부르는 행위'의 의미를 생각해 보자.

● 책 이름(출판사)　　　　　　　　　● 지은이

● 인상 깊은 내용과 그 이유

● 읽고 난 후의 생각이나 느낌

나에게 이 시의 '꽃'과 같은 존재가 누구일지 생각해 보고 그렇게 생각하는 이유를 써 보자.

새로운 길

윤동주

*내를 건너서 숲으로
시련, 고난
고개를 넘어서 마을로
시련, 고난

어제도 가고 오늘도 갈

나의 길 새로운 길
인생

『민들레가 피고 까치가 날고

아가씨가 지나고 바람이 일고』
『』: 길에서 만나는 존재들, 희망을 주는 존재들

나의 길은 언제나 새로운 길
조국 광복의 길
오늘도…… 내일도……

내를 건너서 숲으로
희망과 평화의 공간
고개를 넘어서 마을로
희망과 평화의 공간

* 내: 시내보다는 크지만 강보다는 작은 물줄기.

● **작가 만나기**

윤동주(1917~1945) 북간도 명동촌에서 태어났으며, 일본에서 유학 중 1943년 독립운동 혐의로 일본 경찰에 체포되었다. 징역 2년을 선고받고 후쿠오카 형무소에서 복역하던 중 1945년 2월에 옥사했다. 그는 일제 강점기의 지식인으로서 겪어야 했던 고뇌를 섬세한 서정으로 노래했다.

저서로는 1948년에 출간한 유고 시집 "하늘과 바람과 별과 시"가 있고 주요 작품으로 '서시', '쉽게 씌어진 시', '별 헤는 밤', '자화상', '또 다른 고향' 등이 있다.

● **작품 만나기**

유고 시집 "하늘과 바람과 별과 시"에 수록된 '새로운 길'은 일제 강점기의 슬프고 안타까운 현실 속에서도 봄을 노래하고 새로운 미래에 대한 희망을 전하는 작품이다.

이 시에서 '길'은 인생을 상징한다. 삶의 길은 늘 같은 경로를 반복하기에 염증을 낼 수 있지만 지은이는 자신에게 주어진 길을 항상 새로운 마음으로 맞이하고 살아가려는 미래 지향적인 의지를 보이고 있다.

이 시는 동일한 시어와 문장 구조가 반복되고, 첫 연과 마지막 연이 동일한 구절로 반복되어 안정감 있는 운율을 형성한다. 새로운 출발과 희망을 반복적인 구절을 통해 효과적으로 표현하고 있다.

● **핵심 만나기**

갈래	자유시, 서정시
성격	서정적, 의지적, 고백적, 지향적
제재	나의 길
주제	언제나 새로운 길을 갈 것을 다짐하는 마음
특징	• 반복적 표현으로 운율을 형성함. • 1인칭 자기 고백체

● '새로운 길'의 짜임

1연	길의 공간적인 배경	내가 걸어가는 길
2연	길의 시간적인 배경	내가 걸어가야 할 새로운 길
3연	길의 환경	희망이 있는 새로운 길
4연	길에 대한 소망	새로운 길을 계속 갈 것을 다짐함.
5연	길의 공간적인 배경	고난을 이겨 내고 평화로운 곳으로 나아감.

● '새로운 길'의 상징과 의미

- 길: 삶, 인생, 조국의 광복
- 내, 고개: 시련, 고난, 일제 강점기
- 숲, 마을: 희망과 평화의 공간
- 민들레, 까치, 아가씨, 바람: 길에서 만나는 다양한 존재, 삶에 대한 희망을 지니게 해 주는 다정한 존재

● '새로운 길'의 표현상의 특징

- 대조적인 의미를 가진 시어를 사용하였다(내, 고개 ↔ 숲, 마을).
- 동일한 시어와 문장이 반복되어 운율을 형성한다.
- 첫 연과 마지막 연이 같은 수미 상관의 구성이다.
- 3연을 중심으로 1연과 5연, 2연과 4연이 의미상 대칭을 이룬다.

❶ 이 시에서 수미 상관의 구성으로 이루어진 연을 찾아보자.

❷ 이 시를 읽고 말하는 이의 삶의 태도를 생각해 보자.

● 책 이름(출판사)　　　　　　　　　　● 지은이

● 인상 깊은 내용과 그 이유

● 읽고 난 후의 생각이나 느낌

　　　이 시의 '새로운 길'이 무엇을 상징하는지 써 보자.

빨래꽃

유안진

이 마을도 비었습니다

국도에서 지방도로 접어들어도 *호젓하지 않았습니다

*폐교된 분교를 지나도 빈 마을이 띄엄띄엄 추웠습니다

그러다가 빨래 널린 어느 집은 *생가(生家)보다 반가웠습니다

빨랫줄에 줄 타던 옷가지들이 담 너머로 윙크했습니다

초겨울 다저녁때에도 초봄처럼 따뜻했습니다

『꽃보다 꽃다운 빨래꽃이었습니다

꽃보다 향기로운 사람 냄새가 풍겼습니다』

어디선가 금방 개 짖는 소리도 들린 듯했습니다

온 마을이 꽃밭이었습니다

골목길에 *설핏 빨래 입은 사람들은 더욱 꽃이었습니다

『사람보다 기막힌 꽃이 어디 또 있습니까』

지나와 놓고도 목고개는 자꾸만 뒤로 돌아갔습니다

---

* 호젓하다: 후미져서 무서움을 느낄 만큼 고요하다.

* 폐교: 학교의 운영을 폐지하는 것.

* 생가: 어떤 사람이 태어난 집.

* 설핏: 잠깐 나타나거나 떠오르는 모양.

유안진(1941~) 1965년 시인 박목월의 추천으로 "현대문학"을 통해 등단했다. 1970년 첫 시집 "달하"를 발표한 이후 "물로 바람으로", "봄비 한 주머니" 등 10여 권의 시집과 시선집을 발표했다. 수필집으로는 "우리를 영원케 하는 것은", "축복을 웃도는 것" 등이 있고 장편 소설 "바람꽃은 시들지 않는다", "땡삐" 등의 작품이 있다. 우리 사회의 빠른 변화 때문에 가치 있는 것들이 사라져 가는 것을 안타까워하여 우리 민속에 관한 연구에도 힘을 쏟고 있다. 한국 펜 문학상, 정지용 문학상, 월탄 문학상, 유심 작품상, 이형기 문학상 등을 수상했다.

● 작품 만나기

'빨래꽃'은 사람들이 모두 떠나고 사람의 흔적이라곤 찾아볼 수 없는 빈 마을을 지나다가 우연히 빨랫줄에 널린 빨래를 보고 반가워하는 내용의 작품이다. 첫 행의 '이 마을도 비었습니다'는 산업화로 사람들이 도시로 모두 떠난 농촌의 상황을 단적으로 보여 주고 있다. '폐교된 분교', '빈 마을'도 더 이상 북적거리지 않고 쓸쓸한 공간이 되어 버린 시골 마을의 풍경이다.

한때는 농촌 공동체를 이뤄 이웃끼리 정을 나누던 마을이 텅 빈 것을 보고 말하는 이는 몹시 춥다고 했다. 그러다가 '빨래 널린 어느 집'을 보고 '꽃보다 향기로운 사람 냄새'를 맡게 된다. 그리하여 빨래라는 대상에 '꽃'이 지닌 생기와 아름다움의 가치를 부여하고, 더 나아가 사람에 대한 그리움과 반가움을 나타내고 있다.

● 핵심 만나기

갈래	자유시, 서정시
성격	서정적
제재	빨래
주제	빨래를 통해 느끼는 사람에 대한 반가움
특징	• 공간의 이동에 따른 말하는 이의 정서 변화가 나타남. • 종결 어미 '~습니다'를 반복해 운율을 형성함. • 대비가 되는 시어를 통해 말하는 이의 정서를 나타냄.

구분	전반부	후반부
시적 상황	생기가 없는 텅 빈 시골 마을을 지남 (1~3행).	• 빨랫줄에 널린 빨래를 봄(4행). • '그러다가'에서 시상 전환이 급격히 이루어짐.
정서	서글프고 쓸쓸함.	반가움과 정겨움.
시어의 대조	• 추웠습니다. • 폐교된 분교 • 빈 마을	• 따뜻했습니다. • 빨래 널린 어느 집 • 개 짖는 소리

● '빨래꽃'의 의미

이 시에서는 어느 집 빨랫줄에 널려 있는 빨래를 빨래꽃으로 비유하고 있다. 빨래와 꽃의 공통점은 생기와 생명력이 있다는 것이다. 말하는 이는 빨래가 담고 있는 사람 냄새를 매우 반기며 빨래를 꽃에 비유하고, 더 나아가 '온 마을이 꽃밭이었습니다', '빨래 입은 사람들은 더욱 꽃이었습니다', '사람보다 기막힌 꽃이 또 있습니까'라고 전개시키며 빨래를 입고 있는 사람을 세상에서 가장 아름다운 꽃으로 비유했다.

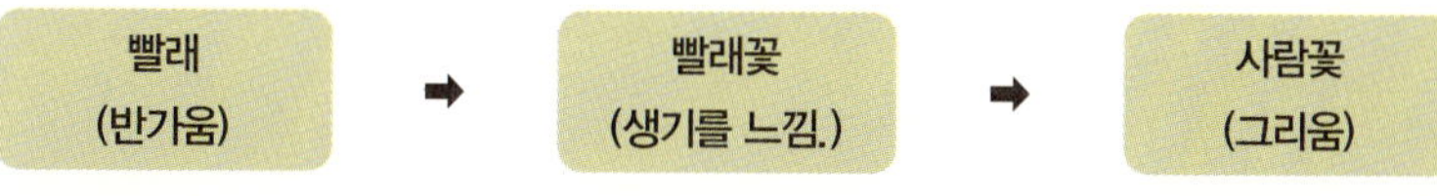

❶ 이 시에서 '빨래 널린 어느 집'과 대조가 되는 시어를 찾아보자.

❷ 이 시에서 말하는 이가 빨래를 보고 반가워한 이유를 생각해 보자.

● 책 이름(출판사)   ● 지은이

● 인상 깊은 내용과 그 이유

● 읽고 난 후의 생각이나 느낌

✏️ 말하는 이가 빨래를 보고 '사람꽃'으로까지 시상을 전개한 과정을 써 보자.

행복

허영자

『눈이랑 손이랑

깨끗이 씻고』 『 』: 행복을 찾기 위한 준비 자세

자알 찾아보면 있을 거야.
잘(시적 허용)

1연 눈과 손을 씻고 잘 찾아보면 있는 행복

『깜짝 놀랄 만큼

신바람 나는 일이』
『 』: 행복에 대한 기대감 고조
어딘가 어딘가에 꼭 있을 거야.

2연 어딘가에 있다가 불현듯 나타나는 행복

아이들이

보물찾기 놀일 할 때

보물을 감춰 두는

바위 틈새 같은 데에
평범하고 지나치기 쉬운 곳
나무 구멍 같은 데에
평범하고 지나치기 쉬운 곳

3연 평범한 곳에 감추어져 있는 행복

행복은 아기자기

숨겨져 있을 거야.

4연 아기자기하게 숨겨져 있는 행복

행복 135

● 작가 만나기

허영자(1938~) 경남 함양에서 태어났으며, 1962년 "현대문학"에 '도정연가', '사모곡' 등이 추천되어 등단했다. 억눌린 감성의 치열한 반란을 섬세한 언어로 형상화하는 대표적인 여류 시인이다. 주요 작품으로 '가을 어느 날', '꽃', '자수' 등이 있으며, 저서로는 시집 "가슴엔 듯 눈엔 듯", "어여쁨이야 어찌 꽃뿐이랴", "그 어둠과 빛의 사랑", 시조집 "소멸의 기쁨", 수필집 "내가 너의 이름을 부르면" 등이 있다. 한국 시인 협회상, 월탄 문학상 등을 수상했다.

● 작품 만나기

'행복'은 사람들이 갈구하고 찾아다니는 행복을 찾으려면 먼저 깨끗한 마음과 몸가짐을 갖기를 권한다. '눈이랑 손이랑 깨끗이 씻고 자알 찾아보면 있을 거야.'라는 구절에서 볼 수 있듯이 밝고 착한 마음을 가지고 추구할 때 행복이 다가올 수 있다는 것이다. 그러기에 2연에서는 '깜짝 놀랄 만한' 사건으로 행복이 다가온다고 말하며 행복에 대한 기대감을 한껏 고조시킨다.

그러나 이 시는 행복이 그리 크고 거창한 것이 아님을 3연에서 밝히고 있다. 아이들이 보물찾기 놀이를 할 때 보물을 숨겨 두는 곳처럼 평범하고 늘상 보고 지나치는 곳에 행복이 있다는 것이다.

한마디로 이 시는 행복이 멀리에 따로 있는 것이 아니라 우리의 생활 속에 평범하게 존재한다는 것을 강조하고 있다.

● 핵심 만나기

갈래	자유시, 서정시
성격	서정적
제재	행복
주제	생활 곳곳에 존재하는 행복
특징	• 쉬운 시어와 간결한 표현을 사용함. • 아이들의 보물찾기 놀이에 비유하여 행복의 개념을 구체화함.

● '행복'의 짜임

1연	눈과 손을 씻고 잘 찾아보면 발견할 수 있는 행복
2연	어딘가에 있다가 불현듯 나타나는 행복
3연	평범하고 지나치기 쉬운 곳에 감추어져 있는 행복
4연	생활 곳곳에 아기자기하게 숨겨져 있는 행복

● '행복'에 담겨 있는 낭만적 아이러니

- 낭만적 아이러니: 아이러니는 낱말이나 문장이 겉으로 드러나는 뜻과 반대의 뜻을 가지는 반어, 모순의 개념이다. 낭만적 아이러니란 지은이가 스스로 만들어 낸 환상을 파괴함으로써 무한을 추구하는 인간의 모순을 해결하는 표현 기법이다. 진실을 파괴하지도 않고, 비관적이지도 않은 것이 특징이다.

- '행복'에 나타난 낭만적 아이러니: 행복에 대해 읽는 이의 기대와 환상을 한껏 고조시킨 뒤, 행복은 그리 거창하지도, 어마어마한 곳에 비밀스럽게 숨겨져 있는 것도 아님을 밝히고 있다. 1, 2연에서 지은이는 읽는 이의 기대를 고조시키다가, 3연과 4연에서 행복이 평범한 곳에 있음을 말하고 있다.

• 행복의 비밀 • 행복에 대한 기대감 고조

• 평범한 곳에서 발견되는 행복 • 생활 주변에 숨어 있는 행복

❶ 이 시에서 말하는 이는 행복이 어디에 있다고 여기는지 생각해 보자.

❷ 보물을 숨겨 두는 '바위 틈새', '나무 구멍'은 어떠한 곳을 의미하는지 생각해 보자.

● 책 이름(출판사)　　　　　　　　　　● 지은이

● 인상 깊은 내용과 그 이유

● 읽고 난 후의 생각이나 느낌

✎ **'행복'** 이라는 제목으로 한 편의 글을 써 보자.

동해 바다 - 후포에서

신경림

친구가 원수보다 더 미워지는 날이 많다.

『티끌만한 잘못이 *맷방석만하게

동산만하게 커 보이는 때가 많다.』
『』: 점층법

그래서 세상이 어지러울수록

남에게는 엄격해지고 내게는 너그러워지나 보다.

돌처럼 *잘아지고 굳어지나 보다.
점점 작아지고 경직되는 돌의 속성

1연 이기적으로 살아온 부정적인 삶의 모습

멀리 동해 바다를 내려다보며 생각한다.

널따란 바다처럼 너그러워질 수는 없을까
본받고자 하는 대상   자신의 삶을 반성함.

깊고 짙푸른 바다처럼.
'돌' 과 대조

감싸고 끌어안고 받아들일 수는 없을까
다른 사람의 잘못을 용서하고 배려하는 삶의 태도

『스스로는 억센 파도로 다스리면서.

제 몸은 맵고 *모진 매로 채찍질하면서.』
『』: 엄격한 자기 반성

2연 바다와 같은 이상적인 모습 갈망

* 맷반석: 매통이나 맷돌을 쓸 때 밑에 까는, 짚으로 만든 방석.
* 잘다: 생각이나 성질이 대담하지 못하고 좀스럽다.
* 모질다: 기세가 몹시 매섭고 사납다.

신경림(1936~) 충북 중원에서 태어났으며, "문학예술"에 시 '낮달', '갈대', '석상' 등을 발표하며 등단했다. 1973년에 펴낸 첫 시집 "농무(農舞)"를 시작으로 우리 민족의 감정과 정서를 바탕으로 하는 시들을 썼다.

시집으로 "새재", "달 넘세", "남한강", "우리들의 북" 등이 있고, 평론으로 '농촌 현실과 농민 문학', '삶의 진실과 시적 진실', '역사와 현실에 진지하게 대응하는 시' 등이 있다. 1973년 만해 문학상, 1981년 한국 문학 작가상을 수상했다.

● 작품 만나기

일반적으로 사람들은 다른 사람의 잘못에 대해 관대하지 못하다. '동해 바다'는 그런 자신의 모습을 반성하고, 자신에게는 엄격하고 다른 사람에게는 관대할 것을 다짐하는 내용의 작품이다.

이 시는 보통 사람들이 일상생활에서 겪는 평범한 일을 바탕으로 하여, 자기 자신을 반성하고 있다. 말하는 이는 동해 바다를 바라보며 남에게 엄격하고 자신에게는 너그러웠던 스스로의 모습을 돌이켜보고, 돌처럼 작아지고 딱딱해지는 자신에 대해 부끄러움을 느낀다. 그래서 '널따란 바다처럼 너그러워질 수는 없을까' 라고 스스로에게 묻고 있다.

한편 이 시에는 '후포에서'라는 부제가 붙어 있는데, 후포는 경북 울진 아래에 있는 작은 항구이다. 지은이는 그곳에서 바라본 동해 바다를 통해 자신의 옹졸함과 편협함을 떨쳐 버리고 바다처럼 넓은 마음을 갖기를 소망하고 있다.

● 핵심 만나기

갈래	자유시, 서정시
성격	교훈적, 반성적, 비유적, 성찰적
제재	동해 바다
주제	자신에게는 엄격하고 다른 사람에게 관대할 것을 다짐함.
특징	• 자연물의 속성을 통해 인생의 교훈을 전달함. • 쉽고 일상적인 언어를 통해 주제를 효과적으로 드러냄.

● ‘돌’과 ‘바다’의 대조적 성격

1연에 나타나는 ‘돌’ 과 2연의 ‘바다’ 는 서로 대조적이다. ‘돌’ 은 편견과 아집 등을 가지고 있는 부정적인 현재의 모습을 비유적으로 상징하고 ‘바다’ 는 다른 사람을 포용하는 이상적인 삶의 태도를 상징한다. 다시 말해서 1연에서는 현재의 삶의 태도를 고백하고 있지만, 2연에서는 말하는 이가 지향하는 삶의 태도, 미래 지향적인 삶, 소망을 드러내고 있다.

● ‘나’와 ‘동해 바다’의 태도

구분	나	동해 바다
다른 사람에 대한 태도	엄격함.	너그러움.
자신에 대한 태도	너그러움.	엄격함.
삶의 태도	경직됨.	수용적임.

● ‘바다’의 성격

- 너그럽고 포용력이 있다.
- 다른 사람의 생각을 잘 받아들이고 잘못된 점도 덮어 줄 수 있다.
- 스스로는 억센 파도로 다스리며 엄격하게 자기반성을 한다.
- 자신이 잘못한 부분에 대해 인정하고 깊이 반성한다.

❶ 이 시에서 대조적인 의미를 가진 두 시어를 찾아보자.

❷ 이 시에서의 ‘돌’ 의 속성에 대해 생각해 보자.

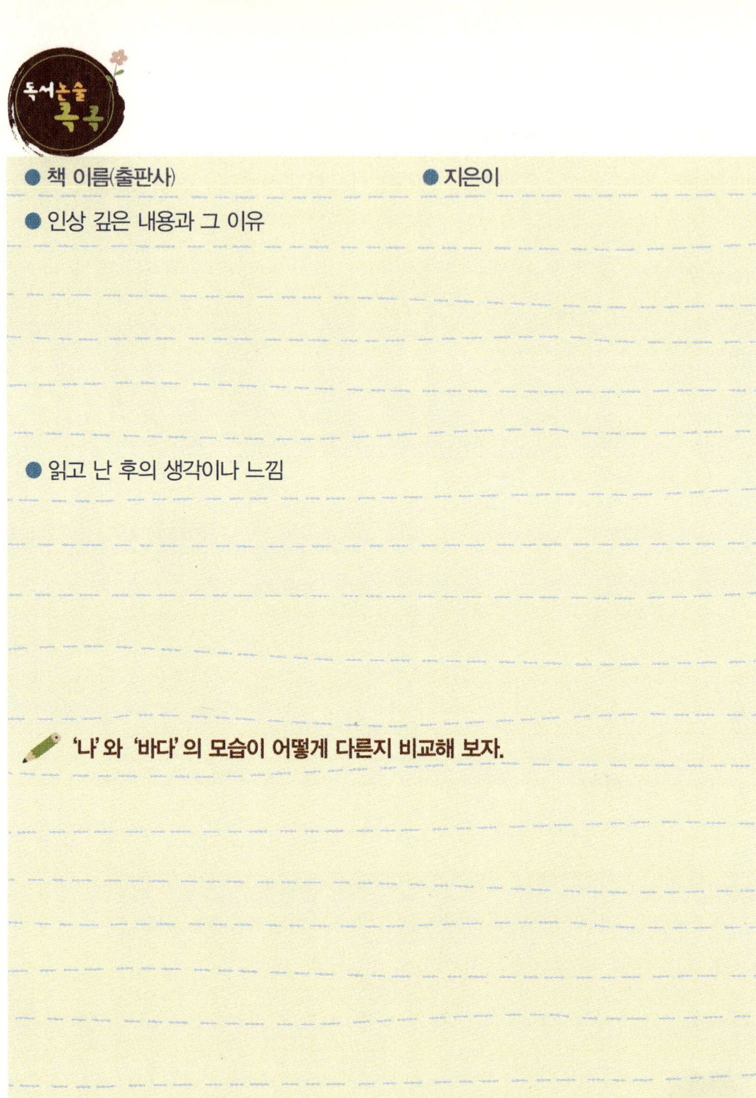

● 책 이름(출판사)　　　　　　　　● 지은이

● 인상 깊은 내용과 그 이유

● 읽고 난 후의 생각이나 느낌

✏ '나'와 '바다'의 모습이 어떻게 다른지 비교해 보자.

*새봄

김지하

벗꽃 지는 걸 보니
낙엽수(변함.)
푸른 솔이 좋아.
상록수(변함없음.)
『푸른 솔 좋아하다 보니

벗꽃마저 좋아.』
『』: 조화로운 삶의 아름다움.

1~2행 벗꽃보다 푸른 솔을 더 좋아함.

3~4행 푸른 솔과 벗꽃을 모두 좋아함.

* 새봄: 겨울을 보내고 맞이하는 첫봄.

김지하(1941~) 본명은 영일이며, 전라남도 목포에서 태어났다. 1963년 "목포 문학"에 '저녁 이야기'라는 시를 발표하고, 1969년 "시인"에 '황톳길', '비', '녹두 꽃' 등의 시를 발표함으로써 공식 등단했다. 1970년에 첫 시집 "황토"를 발표했고, 1981년 국제 시인 회의의 위대한 시인상을 수상했다. 사회 현실에 대한 풍자와 비판을 담은 시를 주로 썼으나, 1980년대 이후부터는 생명 사상에 깊은 관심을 보이고 있다. 저서로는 시집 "타는 목마름으로", "애린", "별밭을 우러르며", 산문집 "밥", "생명" 등이 있다.

● 작품 만나기

'새봄'은 지은이가 '새봄'이라는 제목으로 쓴 연작시 중 아홉 번째에 해당하는 작품으로, 정확한 제목은 '새봄 9'이다. 사회 현실에 대한 비판을 담은 시를 주로 쓰던 지은이는 1980년대 이후 생명 사상에 관심을 보이기 시작했고, 그 대표작으로 '새봄'을 내놓았다.

1연 4행으로 구성되어 있는 이 시의 내용을 살펴보면, 1행에서 화려하고 예쁘지만 금방 지는 벚꽃의 아쉬움을 이야기한다. 2행에서는 벚꽃이 아름답기는 하지만 늘 변함없는 푸른 솔이 더 좋다고 이야기한다. 3~4행에서는 늘 변함없는 푸른 솔도 좋지만 화사한 벚꽃의 모습도 좋다고 이야기한다. 이를 통해 지은이가 어느 한쪽에 치우치지 않는 조화로운 삶을 소망하고 있음을 알 수 있다.

● 핵심 만나기

갈래	자유시, 서정시
성격	서정적, 회화적, 상징적
제재	벚꽃과 푸른 솔
주제	조화로운 삶의 아름다움.
특징	• 동일한 시어와 문장 구조를 반복하여 운율을 형성함. • '벚꽃'과 '푸른 솔'의 대비를 통해 조화의 아름다움을 표현함.

● '벚꽃'과 '푸른 솔'의 속성

벚꽃		푸른 솔
• 화려하게 피지만 금방 짐. • 변함(가변성).	 (대비)	• 사계절 변함없이 푸름. • 변함없음(불변성).

● '새봄'에서 운율을 형성하는 요소

- 같은 소리가 반복된다(~니, ~아).
- 같은 시어가 반복된다(벚꽃, 푸른 솔, 보니, 좋아).
- 비슷한 문장 구조가 반복된다.

● '새봄'이 주는 인생의 교훈

푸른 소나무와 화려하고 예쁜 벚꽃은 함께해야 더욱더 아름다운 모습을 만들어 낼 수 있다. 벚꽃과 소나무가 가진 각각의 개성을 인정해 주어야 한다는 것이다. 이러한 자연의 이치처럼 인생도 마찬가지이다. 세상에는 벚꽃 같은 사람도 있고 푸른 솔 같은 사람도 있다. 벚꽃 같은 사람은 화려하고 푸른 솔 같은 사람은 언제나 지조가 있다. 대부분의 사람들은 둘 중 하나를 지향하면서 싸우고 갈등하지만 건강한 사회는 이 둘이 조화를 이루는 것이다. 사람들이 서로의 개성과 다양성을 인정하고 조화를 이룰 때, 그 모습이 아름답게 보이는 것이다. 한마디로 '조화로운 삶이 아름답다.'는 것이다.

❶ 이 시에서 말하는 이가 '푸른 솔'을 좋아하게 된 까닭을 써 보자.

❷ 이 시를 통해 지은이가 이야기하고자 하는 것이 무엇인지 생각해 보자.

● 책 이름(출판사)　　　　　　　　　● 지은이

● 인상 깊은 내용과 그 이유

● 읽고 난 후의 생각이나 느낌

✎ 이 시를 읽고 우리 가족의 '조화로운 삶'에 대한 생각을 써 보자.

단추를 채우면서

천양희

단추를 채워 보니 알겠다. 세상이 잘 채워지지 않는다는걸

『단추를 채우는 일이
말하는 이의 경험
단추만의 일이 아니라는걸

단추를 채워 보니 알겠다』『』: 1, 2행의 구체화
1~4행 단추를 채우다 알게 된 세상의 이치

잘못 채운 첫 단추, 첫 연애, 첫 결혼, 첫 실패
과거의 아픈 상처를 회상함.
누구에겐가 잘못하고

절하는 밤
사과   성찰의 시간
『잘못 채운 단추가 잘못을 깨운다』『』: 언어적인 유희
시상의 모티프   5~8행 단추를 채우다 깨달은 과거의 잘못된 삶

『그래 그래 산다는 건

옷에 매달린 단추의 구멍 찾기 같은 것이야』
『』: 깨달음   9~10행 삶의 이치와 단추 채우기의 유사성을 깨달음.

단추를 채워 보니 알겠다
반복(수미 상관)
『단추도 잘못 채워지기 쉽다는걸

옷 한 벌 입기도 힘들다는걸』
『』: 세상살이의 어려움과 시작의 중요성   11~13행 새로운 시작의 중요성

● 작가 만나기

　천양희(1942~) 부산에서 태어났으며, 1965년 시인 박두진이 "현대문학"에 시 '정원(庭園) 한때'를 추천하여 등단했다. 1983년 '신이 우리에게 묻는다면'으로 작품 활동을 재개하여, 1996년 소월 시문학상을 수상했고, 이후 현대 문학상과 공초 문학상을 수상했다. 삶을 적극적으로 수용하는 진솔하고 가식 없는 시어를 사용한 작품들이 많은 공감을 불러일으켰다.

　저서로는 시집 "신이 우리에게 묻는다면", "사람 그리운 도시", "하루치의 희망", "마음의 수수밭", "오래된 골목", "너무 많은 입" 등이 있고, 소설 "하얀 달의 여신", 산문집 "직소포에 들다" 등이 있다.

● 작품 만나기

　'단추를 채우면서'는 단추를 채우는 평범하고도 사소한 일상에서 얻은 깨달음을 감성적이고 진솔하게 표현하고 있다. 옷을 입다가 단추를 잘못 채운 경험을 세상살이와 삶 전체로 확장시킴으로써, 단추를 채우는 것처럼 인생에서도 첫 단추가 중요함을 밝히고 있다.

　첫 연애, 첫 결혼, 첫 실패와 같은 지난날의 잘못된 삶에 대해서도 지나친 감정에 사로잡히지 않고 덤덤하게 수용하는 태도를 보이고 있다. 비록 잘못을 하더라도 잘못된 것을 인정하고 받아들임으로써 새롭게 시작할 수 있다는 것이다. 평범하고 사소한 단추 채우는 일로 삶의 깨달음을 이끌어 내는 지은이의 직관이 예리하게 나타나 있다.

● 핵심 만나기

갈래	자유시, 서정시
성격	성찰적, 관조적
제재	잘못 채운 단추
주제	시작의 중요성에 대한 깨달음
특징	• 사소한 일상의 체험에서 새로운 의미를 발견함. • 수미 상관 구조를 통해 안정감을 주고 주제를 강조함.

● '단추를 채우면서'의 짜임

● '단추를 채우면서'의 시상

'잘못 채운 단추가 잘못을 깨운다'가 이 시의 중심 시상이다. 앞 구절(잘못 채운 단추가)과 뒷 구절(잘못을 깨운다)의 대응은 언어적인 유희로 표현되어 있다. 언어적인 유희란 동음이의어나 종결 어미 등을 이용하여 재미있게 꾸미는 말의 표현이다. '잘못 채운 단추가 잘못을 깨운다'는 말장난처럼 쓰여 있지만 지은이의 생각이 여기에 함축적으로 담겨 있다. 즉, 옷을 입다가 단추를 잘못 채운 사소한 경험을 세상살이와 삶 전체로 확장시킴으로써, 시작이 중요하다는 깊은 깨달음을 얻는 것이다.

● '단추를 채우면서'의 통사 구조

- '단추를 채워 보니 알겠다'라는 구절이 반복되어 운율을 형성한다.
- '~라는걸'이 종결 어미로 반복되어 운율을 형성한다.
- 수미 상관식 구성으로 반복 · 대응을 시킴으로써 주제 의식을 강조하고 안정된 구조를 이룬다.

❶ 이 시에서 말하는 이는 단추를 채우는 일을 무엇에 비교했는지 말해 보자.

❷ 첫 단추를 잘 채우는 것이 왜 중요한지 생각해 보자.

- ● 책 이름(출판사)　　　　　　　　　● 지은이

- ● 인상 깊은 내용과 그 이유

- ● 읽고 난 후의 생각이나 느낌

✏ 이 시를 읽고 '시작의 중요성'에 대한 생각을 짤막하게 써 보자.

*묵화

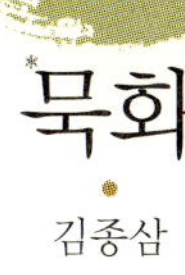

김종삼

물먹는 소 목덜미에
할머니 손이 얹혀졌다.

이 하루도

함께 지났다고,

서로 발잔등이 부었다고,
서로 *적막하다고,

1~2행 할머니와 소의 상황

3~6행 할머니와 소의 교감

▢ : 할머니와 소의 교감이 드러나는 시어

* 묵화: 먹으로 짙고 엷음을 이용하여 그린 그림.
* 적막하다: 후미져서 무서움을 느낄 만큼 고요하다.

● 작가 만나기

김종삼(1921~1984) 황해도 은율에서 태어났으며, 1951년 시 '돌각담'을 발표한 후 1957년 김광림 등과 3인 시집 "전쟁과 음악과 희망과"를 발표했다. 초기의 "현대시" 동인으로 활동했으며, 1969년 첫 개인 시집 "십이음계(十二音階)"를 발표했다.

그의 시 세계는 어린이의 눈으로 보는 순수 세계와 현대인의 절망을 상징하는 절박한 세계로 나뉜다. 1971년 현대 시학상, 1983년 대한민국 문학상을 수상했다. 저서로는 시집 "북치는 소년", "누군가 나에게 물었다" 등이 있다.

● 작품 만나기

'묵화'는 총 6행으로 이루어진 짧은 시로, 절제된 언어를 사용하여 인생의 노고와 적막감을 훌륭하게 표현하고 있다. 힘든 하루 일을 끝마치고 나서 할머니는 자신의 피곤함도 잊은 채 물을 먹는 소의 목덜미를 안쓰러운 마음으로 만져 주고 있다. 이것은 소가 힘든 일을 함께 했기 때문이기도 하지만, 자신의 적막감을 덜어 주는 유일한 존재이기 때문이기도 하다.

겉으로는 구조가 비교적 단순해 보이고 주제나 의미 역시 쉽게 드러나 있는 듯 보이지만, 생략된 묘사나 암시로 보다 울림이 큰 시적 공간을 만들어 낸다. 할머니와 소가 교감하는 아름다운 장면을 수묵화처럼 여백의 미를 충분히 살려 깊은 울림을 만들어 내고 있는 것이다.

● 핵심 만나기

갈래	자유시, 서정시
성격	독백적, 암시적, 묘사적, 전통적, 관조적
제재	할머니, 소
주제	할머니와 소의 교감
특징	• 한편의 수묵화를 연상시키는 여백의 미가 돋보임. • 마지막 행을 쉼표로 끝맺으며 깊은 여운을 남김. • 시간적·공간적 배경을 생략하고 대상만을 단순하게 표현함. • 언어의 절제를 통해 주제를 효과적으로 전달함.

● '묵화'의 시상 전개

1~2행		3~5행
할머니와 소의 상황 할머니가 소에게 안쓰러움과 연민의 정을 느끼고 있음.	↔	할머니와 소의 교감 고된 하루를 보낸 할머니가 소에게 동병상련의 감정을 느끼고 있음.

● 전통적인 '묵화'로서의 특징

- 묵화의 특징은 여백과 농담에 있다. 여백은 붓이 가지 않고 비워져 있는 부분이고 농담은 먹의 짙음과 옅음을 말한다.
- 시 '묵화'를 그림으로 그린다면 구체적인 이미지는 1행과 2행 부분이다. 나머지는 여백과 농담으로만 표현할 수 있다.

● '묵화'에 나타난 여백의 미

- 일체의 배경 묘사 없이 할머니와 소의 상황과 교감만을 절제된 언어로 간결하게 전달하고 있다.
- 4행은 끝을 생략하는 불완전한 문장으로 되어 있다. 말을 마무리하지 않고 끝을 생략하여 여백의 공간을 만든 것이다. 이는 말이 통하지 않는 할머니와 소 사이에 이루어지는 내면의 교감을 더욱 울림 있게 나타내는 것이다.
- 서술어를 계속 생략함으로써 만든 여백도 적막한 분위기를 형성하고 있다.

❶ 이 시에서 할머니와 소의 교감을 드러내는 시어 두 개를 찾아보자.

❷ 이 시에서 할머니가 소의 목덜미에 손을 얹은 까닭을 생각해 보자.

● 책 이름(출판사)　　　　　　　　　　● 지은이

● 인상 깊은 내용과 그 이유

● 읽고 난 후의 생각이나 느낌

✎ 이 시를 읽고 난 후의 생각이나 느낌을 그림으로 표현해 보자.

저녁에

김광섭

저렇게 많은 중에서

별 하나가 나를 내려다본다.
'나'와 친밀한 관계를 맺는 존재
이렇게 많은 사람 중에서

그 별 하나를 쳐다본다.

밤이 깊을수록
이별의 시간
『별은 밝음 속에 사라지고,

나는 어둠 속에 사라진다.』
『』: 시간의 흐름에 따른 별과 '나'의 이별

이렇게 정다운
별과 '나'의 관계
너 하나 나 하나는

『어디서 무엇이 되어

다시 만나랴.』
『』: 인연의 소중함, 불교적 윤회관

김광섭(1905~1977) 함경북도 경성에서 태어났으며, 호는 이산(怡山)이다. 1927년 창간한 순수 문학 동인지 "해외문학"과 1931년 창간한 "문예월간"의 동인으로 문학 활동을 시작했다. 해방 후 1945년에 중앙 문화 협회를, 1946년에 조선 문필가 협회를 창립했다.

주요 작품으로는 시 '성북동 비둘기', '고독', '산' 등이 있고, 시집으로 "동경", "마음", "해바라기", "성북동 비둘기" 등이 있다.

● **작품 만나기**

'저녁에'는 1969년에 발표된 시집 "성북동 비둘기"에 수록되어 있는 작품이다. 이 시는 '별'을 제재로 하여 인간의 존재와 인간관계에 대한 깊이 있는 성찰을 이끌어 내고 있다.

밤은 지친 일상에서 벗어나 휴식을 취할 수 있는 시간이지만 한편으로는 쓸쓸함과 외로움을 느끼게 하는 시간이기도 하다. 1연에서는 이러한 밤하늘의 어둠 속에서 빛나는 수많은 별들 중 하나와 '나'의 만남을 노래한다. 2연에서는 밝음 속으로 사라지는 '별'과 어둠 속으로 사라지는 '나'의 운명이 대조적으로 제시되면서 '별'과 '나'의 관계가 지속될 수 없음을 이야기한다. 마지막으로 3연에서는 그러한 운명임에도 '별'과 '나'는 언제 어디에서 어떤 모습으로든지 다시 만날 수 있을 것이라는 희망을 보여 준다. 그러므로 현재 이 순간의 만남 자체를 소중히 여겨야 한다는 것을 깨우쳐 주는 것이다.

● **핵심 만나기**

갈래	자유시, 서정시
성격	서정적, 사색적, 관조적
제재	별
주제	따뜻한 인간관계에 대한 소망
특징	• 불교적 윤회 사상을 바탕으로 하고 있음. • 별과 '나'의 만남과 헤어짐을 통해 인간관계에 대한 깨달음을 제시함.

◉ '저녁에' 나타난 대구와 대조

<table>
<tr><td>

• 저렇게 많은 중에서

• 별 하나가 나를 내려다본다.

• 별은 밝음 속에서 사라지고

• 너 하나

</td><td>⟷</td><td>

• 이렇게 많은 중에서

• 그 별 하나를 쳐다본다.

• 나는 어둠 속에 사라진다.

• 나 하나

</td></tr>
</table>

◉ '나'와 '별'과의 관계

1연을 살펴보면 '별'과 말하는 이인 '나'가 서로를 바라보고 있다. 이때 '저녁'이라는 시간은 '별'과 '나'를 이어 주는 매개체이다. 2연에서 '별'과 '나'는 시간이 흘러감에 따라 이별을 하게 된다. 하지만 3연에서 '별'과 '나'는 '정다운 관계'임을 밝히고 언젠가는 다시 만나게 될 것을 기대하고 소망한다.

◉ '저녁'의 의미

'저녁'은 하루의 일과가 끝나는 시간, 그리고 '밝음'이 사라지고 '어둠'이 시작되는 시간이다. 어둠이 시작되면 별이 나타나고, '별'과 '나'는 짧은 시간 동안 서로 만나게 된다. 하지만 깊은 밤이 되고 또다시 새벽이 되면서 별은 사라진다. 그러면서 자연스럽게 '별'과 '나'는 이별하게 되는 것이다. 다시 말해 저녁은 '너'와 '나'의 관계를 맺어 주는 시간임과 동시에 헤어짐, 사라짐을 미리 알려주는 시간이기도 하다.

❶ 이 시의 시간적 배경인 '저녁'의 의미에 대해 생각해 보자.

❷ 이 시를 통해 말하는 이가 바라는 것을 생각해 보자.

● 책 이름(출판사)　　　　　　　　● 지은이

● 인상 깊은 내용과 그 이유

● 읽고 난 후의 생각이나 느낌

이 시를 읽고 '별'과 '나'의 관계에 대해 생각해 보자.

안개꽃

복효근

꽃이라면

안개꽃이고 싶다.

장미의 한복판에

부서지는 햇빛이라기보다는

『그 아름다움을 거드는

안개이고 싶다.』

나로 하여

네가 아름다울 수 있다면

네 몫의 축복 뒤에서

나는 안개처럼 스러지는

다만 너의 배경이어도 좋다.

마침내는 너로 하여

나조차 향기로울 수 있다면

어쩌다 한 끈으로 묶여

시드는 목숨을 그렇게

너에게 조금은 빚지고 싶다.

4연 희생하는 삶의 가치와 위안

● **작가 만나기**

복효근(1962~) 전라북도 남원에서 태어났으며, 1991년 계간지 "시와시학"의 젊은 시인상을 수상하며 등단했다. 부드럽고 친화력 있는 소재와 언어를 통해 일상적인 사물과 삶의 이야기를 솔직하게 풀어 놓는 시를 주로 썼다. 1995년 편운 문학상(신인상), 2000년 "시와 시학"에서 젊은 시인상을 수상했다. 저서로는 시집 "당신이 슬플 때 나는 사랑한다", "버마재비 사랑", "새에 대한 반성문", "누우떼가 강을 건너는 법" 등이 있다.

● **작품 만나기**

'안개꽃'은 중심보다는 배경이 되기를 자처하는 안개꽃의 헌신과 희생에 대해 노래한 작품이다. 안개꽃은 한두 개로는 빛이 나지도 않고, 저 홀로 빛이 나기보다는 장미나 다른 꽃을 돋보이게 하는 존재일 뿐이다. 그러므로 언제나 중앙으로 나서지 않고 다른 꽃의 배경으로 쓰인다.

지은이는 이러한 보잘것없는 안개꽃의 희생과 헌신을 이야기하며 오히려 그로 인해 빛이 나는 존재임을 밝히고 있다. 사람들은 누구나 주목받고 싶어 하고 중앙의 자리를 차지하고 싶어 하지만 안개꽃처럼 희생하고 헌신하는 삶 또한 아름답다는 것을 말하고 있다. 그리하여 지은이 또한 '안개처럼 스러지는 / 다만 너의 배경이어도 좋다.'란 구절처럼 안개꽃 같은 사랑으로 다가가고픈 마음을 간곡하게 전하고 있다.

● **핵심 만나기**

갈래	자유시, 서정시
성격	독백적, 암시적, 묘사적, 전통적, 관조적
제재	안개꽃, 장미
주제	헌신하고 희생하는 삶의 아름다움.
특징	• '~고 싶다', '~수 있다면'이 반복되어 운율을 형성함. • 안개꽃이라는 일상적 소재를 통해 인간적인 삶을 환기시킴.

● '안개꽃'에 나타난 비유

안개꽃	장미
나(말하는 이)	너(나의 사랑을 받는 존재)
헌신, 희생, 배경, 조연	돋보이는 존재, 중앙, 주연
다른 대상을 빛나도록 하는 존재	모든 이들의 주목을 받는 존재

● '안개꽃'의 상징

헌신 — 그 아름다움을 거드는 / 안개이고 싶다

→ 안개꽃은 장미의 아름다움을 빛내기 위해 있는 조연, 엑스트라와 같은 존재이다. 안개꽃은 장미의 한가운데를 차지하여 부서지는 햇빛처럼 우스운 모양을 만들기보다 주인공을 위해 헌신하는 존재가 되기를 바라고 있다.

희생 — 나는 안개처럼 스러지는 / 다만 너의 배경이어도 좋다

→ 안개꽃은 장미의 배경과 같은 존재로 있다가 서서히 스러지는 역할에 만족하고 있다. 한 번도 주목받지 못하고 시들지라도 자신의 희생으로 장미가 축복을 받기를 바라고 있다.

● '안개꽃'에 나타난 운율

- 각 연마다 '~고 싶다', '~수 있다면'이 반복되고 있다.
- 같은 구절의 반복으로 운율을 형성하고 있다.

❶ 이 시에서 말하는 이는 왜 안개꽃이 되고 싶다고 했는지 생각해 보자.

❷ '안개꽃'과 대조가 되는 시어를 찾아보자.

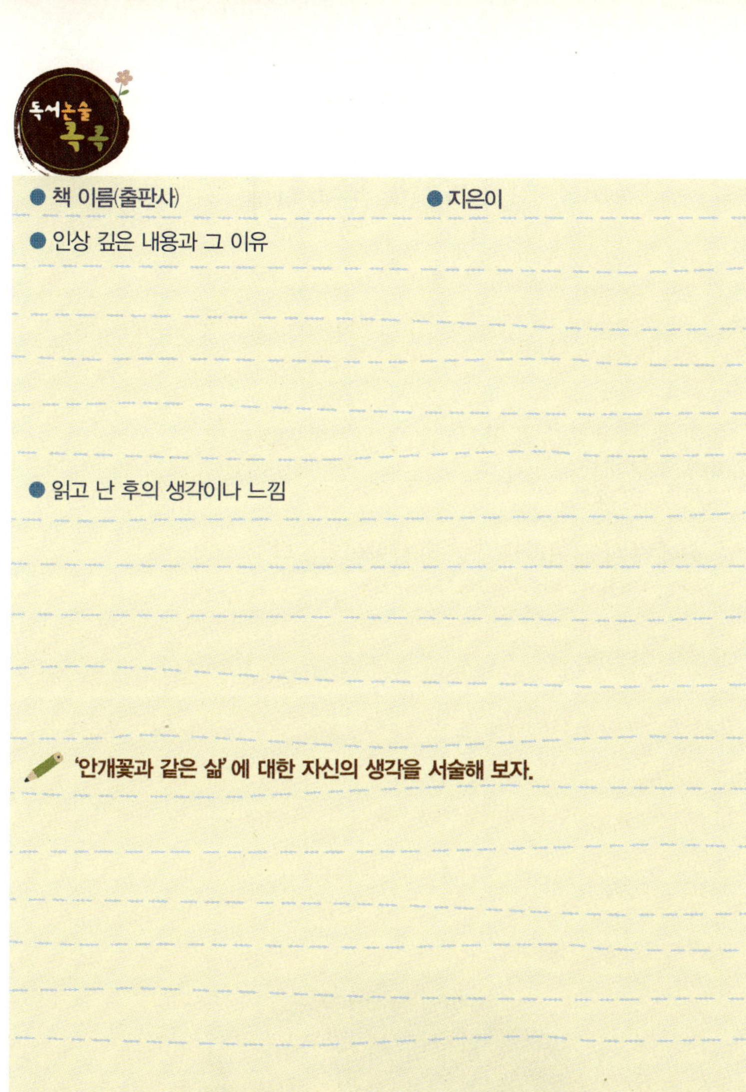

독서논술 쑥쑥

● 책 이름(출판사)   ● 지은이

● 인상 깊은 내용과 그 이유

● 읽고 난 후의 생각이나 느낌

'안개꽃과 같은 삶'에 대한 자신의 생각을 서술해 보자.

너에게 묻는다

안도현

연탄재 『함부로 발로 차지 마라.』 『 』: 하찮은 사물을 무시하는
뜨거운 열정을 가졌던 존재　　　　　　　　　속물성을 비판(명령형)
너는

누구에게 한 번이라도 뜨거운 사람이었느냐.
열정 없는 삶에 대한 반성을 유도(의문형)

안도현(1961~) 경상남도 예천에서 태어났으며 1981년 "대구매일신문" 신춘문예에 '낙동강' 이, 1984년 "동아일보" 신춘문예에 '서울로 가는 전봉준' 이 당선되어 등단했다. 1985년 첫 시집 "서울로 가는 전봉준"을 발표했으며, 1996년 제1회 "시와 시학"의 '젊은 시인상' 을 시작으로 많은 문학상을 받았다. 저서로는 시집 "모닥불", "그대에게 가고 싶다", "아무것도 아닌 것에 대하여", 어른들을 위한 동화 "연어", "관계", 산문집 "외로울 때는 외로워하자" 등이 있다.

● 작품 만나기

'너에게 묻는다' 는 하찮고 일상적인 '연탄재' 라는 소재를 통해 '인간은 어떻게 살아가야 하는가?' 에 대한 문제를 제기한다. 또한 다른 사람을 배려하며 살아가는 삶에 대한 지은이의 소망을 간접적으로 전하고 있다.

이 시에서 '연탄재' 는 비록 지금은 모두 타 버린 하찮은 존재이지만, 한때는 자신의 몸을 뜨겁게 태우는 희생으로 모두를 따뜻하게 해 주었던 아름다운 존재이다. 그러므로 말하는 이는 그러한 연탄재를 함부로 대하지 말라고 강한 명령형으로 말한다. 단 한 번이라도 주변 사람을 배려하는 따뜻한 사람이 되어 보지 않았다면, 연탄재를 보잘것없는 존재라고 함부로 말할 자격이 없다는 것이다. 겉으로 보기에는 매우 짧고 단순한 구성이지만, 사람들에게 바람직한 삶의 방향을 제시하고, 반성을 이끌어 내는 작품이라고 할 수 있다.

● 핵심 만나기

갈래	자유시, 서정시
성격	교훈적, 사색적
제재	연탄재
주제	다른 사람을 배려하는 뜨거운 삶에 대한 소망
특징	• 일상적인 소재를 통해 삶에 대한 깨달음을 제시함. • 명령형, 의문형의 문장으로 삶의 반성을 이끌어 냄.

● 지은이의 작품 세계

안도현의 작품은 초기에는 민중의 이야기를 담은 것이 대부분이었지만 점차 감정을 노래하는 서정시로의 변화를 보인다. "서울로 가는 전봉준", "모닥불"과 같이 1980년대에 발표한 시집의 시들은 가난한 민중의 삶, 현실 비판적인 내용을 주로 담고 있다. 하지만 현실을 냉정하고 적나라하게 비판하지는 않는다.

이후 지은이는 시집 "그대에게 가고 싶다" 등을 통해 서정성이 짙은 부드러운 느낌의 시들을 발표했다. 앞서 발표했던 현실 비판적인 시와는 차이를 보인다고 할 수 있다. 지은이의 시를 살펴보면 이웃과 함께 더불어 가는 삶, 배려하는 삶 등이 주요 내용이다.

● '연탄재'의 의미

'연탄재'는 매우 하찮은 존재 같지만 한때 자신의 몸을 뜨겁게 태워서 사람들을 따듯하게 해 주는 존재였다. 겉으로는 역할과 수명을 다한 보잘것없는 폐기물처럼 보이지만 다른 존재를 위해 희생하고 헌신한 숭고한 존재이다. 지은이는 연탄재를 통해 남을 배려하지 않고 이기적으로 살았던 자신의 모습을 반성한다. 더불어 시를 읽는 이들을 향해 이타적인 삶의 가치를 일깨워 준다.

연탄재	• 뜨겁고 열정적인 존재 • 희생, 헌신적인 삶을 상징 • 이타적 삶의가치를 새로이 인식하게 하는 존재

❶ 이 시에서 '연탄재'의 의미를 생각해 보자.

❷ 이 시에서 말하는 '뜨거운 사람'은 어떤 사람일지 생각해 보자.

● 책 이름(출판사)　　　　　　　　　● 지은이

● 인상 깊은 내용과 그 이유

● 읽고 난 후의 생각이나 느낌

✏ 연탄재 대신 다른 소재를 사용하여 '너에게 묻는다'를 바꾸어 써 보자.

숲

강은교

나무 하나가 흔들린다
독립된 개체, 개인의 삶
나무 하나가 흔들리면

나무 둘도 흔들린다

나무 둘이 흔들리면

나무 셋도 흔들린다
공감대를 형성하여 어울림.   **1연** 공동체의 영향

이렇게 이렇게
교감, 연대   **2연** 공동체 안에서의 연대

나무 하나의 꿈은
개인의 꿈
나무 둘의 꿈

나무 둘의 꿈은

나무 셋의 꿈
함께 꾸는 꿈   **3연** 꿈을 서로 공유함.

나무 하나가 고개를 젓는다

옆에서

나무 둘도 고개를 젓는다

옆에서

나무 셋도 고개를 젓는다

아무도 없다

아무도 없이

나무들이 흔들리고

고개를 젓는다.

이렇게 이렇게

함께

강은교(1945~) 함경남도 홍원군에서 태어났으며, 1968년 "사상계" 신인 문학 상에 '순례자의 잠' 이 당선되어 등단했다. 생명의 신비로움과 공동체적 삶을 다룬 작품들을 주로 썼으며, 1975년 한국 문학 작가상, 1992년 현대 문학상, 2006년 정지용 문학상을 수상했다.

저서로는 시집 "허무집", "빈자 일기", "바람 노래", "오늘도 너를 기다린다", "어느 별에서의 하루", "등불 하나가 걸어오네", "초록 거미의 사랑", "우리가 물이 되어", 산문집 "그물 사이로" "허무 수첩" 등이 있다.

● 작품 만나기

'숲' 에서 나무의 행동은 독립된 객체인 '하나' 에서 시작하여 '둘' , '셋' 으로 옮겨 가고 있다. 이것은 '숲' 이라는 공동체에서 공감대를 이루어 가는 나무의 모습을 표현한 것이다. 1연에서는 나무 하나의 움직임이 다른 나무의 움직임에까지 영향을 미친다. 공동체적 삶에 대한 인식과 영향을 나타내는 것이다. 3연에서는 나무 하나의 꿈이 모든 나무의 꿈으로 옮겨 가는 공동체적 소망을 말하고 있다. 5연의 '아무도 없다' 라는 표현은 건강한 공동체가 형성되었을 때는 이끄는 이 없어도 같이 어울리고 행동할 수 있음을 의미하는 것이다.

이 시에서 그려진 나무와 숲의 모습은 인간의 삶을 대변하는 것으로도 해석된다. 따라서 지은이가 이 시에서 지향하는 삶의 모습은 사람들이 서로 관계를 맺고 어울리고 동화되는 공동체적 삶이라고 볼 수 있다.

● 핵심 만나기

갈래	자유시, 서정시
성격	성찰적, 교훈적, 비유적
제재	나무, 숲
주제	공동체 정신으로 조화롭게 사는 삶
특징	• 의인법, 반복법, 연쇄법으로 공동체 의식을 효과적으로 표현함. • 나무의 움직임을 통해 지은이가 바라는 삶의 모습을 점층적으로 형상화함.

● '숲'의 짜임

1연	공동체의 영향
2연	공동체 안에서의 교감과 연대
3연	공동체 안에서 꿈을 서로 공유함.
4연	부정적인 현상에 함께 저항하고 공존함.
5연	이끄는 사람 없이도 함께 어울리는 공동체
6연	서로 어울려서 함께 행동하는 모습

● '나무'와 '숲'의 상징

나무		숲
• 객체의 삶 • 혼자 살아가는 삶	➡ 공존 ➡	• 공동체의 삶 • 더불어 살아가는 삶

→ '나무'는 평범한 일상을 살아가는 개인을 의인화한 것이다. 각각의 나무의 움직임은 개개인의 삶을 의미한다. 이 나무들은 서로 어울리고 공감대를 형성해 나감으로써 숲, 즉 더불어 살아가는 공동체를 형성한다.

● '숲'에 사용된 표현 방법

• 의인법: 나무 하나가 고개를 젓는다.

• 점층법: 함께 흔들리는 나무 → 함께 꿈을 꾸는 나무 → 함께 저항하는 나무 → 함께 어울리고 연대하는 나무로 전개된다.

• 연쇄법: 나무 하나가 흔들린다 / 나무 하나가 흔들리면 / 나무 둘도 흔들린다 / 나무 둘이 흔들리면 / 나무 셋도 흔들린다.

● 이 시에서 '숲'은 무엇을 비유한 것인지 생각해 보자.

● 책 이름(출판사)　　　　　　　　　● 지은이

● 인상 깊은 시구와 그 이유

● 읽고 난 후의 생각이나 느낌

✏️ 이 시를 읽고 공동체를 이끌어 가는 데 가장 중요한 점은 무엇이라고 생각하는지 써 보자.

1. '까마귀 싸우는 골에'에서 대조적인 의미로 사용된 시어를 바르게 짝 지은 것은?

① 골, 청강　　　　　② 성낸, 씻은　　　　　③ 까마귀, 청강

④ 까마귀, 백로　　　　⑤ 흰 빛을, 청강

2. '훈민가'의 창작 의도로 알맞은 것은?

① 자녀를 성공시키기 위해　　　　　② 임금의 권세를 높이기 위해

③ 자연의 소중함을 알려 주기 위해　　④ 학문의 중요성을 깨닫게 하기 위해

⑤ 백성에게 올바른 삶을 알려 주기 위해

3. '훈민가'는 총 몇 수로 이루어진 연시조인지 쓰시오.

4. '꽃'에서 '몸짓'과 반대의 의미를 지닌 시어는?

① 그　　　　　② 꽃　　　　　③ 향기　　　　　④ 이름　　　　　⑤ 빛깔

5. '새로운 길'에서 '내', '고개'와 대조적인 의미를 갖는 시어들을 찾아 쓰시오.

6. '빨래꽃'의 특징으로 적절하지 <u>않은</u> 것은?

① 풍자법을 사용하여 현실을 비판하고 있다.

② 설의법을 사용하여 말하는 이의 생각을 강조했다.

③ 종결 어미 '~습니다'를 반복해 운율을 형성하고 있다.

④ 대비되는 시어를 통해 말하는 이의 정서를 드러내고 있다.

⑤ 공간 이동에 따라 말하는 이의 정서 변화가 나타나고 있다.

7. '행복'의 3연에서 밝힌 행복의 종류와 같지 <u>않은</u> 것은?

① 평범한 곳에 있는 행복
② 절대 찾을 수 없는 행복
③ 무심코 돌아보면 있는 행복
④ 거창하지 않고 아기자기한 행복
⑤ 생활 주변에 감추어져 있는 행복

8. '행복'의 3연이다. 빈칸에 들어갈 알맞은 말을 쓰시오.

> 아이들이
> (   ) 놀일 할 때
> 보물을 감춰 두는
> 바윗 틈새 같은 데에
> 나무 구멍 같은 데에

9. '동해 바다'를 읽고 빈칸에 알맞은 말을 쓰시오.

> 말하는 이가 '동해 바다'를 바라보면서 자신에게는 (   )해지고, 다른 사람에게는 (   )해질 것을 다짐하고 있다.

10. '새봄'에서 '벚꽃'이 가지고 있는 의미가 <u>아닌</u> 것은?

① 변함   ② 화려함   ③ 다양함   ④ 꿋꿋함   ⑤ 일시적

11. '새봄'을 읽고 빈칸에 알맞은 말을 쓰시오.

> 이 시는 같은 소리, 같은 시어, 비슷한 문장 구조의 (   )을/를 통해 운율을 형성한다.

12. '단추를 채우면서'의 시상을 압축하여 보여 주는 구절이다. 빈칸에 들어갈 알맞은 구
    절을 쓰시오.

> 잘못 채운 단추가 (   )

13. '묵화'를 읽고 빈칸에 알맞은 말을 쓰시오.

> 김종삼의 '묵화'는 동양화의 특징인 (   )의 미가 잘 드러난 시이다.

14. '묵화'에서 할머니와 소의 관계를 표현하는 한자 성어로 적절한 것은?

① 역지사지　　　② 동병상련　　　③ 이심전심　　　④ 각골난망　　　⑤ 결초보은

15. '저녁에'의 3연을 통해 알 수 있는 종교적 사상을 쓰시오.

16. '저녁에'에서 '이별의 시간'을 의미하는 시어는?

① 밤　　　　　② 별　　　　　③ 밝음　　　　　④ 어둠　　　　　⑤ 저녁

17. '안개꽃'에서 안개꽃과 장미꽃을 어떤 사람에 비유할 수 있는지 쓰시오.

(1) 장미: ____

(2) 안개꽃: ____

18. '안개꽃'에서 헌신, 희생, 배경 등을 상징하는 시어를 찾아 쓰시오.

19. '너에게 묻는다'에서 '뜨거운 열정을 가졌던 존재'라는 의미를 가진 시어를 찾아 쓰시오.

20. '너에게 묻는다'에 대한 설명이다. 다음 빈칸에 알맞은 말은?

> 이 시는 3행에서 (   )의 문장을 사용하여, 시를 읽는 이들의 삶에 대한 반성을 이끌어 내고 있다.

① 평서형　　　② 감탄형　　　③ 의문형　　　④ 청유형　　　⑤ 명령형

21. '숲'에서 다음 구절에 사용된 표현 방법을 쓰시오.

> 나무 하나의 꿈은
> 나무 둘의 꿈
> 나무 둘의 꿈은
> 나무 셋의 꿈

22. '숲'에서 주제 의식을 함축적으로 나타낸 시어를 찾아 쓰시오.

● 보물이 숨겨진 동굴에 들어가려면 각 문제에 알맞은 답을 해야 한다.
각 문제에 알맞은 단어를 찾아 써 보자.

04

내면의 틀을 깨고

서시

윤동주

죽는 날까지 하늘을 우러러
윤리적 삶의 절대적인 기준
한 점 부끄럼이 없기를,
순수한 삶에 대한 소망과 의지
잎새에 이는 바람에도
동요, 갈등
나는 괴로워했다.
이상과 현실의 갈등으로 인한 고뇌
별을 노래하는 마음으로
희망, 소망, 양심
모든 죽어 가는 것을 사랑해야지.
유한한 존재, 억압받는 존재
그리고 나한테 주어진 길을
부끄럽지 않은 양심적인 삶, 운명, 숙명
걸어가야겠다.

1연 부끄러움 없는 삶에 대한 소망과 결의

오늘 밤에도 별이 바람에 스치운다.
어두운 현실   시련, 고난

2연 현실 인식과 말하는 이의 의지

연세대학교 윤동주 기념 사업회를 방문하여 윤동주의 생애, 대표 작품 등을 읽어 보며 작품에 대한 배경지식을 얻어 보자.

● 작가 만나기

윤동주(1917~1945) 북간도 명동촌에서 태어났으며, 일본에서 유학 중 1943년 독립운동 혐의로 일본 경찰에 체포되었다. 징역 2년을 선고받고 후쿠오카 형무소에서 복역하던 중 1945년 2월에 옥사했다. 일제 강점기의 지식인으로서 겪어야 했던 고뇌를 섬세한 서정으로 노래했다.

저서로는 유고시 31편을 엮어 1948년에 출간한 시집 "하늘과 바람과 별과 시"가 있다. 주요 작품으로 '서시', '쉽게 씌어진 시', '별 헤는 밤', '자화상', '또 다른 고향' 등이 있다.

● 작품 만나기

1948년 "하늘과 바람과 별과 시"에 수록된 '서시'는 어둡고 괴로운 현실 속에서도 외롭게 양심을 지키며 별처럼 맑고 아름다운 삶을 살기를 소망하는 젊은 지식인의 고뇌와 의지가 담긴 작품이다.

2연으로 이루어진 이 시는 시간의 변화에 따라 과거(1~4행), 미래(5~8행), 현재(2연)로 나누어 볼 수 있다. 1~4행에서는 일제 식민지 시대의 타협적인 삶을 거부하고 순결하고 도덕적인 삶을 살고자 했던 말하는 이의 의지와 고뇌가 그려진다. 5~8행에서는 살아 있는 존재에 대한 연민과 사랑을 나타내며 미래의 삶에 대한 결의를 다짐한다. 9행을 별도의 연으로 구분한 마지막 2연에서는 말하는 이가 처한 상황을 보여 주면서 도덕적 순결에 대한 의지를 다지고 있다.

● 핵심 만나기

갈래	자유시, 서정시
성격	고백적, 성찰적, 의지적, 상징적
제재	하늘, 별, 밤, 바람
주제	부끄럽지 않는 삶에 대한 간절한 소망
특징	• 과거, 미래, 현재의 시간 구성이 나타남. • 상징적 시어를 통해 말하는 이의 정서를 효과적으로 표현함. • 중심 소재의 대조적 설정을 통해 의미를 강조함.

하늘	윤리적 판단이 되는 절대적인 기준
바람	'하늘', '별'과 대립되는 이미지. 시련이나 고난, 어두운 현실을 상징함.
별	• 희망, 이상적 삶, 순수한 소망과 양심을 상징함. • '바람'과 대립되는 이미지
길	말하는 이가 걸어가야 할 숙명, 운명 → 부끄러움이 없는 삶
밤	말하는 이가 처한 암담한 현실. 일제 강점기의 어두운 시대 상황

● 시어의 대립 관계

이상
하늘, 별
밝음.

⟷

현실
밤, 바람
어둠, 시련

● "하늘과 바람과 별과 시"

지은이의 유고 시집 "하늘과 바람과 별과 시"는 지은이가 연희 전문학교 졸업을 기념하기 위하여 남긴 자필시 3부 중에서 1부를 보관하고 있던 친구 정병욱과 동생 윤일주에 의해 1948년 간행된 시집이다.

1부 "하늘과 바람과 별과 시"에는 '자화상', '소년' 등 18편의 작품이 수록되어 있고, 2부 "흰 그림자"에는 도쿄 시절의 작품 5편이, 3부 "밤"에는 습작기의 작품인 '참회록', '간(肝)' 등 7편이 수록되어 있다. 일제 강점기의 민족의 아픔을 노래하거나 내면적 자아를 응시하는 시들이 대부분이다.

● 이 시의 말하는 이가 바라는 삶의 태도에 대해 생각해 보자.

● 책 이름(출판사)　　　　　　　　● 지은이

● 인상 깊은 시구와 그 이유

● 읽고 난 후의 생각이나 느낌

✎ 나는 어떤 마음가짐으로 삶을 살 것인지 써 보자.

모란이 피기까지는

김영랑

모란이 피기까지는,
말하는 이의 소망
나는 아직 나의 봄을 기다리고 있을 테요.
포기하지 않음.

모란이 뚝뚝 떨어져 버린 날,
시각적 심상의 강조
나는 비로소 봄을 여읜 설움에 잠길 테요.
모란이 떨어진 슬픔

오월 어느 날, 그 하루 무덥던 날,
봄의 상실
떨어져 누운 꽃잎마저 시들어 버리고는

천지에 모란은 자취도 없어지고,

뻗쳐 오르던 내 보람 서운케 무너졌느니,

모란이 지고 말면 그 뿐, 내 한 해는 다 가고 말아,
기다림의 시간 = 보람
삼백예순 날*하냥 섭섭해 우옵내다.
'우옵니다'의 전라도 방언

모란이 피기까지는,

나는 아직 기다리고 있을 테요. 찬란한 슬픔의 봄을.
숙명적인 기다림.　희망과 절망이 교차하는 '봄'의 역설적 표현

* 하냥: '늘'의 방언. 계속하여 언제나.

1~2행 모란이 피기를 기다림(현재).

3~4행 모란이 질 때의 슬픔(미래)

5~10행 모란이 지고 난 후의 슬픔과 절망(미래)

11~12행 모란이 피기를 기다림(현재).

● 작가 만나기

  김영랑(1903~1950) 본명은 윤식이며, 전남 강진의 부유한 지주의 가정에서
태어났다. 휘문의숙을 거쳐 일본 아오야마 학원에 입학하여 중학부와 영문과를 다
녔다. 1930년대 박용철, 정지용 등과 함께 "시문학" 동인으로 활동했다. 잘 다듬어
진 언어로 섬세하고 영롱한 서정을 노래했으며, 순수 서정시의 새로운 경지를 개척
했다. 대표작으로 '내 마음 아실 이', '가늘한 내음', '모란이 피기까지는' 등이 있
으며, 저서로는 시집 "영랑 시집", "영랑 시선" 등이 있다.

● 작품 만나기

  '모란이 피기까지는'은 1934년 4월 "문학"에 발표된 작품으로, 봄을 기다리는
마음과 봄을 떠나보내는 마음을 모란을 통해 표현하고 있다. 기다림에 대한 정서와
상실에 대한 설움을 대응시킴으로써 소망에 대한 집념을 더욱 강조하고 있다.

  1행과 2행에서 '봄'은 소망이 이루어지는 시간이다. 3행과 4행에서 말하는 이는
모란이 진 뒤의 슬픔을 이미 알고 있으며 그 슬픔을 기꺼이 감당할 수 있음을 밝히
고 있다. 5행에서 10행까지는 모란이 지고 난 후의 슬픔과 절망감은 말하는 이가 과
거에 거듭 체험한 일이었음을 밝힌다. 마지막 11행과 12행에서는 1행과 2행의 내용
을 반복하면서 모란이 피기를 기다리겠다는 의지를 거듭 다짐하고 있다.

● 핵심 만나기

갈래	자유시, 서정시
성격	낭만적, 역설적, 상징적
제재	모란의 개화와 낙화
주제	소망이 이루어지기를 기다리는 삶의 자세
특징	• 수미 상관의 구조 • '찬란한 슬픔의 봄'이라는 역설적 표현을 사용함. • 섬세하고 아름다운 언어를 사용함.

● '모란이 피기까지는'의 순환 구조

이 시는 '봄에 대한 기다림' → '봄의 상실' → '봄에 대한 기다림'이라는 순환적 구조를 띠고 있다. 모란이 피기를 삼백예순 날을 기다리다 모란이 피면 기뻐하고 모란이 떨어지면 슬퍼하고 또다시 모란이 피기를 기다리는 과정이 반복된다. 이는 꽃이 떨어진다고 해서 영원히 사라지는 것이 아니며, 때가 되면 다시 생성됨을 인식하고, 이러한 과정이 곧 삶이라는 깨달음을 그리는 것이다.

● '모란이 피기까지는'의 시상 전개

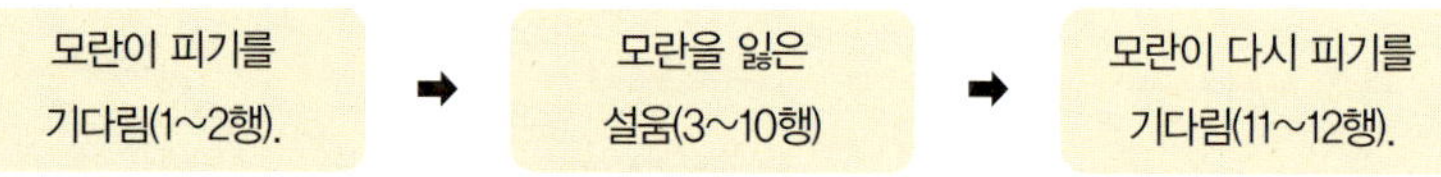

● '모란이 피기까지는'의 유미주의적 태도

'유미주의'란 '탐미주의', 즉 아름다움을 최고의 가치로 여겨 이를 추구하는 사상이다. 이 시에서 말하는 이는 '모란'으로 상징되는 미적 대상과의 만남을 위해 자신의 일생을 바치겠다는 유미주의적인 태도를 보이고 있다. 또 12행의 '찬란한 슬픔의 봄'이라는 역설적 표현을 통해 생성과 소멸에 대한 감정의 극치를 나타냄으로써, 모란이 피는 잠깐의 시간을 위해서 일 년을 꼬박 기다리는 고통까지 감내하겠다는 태도를 보이고 있다.

❶ 이 시에서 말하는 이가 기다리는 것이 무엇일지 생각해 보자.

❷ 이 시의 마지막 구절인 '찬란한 슬픔의 봄'의 의미를 생각해 보자.

● 책 이름(출판사)　　　　　　　　　● 지은이

● 인상 깊은 시구와 그 이유

● 읽고 난 후의 생각이나 느낌

나에게 의미 있는 기다림은 무엇인지 생각해 보고 모방시를 써 보자.

낙화

이형기

가야 할 때가 언제인가를
이별의 시간
분명히 알고 가는 이의
'낙화' 의 모습(의인법)
뒷모습은 얼마나 아름다운가.

1연 깨끗한 이별의 아름다움.

봄 한 철

*격정을 인내한

나의 사랑은 지고 있다.
꽃(은유법)

2연 이별(낙화)의 순간

분분한 *낙화…….

결별이 이룩하는 축복에 싸여
낙화로 인한 축복(역설법)
지금은 가야 할 때.

3연 이별(낙화)을 해야 하는 시기

무성한 녹음과 그리고
낙화의 결과
머지않아 열매 맺는
낙화의 결과
가을을 향하여

나의 청춘은 꽃답게 죽는다.
꽃(은유법)

4연 이별(낙화)의 참된 의미

헤어지자

섬세한 손길을 흔들며

*하롱하롱 꽃잎이 지는 어느 날.

나의 사랑, 나의 결별

샘터에 물 고인 듯 성숙하는
이별의 의미

내 영혼의 슬픈 눈.
이별의 아픔을 이겨 내기 위한 고뇌

☐: 시간의 흐름에 따른 시상 전개

* 격정: 강렬하고 갑작스러워 누르기 어려운 감정.

* 낙화: 꽃이 떨어짐.

* 하롱하롱: 작고 가벼운 물체가 떨어지면서 잇따라 흔들리는 모양.

● 작가 만나기

이형기(1933~2005) 경상남도 진주에서 태어났으며, 1949년 고등학교 재학 시절 '비오는 날' 이 "문예"에 추천되며 등단했다. 초기에는 고독과 허무를 담담하게 노래하는 시를 주로 쓰다가, 이후 서정성과 탐미성이 드러나는 시들을 썼다. 1956년 한국 문학가 협회상, 1978년 한국 시인 협회상, 1990년 대한민국 문학상 등을 수상했다.

대표작으로는 '죽지 않은 도시' 가 있고, 대표 시집으로 "적막강산", "돌베개의 시", "그해 겨울의 눈" 등이 있다.

● 작품 만나기

1963년 발표한 "적막강산"에 수록된 '낙화' 는 만남과 사랑을 꽃이 피는 것으로, 헤어짐을 꽃이 지는 것으로 표현한 서정적인 작품이다. 말하는 이는 꽃이 피고 지는 자연의 섭리를 인간이 삶에서 겪게 되는 이별과 연관 지어 바라보고 있다.

이 시에서는 꽃이 떨어지는 것은 슬픈 일이나 꽃이 떨어지면 여름이 오고 가을이 되어 열매를 맺듯이 더 높은 차원으로의 영혼의 성숙이 가능하다고 말함으로써 삶의 보편적 측면에 대한 깨달음을 보이고 있다. 헤어짐, 즉 결별을 축복으로 인식하는 역설적 사고는 이러한 깨달음을 바탕으로 한 것이다.

● 핵심 만나기

갈래	자유시, 서정시
성격	애상적, 서정적
제재	낙화
주제	이별을 통한 영혼의 성숙
특징	• 이별을 의미하는 비관적, 하강적 시어를 사용하여 쓸쓸한 분위기를 표현함. • 낙화라는 자연 현상을 인간사의 '이별' 에 비유함. • 이별이 절망적이지 않음을 역설의 방법을 통해 표현함. • 이별에 대한 긍정적 수용과 극복 과정을 다루고 있음.

● 자연 현상과 인생사의 관계

| 자연 현상 | 꽃 | ➡ | 낙화 | ➡ | 녹음, 열매 |
| 인생사 | 사랑, 청춘, 젊음 | ➡ | 이별, 결별, 죽음, 자기희생 | ➡ | 영혼의 성숙, 자기희생의 결과 |

● '낙화'의 주요 표현 방법

표현 방법	시구	효과
의인법	• 격정을 인내한 / 나의 사랑 • 나의 청춘은 꽃답게 죽는다. • 섬세한 손길을 흔들며	사람이 아닌 것을 사람처럼 나타내 사랑, 청춘, 낙화의 모습을 구체화함.
설의법	뒷모습은 얼마나 아름다운가.	이별의 아름다움을 강조함.
은유법	• 나의 사랑, 나의 청춘 • 나의 결별	꽃, 낙화의 자연현상을 인간의 삶에 빗대어 표현함.
역설법	결별이 이룩하는 축복	모순되는 표현을 통해 이별의 의미를 더욱 강조함.
직유법	샘터에 물 고인 듯 성숙하는 / 내 영혼의 슬픈 눈.	이별을 통한 영혼의 성숙을 샘터에 물이 고이는 것에 빗대어 표현함.

● '낙화'의 분위기를 형성하는 시어

가야 할 때, 뒷모습, 지고 있다, 낙화, 결별, 죽는다, 헤어지자. → 비관적, 하강적 시어로 애상적 분위기를 형성한다.

● 이별에 대한 일반적인 생각과 '낙화'의 말하는 이가 이별을 대하는 태도를 비교해 보자.

● 책 이름(출판사)　　　　　　　　　● 지은이

● 인상 깊은 내용과 그 이유

● 읽고 난 후의 생각이나 느낌

'뒷모습이 아름다운 사람'이라는 제목으로 한 편의 글을 써 보자.

가난한 사랑 노래

신경림

가난하다고 해서 외로움을 모르겠는가
비극적 현실
너와 헤어져 돌아오는

눈 쌓인 골목길에 새파랗게 달빛이 쏟아지는데.
외롭고 쓸쓸한 분위기(시각적 심상)

가난하다고 해서 두려움이 없겠는가

두 점을 치는 소리
새벽 2시. 쓸쓸하고 깊은 밤중(청각적 심상)
방범대원의 호각 소리, 메밀묵 사려 소리에
폭력적인 현실   고달픈 삶
눈을 뜨면 멀리 육중한 기계 굴러가는 소리.
산업화, 도시화된 삶

가난하다고 해서 그리움을 버렸겠는가

어머님 보고 싶소 수없이 뇌어 보지만
그리움의 대상
집 뒤 감나무에 *까치밥으로 하나 남았을

새빨간 감 바람 소리도 그려 보지만.
그리운 대상의 형상화(시각적·청각적 심상)

가난하다고 해서 사랑을 모르겠는가

내 볼에 와 닿던 네 입술의 뜨거움,
사랑의 형상화(촉각적 심상)
사랑한다고 사랑한다고 속삭이던 네 숨결

돌아서는 내 등 뒤에 터지던 네 울음.

가난하다고 해서 왜 모르겠는가

가난하기 때문에 이것들을

이 모든 것들을 버려야 한다는 것을.
가난 때문에 버려야 하는 인간적 감정들

16~18행 가난으로 인한 현실 인식

: 가난하기에 버려야 하는 평범한 삶의 모습

* 뇌다: 지나간 일이나 한 번 한 말을 여러 번 거듭 말하다.

* 까치밥: 날짐승이 먹으라고 따지 않고 몇 개 남겨 두는 감.

● 작가 만나기

신경림(1936~) 충청북도 충주에서 태어났으며, 1956년 "문학예술"에 '낮달', '갈대', '석상' 등의 시를 발표하면서 작품 활동을 시작했다. 첫 시집 "농무"를 비롯하여 주로 민중의 생활에 밀착한 현실 인식을 바탕으로 뛰어난 서정성과 친숙한 가락이 묻어 나는 시를 썼다.

저서로는 "농무", "새재", "가난한 사랑 노래", "뿔" 등이 있으며, 만해 문학상, 한국 문학 작가상, 단재 문학상, 공초 문학상 등을 수상했다.

● 작품 만나기

'가난한 사랑 노래' 는 동명의 시집 "가난한 사랑 노래"에 수록되어 있는 작품으로 '이웃의 한 젊은이를 위하여' 라는 부제가 달려 있다.

'가난하다고 해서 ~ 모르겠는가' 라는 문장 구조를 반복하면서 1~15행에서는 도시의 가난한 이웃 젊은이의 모습을 그리고 있고 16~18행에서는 도치와 설의적 표현을 통해 가난하다고 해서 '이 모든 것들' 을 버리지 않기를 바라는 지은이의 바람이 드러나 있다.

따라서 이 시는 고향을 떠나 가난한 도시 노동자로 전락해 가는 젊은이들의 모습을 바라보며 그들이 물질적으로는 가난하지만 인간적인 감정들과 모습들을 버리지 않고 살아가기를 바라는 지은이의 따스한 시선과 애정을 느낄 수 있는 작품이다.

● 핵심 만나기

갈래	자유시, 서정시
성격	감각적, 현실적
제재	가난한 청년의 사랑
주제	가난 속에서도 인간미를 잃지 않는 삶의 아름다움.
특징	• 유사 구절의 반복으로 말하는 이의 정서를 심화함. • 설의법, 도치법 등의 표현을 통해 주제를 강조함.

● '가난한 사랑 노래'의 심상

- 시각적 심상: 눈 쌓인 골목길, 새파랗게 쏟아지는 달빛, 새빨간 감
- 청각적 심상: 두 점을 치는 소리, 호각 소리, 메밀묵 사려 소리, 기계 굴러가는 소리, 바람 소리, 사랑한다고 속삭이던, 네 울음
- 촉각적 심상: 네 입술의 뜨거움, 네 숨결
- 복합적 심상: 새빨간 감 바람 소리(시각+청각), 사랑한다고 속삭이던 네 숨결 (청각+촉각)

● '가난한 사랑 노래'에 반영된 사회적 상황

두 점을 치는 소리 / 방범대원의 호각 소리	야간 통금 제도가 있었고, 호각을 불었다는 것을 알 수 있음. 두 점은 통금 시간을 알리는 소리를 낼 때 쓰는 두 개의 나무 막대기임. 새벽 2시 통금 시간을 알림.
메밀묵 사려 소리	겨울밤에 메밀묵을 즐겨 먹음.
육중한 기계 굴러가는 소리	도시 노동자들이 새벽까지 일하며 지냄.

→ 이 시는 산업화 과정에서 도시 노동자들의 인권과 권리를 무시하는 일이 보편화되어 있던 1970년대라는 특수한 시대적 배경을 가지고 있다. 이 시의 말하는 이는 경제적인 이유로 고향을 떠나 도시 노동자로 살아가는 젊은이지만 여전히 가난한 삶에서 벗어나지 못하는 형편이다. 이를 통해 노동이 자아실현의 수단이 되지 못하고, 노동의 결과가 다시 가난으로 이어질 수밖에 없는 아픈 사회 현실을 엿볼 수 있다.

❶ 이 시의 말하는 이가 어떤 사람인지 생각해 보자.

❷ 이 시에서 반복적인 표현을 찾고, 그 효과를 생각해 보자.

● 책 이름(출판사)　　　　　　　　● 지은이

● 인상 깊은 내용과 그 이유

● 읽고 난 후의 생각이나 느낌

✏️ 이 시를 읽고 친구들과 토론하고 싶은 내용을 써 보자.

민지의 꽃

정희성

강원도 평창군 미탄면 청옥산 기슭.
공간적 배경
덜렁 집 한 채 짓고 살러 들어간 제자를 찾아갔다.

1~2행 강원도 산골의 제자를 찾아감.

거기서 만들고 거기서 키웠다는
세상의 때가 묻지 않은
다섯살배기 딸 민지.
순수하고 맑은 영혼

3~4행 다섯 살배기 민지를 만남.

민지가 아침 일찍 눈 비비고 일어나

저보다 큰 물뿌리개를 나한테 들리고

질경이 나싱개 토끼풀 억새……

이런 풀들에게 물을 주며

잘 잤니, 인사를 하는 것이었다.
자연과의 소통
그게 뭔데 거기다 물을 주니?

꽃이야, 하고 민지가 대답했다.
순수와 본질을 나타내는 언어
그건 잡초야, 라고 말하려던 내 입이 다물어졌다.
고정 관념으로 인한 언어 ↔ '꽃이야'
내 말은 때가 묻어
편견
천지와 귀신을 감동시키지 못하는데
범우주적인 존재
꽃이야, 하는 그 애의 말 한마디가
이분법적인 세계관을 무너뜨리는 말
풀잎의 풋풋한 잠을 흔들어 깨우는 것이었다.
범우주적인 존재

5~12행 민지의 순수한 행동과
'나'의 반응

13~16행 '나'의 깨달음

● **작가 만나기**

　정희성(1945~) 경상남도 창원에서 태어났으며, 1970년 "동아일보" 신춘문예에 시 '변신'이 당선되어 등단했다. 첫 시집 "답청"에서는 신화적 세계에 대한 해석을 절제와 균형미를 통해 보여 주었지만, 1970년대 중반 이후부터 억압적인 사회 현실에 맞선 참여시를 주로 썼다. 이후 시적 형식의 자유로움과 감성의 역동성을 표현함으로써 참여시의 한계를 극복한 작품들을 발표했다.

　김수영 문학상, 시와 시학상, 만해 문학상을 수상했으며, 저서로는 시집 "답청", "저문 강에 삽을 씻고", "한 그리움이 다른 그리움에게", "시를 찾아서", "돌아다보면 문득" 등이 있다.

● **작품 만나기**

　'민지의 꽃'은 세속적인 고정 관념과 가치관을 지닌 말하는 이가 강원도 산골에서 만난 다섯 살 배기 민지를 통해 때가 묻은 자신의 모습을 깨닫고 반성하는 내용의 작품이다. 자연과 소통하는 '민지'는 순수하고 맑은 영혼을 상징하며, 사소하고 보잘것없는 것들에 순수한 가치를 부여하는 존재이다.

　이 시에서는 민지라는 어린아이를 통해 꽃과 잡초의 경계를 허물고 꽃이든 잡초든 하나의 자연으로 통합시키고 있다. 즉, 세속적인 인식의 때를 말끔히 씻어 낸 인간의 원초적인 모습이 본래의 자연에 속하는 것임을 보여 주는 것이다. 어린아이의 눈을 통해 이성과 감성, 인간과 자연이라는 이분법적인 분리가 자연을 필요한 것과 필요치 않은 것으로 분리해 왔음을 깨닫게 해 주는 작품이다.

● **핵심 만나기**

갈래	자유시, 서정시
성격	낭만적, 서정적, 예찬적
제재	어린 소녀와의 대화
주제	때 묻지 않은 동심에 대한 예찬
특징	• 대화의 형태를 그대로 제시하여 생동감과 현장감을 느끼게 함. • 기승전결의 짜임을 가지고 있음.

● '민지의 꽃'의 소설적 짜임

1~2행(기)	강원도 산골에 사는 제자를 찾아감(이야기의 배경).
3~4행(승)	다섯 살배기 아이 민지를 만남(인물 소개).
5~12행(전)	민지의 순수한 행동과 '나'의 반응(핵심 사건)
13~16행(결)	'나'의 깨달음(사건의 결말)

● '내 말은 때가 묻어'에 나타난 언어의 타락

이 시에서 세상에 때 묻지 않은 민지는 범우주적인 관점으로 사물을 바라본다. 이 관점에서 보면 꽃과 잡초는 서로 다르지 않다. 그러나 인간의 관점으로 인해 타락한 언어는 원래의 순수성을 잃고 꽃과 잡초로 구분한다. 그래서 말하는 이는 스스로의 말에 때가 묻어 있음을 깨닫게 된 것이다.

● '민지의 꽃'에 나타난 말의 대조

민지가 사용하는 언어		말하는 이가 사용하는 언어
'꽃이야'		'잡초야'
천지와 귀신을 감동시킴.	⬌	인간과 자연을 분리시킴.
순수와 생명력		고정 관념과 편견
범우주적인 관점		인간의 관점

❶ 이 시에서 민지의 '꽃이야'라는 말과 대조를 이루는 말을 생각해 보자.

❷ 이 시에서 대상을 보는 '나'와 민지의 눈이 어떻게 다른지 생각해 보자.

● 책 이름(출판사)　　　　　　　● 지은이

● 인상 깊은 내용과 그 이유

● 읽고 난 후의 생각이나 느낌

이 시의 민지처럼 순수한 사람을 만난 적이 있는지 떠올려 보고, 그 경험을 바탕으로 글을 써 보자.

우리가 눈발이라면

안도현

우리가 눈발이라면

허공에서 쭈빗쭈빗 흩날리는
의미 없는 공간
진눈깨비는 되지 말자.
부정적 시어
『세상이 바람 불고 춥고 어둡다 해도』
부정적 시어
『 』: 삭막하고 고통스러운 현실 인식
사람이 사는 마을
의미 있는 공간 ↔ 허공
가장 낮은 곳으로
소외된 사람들이 사는 곳
따뜻한 함박눈이 되어 내리자.

우리가 눈발이라면

잠 못 든 이의 창문가에서는
고통받고 괴로워하는 사람
편지가 되고

그이의 깊고 붉은 상처 위에 돋는
절망적 고통('함박눈'과 시각적 대조)
새살이 되자.

1~3행 진눈깨비 같은 존재

4~7행 함박눈 같은 존재

8~12행 위로와 희망이 되는 존재

☐ : 위로, 기쁨, 희망이 되는 존재 → 긍정적 시어
* 쭈빗쭈빗: 몹시 송구스럽게 망설이며 자꾸 머뭇머뭇하는 모양.

● 작가 만나기

안도현(1961~) 경상남도 예천에서 태어났으며, 1981년 "대구매일신문" 신춘문예에 '낙동강'이, 1984년 "동아일보" 신춘문예에 '서울로 가는 전봉준'이 당선되어 등단했다. 1985년 첫 시집 "서울로 가는 전봉준"을 발표했으며, 1996년 제1회 "시와 시학"의 '젊은 시인상'을 시작으로 많은 문학상을 받았다. 저서로는 시집 "모닥불", "그대에게 가고 싶다", "아무것도 아닌 것에 대하여", 어른들을 위한 동화 "연어", "관계", 산문집 "외로울 때는 외로워하자" 등이 있다.

● 작품 만나기

'우리가 눈발이라면'은 '우리'를 '눈발'에 비유하여 상처받은 이웃에게 위안을 주는 존재가 되고 싶은 마음을 함축적 시어를 사용하여 표현하고 있다. 힘들고 지친 사람을 더욱 어렵게 하는 '진눈깨비'와 어려운 사람에게 희망과 행복을 주는 따뜻한 '함박눈'을 대비시켜 주제를 더욱 부각시키고 있다.

이 시에서는 상처받은 이웃에 대한 따뜻한 애정을 호소하며, 우리가 '~라면'이라는 가정적 표현과 '~되자'의 청유형 어미를 반복하여 사용하고 있다. 개인 차원의 노력과 실천보다는 공동체 차원에서의 노력과 실천을 강조하는 것이다.

이 시에는 힘들고 어두운 현실의 모습이 잘 반영되어 있는데, 그러한 현실 속에서도 서로가 어려운 사람들에게 관심을 갖고 따뜻한 위로를 주는 존재가 되기를 소망하고 있다.

● 핵심 만나기

갈래	자유시, 서정시
성격	상징적, 서정적
제재	함박눈
주제	소외된 사람들에 대한 관심과 애정
특징	• 함축적 의미의 시어를 사용함. • '~라면'과 '~되자'라는 말을 반복하여 운율을 형성함.

● '우리가 눈발이라면'의 시어 대비

긍정적 시어		부정적 시어
함박눈, 편지, 새살 행복, 기쁨, 희망, 위로 등을 상징함.	↔	진눈깨비, 바람 불행, 고통, 좌절, 우울함 등을 상징함.

● '진눈깨비'와 '함박눈'

진눈깨비		함박눈
결정이 작고 내리자마자 금방 녹아 버리기 때문에 세상을 포근하게 감싸 주지 못함. 허공에 흩날림. • 사람들에게 기쁨이나 행복을 주지 못하는 존재 • 어려운 사람을 더욱 힘들고 우울하게 하는 존재 부정적 이미지	↔	결정이 크고 오래 지속되어 내려 포근하게 쌓이기 때문에 세상을 감싸는 따뜻한 느낌을 줌. 가장 낮은 곳까지 내림. • 사람들에게 기쁨과 행복을 주는 존재 • 어려운 사람들에게 위로가 되고 희망을 주는 존재 긍정적 이미지

❶ 이 시의 말하는 이가 생각하는 '진눈깨비'와 '함박눈' 같은 사람은 어떤 사람일지 생각해 보자.

❷ 이 시의 '편지', '새살'이 무엇을 의미하는지 생각해 보자.

- 책 이름(출판사)　　　　　　　　　　● 지은이

- 인상 깊은 시구와 그 이유

- 읽고 난 후의 생각이나 느낌

✏ 우리 주변에 '잠 못 든 이'의 처지에 놓인 이웃을 생각해 보고, 구체적으로 내가 어떤 도움을 줄 수 있는지 써 보자.

흔들리며 피는 꽃

도종환

흔들리지 않고 피는 꽃이 어디 있으랴.
고난과 역경 없이   역경을 겪지 않는 것은 없다(설의법).
이 세상 그 어떤 아름다운 꽃들도

다 흔들리면서 피었나니
역경을 극복하고 결실을 맺음.
흔들리면서 줄기를 곧게 세웠나니

흔들리지 않고 가는 사랑이 어디 있으랴.
반복과 설의법을 사용하여 의미 강조   1연 고난과 역경 속에서 완성되는 사랑

젖지 않고 피는 꽃이 어디 있으랴.
고난과 역경을 겪지 않고
이 세상 그 어떤 빛나는 꽃들도

다 젖으며 젖으며 피었나니
역경을 겪으며 피어남.
바람과 비에 젖으며 꽃잎 따뜻하게 피웠나니
고난과 역경   서로에 대한 위로와 사랑으로 피어난 삶
젖지 않고 가는 삶이 어디 있으랴.
고단한 삶을 대하는 긍정적 태도   2연 고난과 역경 속에서 완성되는 삶

도종환(1954~) 충청북도 청주에서 태어났으며, 1984년 동인지 "분단 시대"에 '고두미 마을에서' 등을 발표하면서 작품 활동을 시작했다. 주로 풍부한 서정성을 바탕으로 버림받은 것들이 가지는 참다운 가치를 일깨우고, 자연과 인간에 대한 맑고 깊은 통찰력을 보이는 작품을 썼다.

제8회 신동엽 문학상, 제7회 민족 예술상 등을 수상했다. 저서로는 시집 "고두미 마을에서", "접시꽃 당신" 등이 있고, 산문집 "사람은 누구나 꽃이다", "꽃은 젖어도 향기는 젖지 않는다" 등이 있다.

● 작품 만나기

'흔들리며 피는 꽃'은 흔히 볼 수 있는 자연 현상을 통해 깨달은 삶의 모습을 그려 낸 작품이다.

1연과 2연은 비슷한 구조로 시상을 전개하면서 꽃이 피는 과정과 인간의 사랑 및 삶의 문제를 대응시키고 있다. 1연에서 흔들리지 않고 피는 꽃은 없다고 말한 것은, 이 세상 그 어떤 아름다운 꽃일지라도 다 바람에 흔들리면서 줄기를 곧게 세우듯 사랑도 고난과 역경 속에서 완성됨을 강조하는 것이다. 2연에서는 이 세상 그 어떤 빛나는 꽃도 젖지 않고 피어날 수 없듯이 삶이라는 것 또한 젖지 않고 갈 수는 없다고 말한다. 사랑처럼 우리의 삶 또한 고난과 역경을 거쳐 완성됨을 말하는 것이다. '어디 있으랴' 라는 반복적인 물음을 통해 삶을 대하는 긍정적 태도가 강조된다.

● 핵심 만나기

갈래	자유시, 서정시
성격	교훈적, 사색적, 비유적, 서정적
제재	꽃
주제	고난과 역경 속에서 완성되는 사랑과 삶
특징	• 꽃이 피는 자연 현상을 인간의 삶에 연관 짓고 있음. • 1연과 2연의 대구로 운율을 형성하고 시적 의미를 강조함.

● **'흔들리며 피는 꽃'의 구조와 짜임**

1연	2연
• 흔들리지 않고 피는 꽃이 없음. • 흔들리며 줄기를 곧게 세움. • 흔들리지 않고 가는 사랑이 없음. • 고난과 역경 속에서 완성되는 사랑	• 젖지 않고 피는 꽃이 없음. • 바람과 비에 젖으며 꽃잎을 따뜻하게 피움. • 젖지 않고 가는 삶이 없음. • 고난과 역경 속에서 완성되는 삶

● **'흔들리며 피는 꽃'의 표현적인 특징**

• 1연과 2연이 대구를 이루고 있다.

• 비슷한 문장 구조를 반복하고 있다.

• 동일한 시어를 반복적으로 사용하여 운율을 형성한다.

• 각 연의 첫 행과 마지막 행을 의문문의 형식으로 끝맺는 설의법을 사용함으로써 전달하고자 하는 주제를 강조한다.

● **설의법**

읽는 이가 이미 알고 있는 당연한 사실이나 내용을 일부러 의문문의 형식으로 바꾸어 지은이가 말하고자 하는 바를 강조하는 기법이다.

> 흔들리지 않고 피는 꽃이
> 어디 있으랴.

> 흔들리지 않고 피는 꽃은 없다.
> 모든 꽃은 흔들리며 핀다.

❶ 이 시에서 '흔들리지 않고 피는 꽃이 어디 있으랴.'의 숨은 뜻을 써 보자.

❷ 지은이가 이 시를 통해 말하고자 하는 바가 무엇인지 정리해 보자.

● 책 이름(출판사)　　　　　　　　　● 지은이

● 인상 깊은 시구와 그 이유

● 읽고 난 후의 생각이나 느낌

　이 시를 읽고 최근에 자신을 '흔드는 것'이 무엇인지 생각해 보고 그것을 대하는 자신의 태도에 대해 써 보자.

짧은 이야기

김용택

사과 속에는 벌레 한 마리가 살고 있었습니다.

사과는 그 벌레의 밥이요, 집이요, 옷이요, 나라였습니다.

사람들이 그 벌레의 집과 밥과 옷을 빼앗고

나라에서 쫓아내고 죽였습니다.

누가 사과가 사람들만의 것이라고 정했습니까.

사과는 서러웠습니다.

서러운 사과를 사람들만 좋아라 먹습니다.

김용택(1948~) 전북 임실에서 태어났으며, 1982년 21인 신작 시집 "꺼지 않은 횃불로"에 '섬진강 1' 외 8편을 발표했다. 1985년 시집 "섬진강"을 발표한 이후, 시집 "맑은 날", "누이야 날이 저문다", "꽃산 가는 길", "그 여자네 집", 산문집 "그리운 것들은 산 뒤에 있다", "작은 마을", "섬진강 이야기 1, 2" 등을 발표했다. 직관에 의한 서정성을 강조하고, 현대인에게 소외되는 자연을 특유의 절제된 시어로 형상화했다. 다양한 작품 활동으로 김수영 문학상과 소월 시문학상을 수상했다.

● 작품 만나기

이솝 우화처럼 단순하고 간결한 이야기 형태로 쓰인 '짧은 이야기'는 자연에 대한 인간 중심적인 사고를 비판하는 작품이다. 벌레에게는 밥이요, 집이요, 옷이요, 나라인 사과에서 벌레를 내쫓고 그 사과를 독차지한 사람들의 이기적인 모습을 꼬집을 뿐 아니라 더불어 사는 삶에 대한 중요성을 알려 주고 있다.

이 시는 '사과'와 '벌레', '사람'의 관계를 중심으로 시상을 전개하고 있다. 사과는 벌레에게 '밥, 집, 옷, 나라'인데, 사람들은 '사과'를 차지하기 위해 '벌레'를 쫓아내고 죽인다. 인간 중심적인 사고로 보자면 사과도 자연도 모두 인간을 위해 존재한다. 그러나 더불어 사는 존재라고 생각한다면 사과 안에 들어 있는 벌레의 존재를 들여다보고 배려할 수 있다.

● 핵심 만나기

갈래	자유시, 서정시
성격	비판적
제재	사과와 벌레
주제	자연과 더불어 사는 삶
특징	• 사과를 의인화함. • 사과와 벌레, 인간의 관계를 통해 인간 중심적인 사고를 비판함.

● '짧은 이야기'의 짜임

1~2행	사과 속에 사는 벌레	조화를 이루어 평화롭게 살고 있는 자연 세계
3~4행	사과에서 쫓겨난 벌레	이기적이고 자기중심적인 인간들로 인해 평화가 깨어지고 파괴되는 자연 세계
5~7행	사과를 독차지한 사람들	인간과 자연이 더불어 살아야 함을 일깨움.

● '벌레'와 '사과'와 '인간'의 관계

시구	의미	관계
벌레에게 사과는 밥이요, 집이요, 옷이요, 나라였습니다.	사과는 벌레에게 없어서는 안 될 존재임. 의식주이자 세계의 전부임.	소통이 이루어지는 관계
사람들이 그 벌레의 집과 밥과 옷을 빼앗고 나라에서 쫓아내고 죽였습니다.	사람에게 벌레는 불필요하고 성가신 존재임.	단절된 관계
누가 사과가 사람들만의 것이라고 정했습니까.	사람들에게 사과는 자신들을 위해 있는 자연 존재임.	단절된 관계
서러운 사과를 사람들만 좋아라 먹습니다.	사과에게는 벌레도 사람도 더불어 사는 대상이나 이기적인 사람들로 인해 관계가 끊어짐을 서러워함.	소통이 끊긴 일방적인 관계

❶ 이 시에서 사과를 벌레의 '밥이요, 집이요, 옷이요, 나라'라고 한 까닭을 생각해 보자.

❷ 이 시에서 사과가 서러워한 이유를 생각해 보자.

● 책 이름(출판사)　　　　　　　　　　● 지은이

● 인상 깊은 내용과 그 이유

● 읽고 난 후의 생각이나 느낌

자연과 환경을 무시하는 인간 중심적 사고에 대해 비판하는 글을 써 보자.

봄 길

정호승

『길이 끝나는 곳에서도
　　절망적인 현실
길이 있다.』　『 』: 역설적인 표현
　　희망이 있음.
길이 끝나는 곳에서도

길이 되는 사람이 있다.
　　절망을 극복하는 사람
스스로 봄 길이 되어
　　　　희망을 주는 대상
끝없이 걸어가는 사람이 있다.
　　끈기와 의지를 나타냄.
강물은 흐르다가 멈추고

새들은 날아가 돌아오지 않고

하늘과 땅 사이의 모든 꽃잎은 흩어져도

보라

『사랑이 끝난 곳에서도
　　절망적인 현실
사랑으로 남아 있는 사람이 있다.』　『 』: 역설적인 표현
　　절망적인 현실을 이겨 낸 사람
스스로 사랑이 되어
　　사랑의 대상
한없이 봄 길을 걸어가는 사람이 있다.

1~6행 절망 속에서 새로운 희망을 찾음.

7~9행 사랑이 없는 절망적인 상황

10~14행 절망적 상황을 이겨 내고
희망과 사랑을 찾음.

● **작가 만나기**

　정호승(1950~　) 1972년 "한국일보" 신춘문예에 동시 '석굴암을 오르는 영희'가 당선되고, 이어 1973년 "대한일보" 신춘문예에 시 '첨성대'가 당선되어 등단했다. 1979년 첫 시집 "슬픔이 기쁨에게"를 출간한 이후 시집 "서울의 예수"와 "새벽 편지" 등을 통하여 1970년대와 1980년대 한국 사회의 그늘진 면을 따뜻한 시각으로 그려 냈다. 또한 암울한 분단 현실과 산업화 과정에서 정치적·경제적으로 소외된 사람들에 대한 애정을 슬프고도 따뜻한 시어들로 표현했다. 소월 시문학상, 동서 문학상, 정지용 문학상 등을 수상하였다.

● **작품 만나기**

　'봄 길'은 절망적이고 힘든 상황에서도 스스로 길을 개척하는 사람들, 다른 사람에게 사랑을 베푸는 사람들이 존재한다는 사실을 그려 냄으로써 이기적이고 경쟁적으로 살아가는 현대인의 삶을 다시 돌아보게 하는 작품이다. '길이 끝나는 곳에서도 길이 있다.'와 같은 역설적인 표현을 잘 활용하여 절망적인 상황 속에서도 희망이 존재함을 강조하고 있다.

　'봄 길'은 '봄'에서 연상할 수 있는 희망과 따뜻함, '길'이 주는 가능성과 지속성이 결합된 시어이다. 따라서 절망적 상황에서도 이를 극복할 수 있는 사랑과 희망이 계속된다는 믿음을 내포하고 있다. 인간에 대한 사랑과 희망을 바탕으로 하여 사람들의 고달픈 삶을 따뜻하고 애정 어린 시선으로 바라보는 지은이의 사상이 잘 나타나 있다.

● **핵심 만나기**

갈래	자유시, 서정시
성격	의지적, 긍정적, 희망적
제재	봄 길
주제	절망적인 현실을 극복하고 사랑을 추구하는 삶의 태도
특징	• 단정적이고 의지적인 어조를 사용함. • 비슷한 시구를 반복함으로써 주제를 더욱 강조함. • 대조적인 시적 상황을 제시하여 희망의 의미를 강조함.

● '봄 길'의 대조적인 시적 상황

절망적인 상황		희망적인 상황
• 길이 끝나는 곳 • 강물은 흐르다가 멈추고 / 새들은 날아가 돌아오지 않고 / 하늘과 땅 사이의 모든 꽃잎은 흩어져도 • 사랑이 끝난 곳	↔	• 길이 있다. • 길이 되는 사람이 있다. • 스스로 봄 길이 되어 / 끝없이 걸어가는 사람이 있다. • 사랑으로 남아 있는 사람이 있다. • 한없이 봄 길을 걸어가는 사람이 있다.

● '봄 길'의 역설적인 표현

역설적인 표현	의미
• 길이 끝나는 곳에서도 / 길이 있다. • 길이 끝나는 곳에서도 / 길이 되는 사람이 있다. • 사랑이 끝난 곳에서도 / 사랑으로 남아 있는 사람이 있다.	• 절망적 상황에서도 희망이 있음. • 절망적 상황에서도 희망을 가진 사람이 있음. • 희망이 없는 절망적인 상황에서도 다른 사람에게 사랑을 베푸는 사람이 있음.

↓

깊은 의미를 드러내기 위해 사용한 역설적 표현을 통해 절망적인 상황에서도 희망이 있음을 믿는 지은이의 태도를 강조함.

❶ '길이 끝나는 곳에서도 / 길이 있다.' 에 담긴 의미를 생각해 보자.

❷ '봄 길을 걸어가는 사람' 의 의미를 생각해 보자.

● 책 이름(출판사)　　　　　　　● 지은이

● 인상 깊은 시구와 그 이유

● 읽고 난 후의 생각이나 느낌

✎ '봄 길'의 '봄'과 '길'이 무엇을 상징하는지 써 보자.

담쟁이

도종환

저것은 벽

어쩔 수 없는 벽이라고 우리가 느낄 때

그때

담쟁이는 말없이 그 벽을 오른다.

물 한 방울 없고 씨앗 한 톨 살아남을 수 없는

저것은 절망의 벽이라고 말할 때

담쟁이는 서두르지 않고 앞으로 나아간다.

한 뼘이라도 꼭 여럿이 함께 손을 잡고 올라간다.

푸르게 절망을 다 덮을 때까지

바로 그 절망을 잡고 놓지 않는다.

저것은 넘을 수 없는 벽이라고 고개를 떨구고 있을 때

담쟁이 잎 하나는 담쟁이 잎 수천 개를 이끌고

결국 그 벽을 넘는다.

구구산방 도종환 시인의 집을 방문하여 도종환의 삶의 발자취, 대표 작품 등을 읽어 보며 작품에 대한 배경지식을 얻어 보자. 

● 작가 만나기

도종환(1954~) 충청북도 청주에서 태어났으며, 1984년 동인지 "분단 시대"에 '고두미 마을에서' 등을 발표하면서 작품 활동을 시작했다. 주로 풍부한 서정성을 바탕으로 버림받은 것들이 가지는 참다운 가치를 일깨우고, 자연과 인간에 대한 맑고 깊은 통찰력을 보이는 작품을 썼다. 제8회 신동엽 문학상, 제7회 민족 예술상 등을 수상했다.

저서로는 시집 "고두미 마을에서", "접시꽃 당신" 등이 있고, 산문집 "사람은 누구나 꽃이다", "꽃은 젖어도 향기는 젖지 않는다" 등이 있다.

● 작품 만나기

'담쟁이'는 공동체 의식을 바탕으로 절망적인 상황에서도 좌절하지 않고, 앞으로 나아가는 민중의 힘과 의지를 형상화한 작품이다.

이 시에서 '우리'는 부정적인 현실을 절망의 벽이라고 말하고, 넘을 수 없다고 고개를 떨어뜨리며, 쉽게 좌절하고 포기하는 존재이다. 그러나 '담쟁이'는 말없이 벽을 오르며 서두르지 않고 나아간다. 벽을 넘기 위해 여럿이 함께 손을 잡고, 절망을 다 덮을 때까지 계속 올라간다. 그리하여 결국 담쟁이 잎 하나가 수천 개의 담쟁이 잎을 이끌고 결국 벽을 넘는다. 담쟁이는 부정적인 현실에 좌절하지 않고 극복하는 존재이다. 따라서 담쟁이를 통해 자신의 나약함을 반성하고 바람직한 삶의 자세가 무엇인지 깨달음을 얻을 수 있다.

● 핵심 만나기

갈래	자유시, 서정시
성격	의지적, 상징적, 비유적, 교훈적
제재	담쟁이
주제	부정적인 현실에 좌절하지 않고 이겨 내려는 의지
특징	• 벽을 타고 올라가는 담쟁이를 부정적인 현실을 이겨 내는 사람에 빗대어 표현함. • 비슷한 시구의 반복을 통해 운율을 형성함.

● '담쟁이'의 짜임

1~4행	말없이 벽을 오르는 담쟁이
5~7행	절망의 벽 앞에서도 좌절하지 않고 앞으로 나아가는 담쟁이
8~10행	여럿이 힘을 모아 절망의 벽을 넘으려는 담쟁이
11~13행	수천 개의 잎을 이끌고 결국 벽을 넘는 담쟁이

● '벽'과 '담쟁이'의 의미

- 벽: '벽'은 '물 한 방울 없고 씨앗 한 톨 살아남을 수 없는' 공간이다. 이곳에서는 아무도 살 수가 없다. 따라서 '벽'은 절망적인 상황이나 순간, 또는 살아가면서 만나게 되는 부정적인 현실을 의미한다.
- 담쟁이: 우리가 어쩔 수 없는 벽이라고 느끼고 포기할 때, 담쟁이는 앞으로 나아간다. 절망적인 상황에서도 힘을 모아 절망을 이겨 내기 위해 노력한다. 그리하여 결국 부정적인 현실을 이겨 내는 데 성공한다. 담쟁이는 의지와 용기를 지닌 존재이며, 여럿이 함께 손을 잡고 담을 넘는 공동체의 삶을 소중히 여기는 존재이다.

● '푸르게 절망을 다 덮을 때까지'에 담긴 의미

푸른색은 일반적으로 희망을 상징한다. 이 시에서 '푸르게 절망을 다 덮을 때까지'의 의미는 담쟁이의 푸른 잎들이 삭막한 담을 다 가린다는 뜻이다. 다시 말해 담쟁이의 노력이 부정적인 현실을 이겨 낸다는 것을 의미한다.

❶ 이 시에서 담쟁이를 무엇에 빗대어 표현했는지 생각해 보자.

❷ 이 시에서 담쟁이의 여러 특징을 통해서 말하려고 하는 것을 생각해 보자.

● 책 이름(출판사)　　　　　　　　　● 지은이

● 인상 깊은 시구와 그 이유

● 읽고 난 후의 생각이나 느낌

나의 삶에서 '벽'이라고 생각되는 것을 찾아보고, 그것을 극복할 수 있는 방안을 써 보자.

성북동 비둘기

김광섭

성북동 산에 번지가 새로 생기면서
인간의 공간(문명)
본래 살던 성북동 비둘기만이 번지가 없어졌다.
비둘기의 보금자리(자연)

새벽부터 돌 깨는 산울림에 떨다가
자연의 파괴(청각적 심상)
가슴에 금이 갔다.
비둘기의 아픔을 시각적으로 표현
그래도 성북동 비둘기는

하느님의 광장 같은 새파란 아침 하늘에

성북동 주민에게 축복의 메시지나 전하듯

성북동 하늘을 한 바퀴 휘 돈다.

1연　자연의 파괴로 보금자리를 잃은 비둘기

성북동 메마른 골짜기에는
파괴된 자연
조용히 앉아 콩알 하나 찍어 먹을

널찍한 마당은커녕 가는 데마다

*채석장 포성이 메아리쳐서
문명의 폭력성
피난하듯 지붕에 올라앉아

아침 구공탄 굴뚝 연기에서 향수를 느끼다가
자연과 함께 살았던 사람들에 대한 그리움
산 1번지 채석장에 도로 가서

금방 따낸 돌 온기(溫氣)에 입을 닦는다.
자연의 예전 모습을 그리워하는 비둘기　2연　파괴되기 이전의 자연을
그리워하는 비둘기

예전에는 사람을 성자(聖者)처럼 보고
사람을 받들며 살아가던 비둘기
사람 가까이

사람과 같이 사랑하고

사람과 같이 평화를 즐기던

사랑과 평화의 새 비둘기는
비둘기의 과거 모습
『이제 산도 잃고 사람도 잃고

사랑과 평화의 사상까지

낳지 못하는 쫓기는 새가 되었다.』
『 』: 비둘기의 현재 모습　3연　자연과 인간으로부터 소외되는
평화를 잃어버린 비둘기

* 채석장: 석재(石材)로 쓸 돌을 캐거나 떠 내는 곳.

김광섭(1906~1977) 함경북도 경성에서 태어났으며, 호는 이산(怡山)이다. 1927년 창간한 순수 문학 동인지 "해외문학"과 1931년 창간한 "문예월간"의 동인으로 문학 활동을 시작했다. 해방 후 1945년에 중앙 문화 협회를, 1946년에 조선 문필가 협회를 창립했다.

주요 작품으로는 시 '성북동 비둘기', '고독', '산' 등이 있으며, 시집으로 "동경", "마음", "해바라기", "성북동 비둘기" 등이 있다.

● 작품 만나기

'성북동 비둘기'는 1960년대 중반 이후 산업화, 도시화로 인해 점점 황폐해져 가는 자연으로부터 소외된 현대인의 모습을 그린 작품이다. 근대화 과정에서 파괴된 자연으로 인해 성북동 산에 살던 비둘기는 보금자리를 잃고 쫓기는 신세가 된다. 비둘기는 자연, 평화를 상징하는 대표적인 소재이지만 여기에서는 근대화로 인해 삶의 터전을 잃은 사람들, 더 나아가 산업화의 과정에서 인간성을 상실하고 점점 소외되어 가는 사람들의 모습을 보여 준다.

이 시를 통해 지은이는 사랑과 평화 같은 인간적인 가치보다는 물질문명을 추구하는 현대인의 모습을 비판한다. 하지만 단순히 비판에서 그치는 것이 아니라 산업화 시대의 자연의 소중함, 인간성 회복의 중요성 등을 일깨운다.

● 핵심 만나기

갈래	자유시, 서정시
성격	문명 비판적, 상징적
제재	비둘기
주제	자연을 파괴하는 현대 문명에 대한 비판
특징	• 비둘기를 의인화하여 문명 비판적인 내용을 표현함. • 말하는 이의 감정을 직접 제시하지 않음. • 구체적인 상황을 통해 주제를 이야기함.

● '성북동 비둘기'의 짜임

구체적인 상황(1~2연)
• 성북동 비둘기의 삶의 공간이 사라짐(자연의 파괴).
• 인간성을 점점 잃어감(인간성의 파괴).

➡

주제 제시(3연)
현대 물질문명에 대한 비판

● '비둘기'의 의미

일반적으로 '비둘기'는 평화를 상징하지만 이 작품에서의 비둘기의 의미는 산업화, 도시화가 진행되는 가운데 인간에 의해 심하게 파괴된 자연을 상징한다고 볼 수 있다. 또한 도시가 재개발되면서 산동네를 철거하는 일이 많았는데, 이때 살아가던 집을 잃고 쫓겨난 주민들의 모습을 상징하기도 한다. 마지막으로 산업화와 도시화 속에서 인간성을 점점 잃어가는 현대인의 모습을 상징할 수도 있다.

이처럼 '비둘기'는 이 작품에서 여러 가지 의미로 해석해 볼 수 있지만, 현대 문명의 발달로 인하여 점점 살기 힘들고 소외되는 대상을 상징한다는 공통점을 가지고 있다.

비둘기

- 현대 문명에 의해 파괴된 자연
- 도시 변두리에서 재개발로 쫓겨난 가난한 사람들
- 문명의 발달로 사랑과 평화 같은 인간성을 점점 잃어가는 현대인

❶ 이 시에서 지은이가 원하는 삶의 모습을 생각해 보자.

❷ 이 시에서 '비둘기'가 상징하는 것이 무엇인지 생각해 보자.

● 책 이름(출판사)　　　　　　　　　　　● 지은이

● 인상 깊은 시구와 그 이유

● 읽고 난 후의 생각이나 느낌

이 시를 읽고 인간 문명의 발달로 발생하는 부정적인 문제들을 써 보자.

슬픔이 기쁨에게

정호승

나는 이제 너에게도 슬픔을 주겠다.
사랑보다 소중한 슬픔을 주겠다.
겨울밤 거리에서 귤 몇 개 놓고

살아온 추위와 떨고 있는 할머니에게

귤값을 깎으면서 기뻐하던 너를 위하여

나는 슬픔의 평등한 얼굴을 보여 주겠다.

내가 어둠 속에서 너를 부를 때

단 한 번도 평등하게 웃어 주질 않은

가마니에 덮인 동사자가 다시 얼어 죽을 때

가마니 한 장조차 덮어 주지 않은

무관심한 너의 사랑을 위해

흘릴 줄 모르는 너의 눈물을 위해

나는 이제 너에게도 기다림을 주겠다.

이 세상에 내리던 함박눈을 멈추겠다.

보리밭에 내리던 봄눈들을 데리고

추워 떠는 사람들의 슬픔에게 다녀와서

눈 그친 눈길을 너와 함께 걷겠다.

슬픔의 힘에 대한 이야기를 하며

기다림의 슬픔까지 걸어가겠다.

14~19행 진정한 사랑을 위해 '너'와 함께하고자 함.

* 동사자: 얼어 죽은 사람.

정호승(1950~) 1972년 "한국일보" 신춘문예에 동시 '석굴암을 오르는 영희'가 당선되고, 이어 1973년에 "대한일보" 신춘문예에 시 '첨성대'가 당선되어 등단했다. 1979년 첫 시집 "슬픔이 기쁨에게"를 출간한 이후 시집 "서울의 예수"와 "새벽 편지" 등을 통하여 1970년대와 1980년대 한국 사회의 그늘진 면을 따뜻한 시각으로 그려 냈다. 또한 암울한 분단 현실과 산업화 과정에서 정치적·경제적으로 소외된 사람들에 대한 애정을 슬프고도 따뜻한 시어들로 표현했다. 소월 시문학상, 동서 문학상, 정지용 문학상 등을 수상했다.

● 작품 만나기

'슬픔이 기쁨에게'는 슬픔에 대한 성찰을 통하여 이기적인 삶의 자세를 반성하는 작품이다. 이 시에서 '슬픔'은 남의 아픔을 보듬고 소외된 사람들을 사랑하는 아름다운 존재이고, '기쁨'은 소외된 사람들에게 무관심한 이기적인 존재이자 '너'로 지칭되는 우리 시대 사람들을 상징하고 있다. 이 시의 말하는 이는 자신의 행복에 빠져 남을 돌볼 줄 모르는 이기적인 세태를 비판하며 '슬픔의 평등한 얼굴'을 보여 주겠다고 한다. 또 사랑이 필요한 사람들에게 관심을 가질 수 있는 기다림의 자세를 주겠다고 한다. 이 시는 진정한 사랑을 위해서는 슬픔이 필요하다는 것을 역설적으로 표현하며, '너와 함께 걷겠다.'는 화합과 조화의 삶을 이야기한다.

● 핵심 만나기

갈래	자유시, 서정시
성격	비판적, 설득적, 박애적
제재	슬픔
주제	소외된 이웃과 더불어 살아가는 삶
특징	• '슬픔'과 '기쁨'에 새로운 의미를 부여하여 주제를 전달함. • 의인법과 역설법이 사용됨.

● **‘슬픔’과 ‘기쁨’의 의미**

슬픔	기쁨
나	너
긍정적 존재	부정적 존재
소외된 이웃의 삶과 함께하는 존재	소외된 이웃의 삶을 외면하는 존재
가난한 이웃, 소외된 이웃에 대한 연민의 감정	이웃의 아픔에 무관심한 이기적인 존재의 감정
‘너’에게 슬픔과 기다림을 주어 화합과 조화를 지향하는 존재	슬픔과 기다림의 의미를 깨닫고 소외된 이웃의 아픔에 동참하는 존재

● **‘슬픔이 기쁨에게’의 구절 풀이**

구절	의미
나는 이제 너에게도 슬픔을 주겠다.	슬픔을 ‘나’, 기쁨을 ‘너’로 의인화하여 ‘슬픔’이 ‘기쁨’에게 말을 건네는 형식으로 시상 전개
사랑보다 소중한 슬픔	역설법을 이용하여 이기적인 사랑보다 소외된 이웃을 사랑하는 마음이 더 소중함을 강조함.
귤값을 깎으면서 기뻐하던 너	소외된 이웃의 고통을 외면한 채 자신의 이익을 추구하고 기뻐하는 이기적인 모습
기다림의 슬픔까지 걸어가겠다.	소외된 사람들을 외면하던 ‘너’에게 진정한 슬픔(소외된 존재의 아픔과 고통)을 깨닫게 함.

● 이 시에서 ‘나’와 ‘너’는 누구일지 생각해 보자.

● 책 이름(출판사)　　　　　　　　● 지은이

● 인상 깊은 시구와 그 이유

● 읽고 난 후의 생각이나 느낌

✏ 이 시를 읽고 '우리를 슬프게 하는 것들'이라는 제목으로 자유롭게 글을 써 보자.

1. '서시'에 대한 설명으로 알맞은 것은?

　　① 시간의 이동에 따라 시상이 전개된다.

　　② 반어적 표현으로 주제를 구체화하고 있다.

　　③ 조국 광복의 기쁨과 민족 화합을 노래하고 있다.

　　④ 민요적 율격을 사용하여 민족적 정서가 잘 드러난다.

　　⑤ 말하는 이는 자신의 처지를 비관적으로 생각하고 있다.

2. '서시'에서 '희망, 소망, 양심'을 상징하는 시어를 찾아 쓰시오.

3. '모란이 피기까지는'에서 '모란'과 같은 의미의 시어는?(2개)

　　① 봄　　　　② 천지　　　　③ 자취　　　　④ 보람　　　　⑤ 삼백예순 날

4. '낙화'의 분위기를 형성하는 단어로 알맞지 <u>않은</u> 것은?

　　① 결별　　　　② 낙화　　　　③ 청춘　　　　④ 헤어지자　　　　⑤ 지고 있다

5. '낙화'에서 '결별이 이룩하는 축복'에 쓰인 표현 방법을 쓰시오.

6. '가난한 사랑 노래'의 말하는 이에 대한 설명으로 알맞지 <u>않은</u> 것은?

　　① 도시 노동자이다.

　　② 노동을 통해 자아실현을 이루고 있다.

　　③ 자신의 현실에 답답함을 느끼고 있다.

　　④ 고향이 그리워도 고향을 갈 수 없는 상태이다.

　　⑤ 사랑하는 사람과 헤어질 수밖에 없는 상태이다.

7. '민지의 꽃'에서 다음 빈칸에 들어갈 말을 쓰시오.

내 말은 (   )가 묻어
천지와 귀신을 감동시키지 못하는데
(   ), 하는 그 애의 말 한 마디가
풀잎의 풋풋한 잠을 흔들어 깨우는 것이었다.

8. '우리가 눈발이라면'에서 말하는 이의 현실 인식이 담긴 시어는?

① 편지　　　② 새살　　　③ 바람　　　④ 함박눈　　　⑤ 진눈깨비

9. '흔들리며 피는 꽃'을 읽은 후의 반응으로 알맞지 <u>않은</u> 사람은?

① 보현: 교훈을 전달하려는 시야.
② 은주: 삶에 대한 깨달음을 주고 있어.
③ 상준: 운율감이 느껴져서 재미있게 낭송할 수 있어.
④ 하림: 말하는 이는 삶의 고난과 시련을 두려워하고 있어.
⑤ 근영: 흔히 볼 수 있는 자연 현상을 통해 주제를 이야기하고 있어.

10. '짧은 이야기'에서 벌레에게 사과는 어떤 존재인지 쓰시오.

11. '짧은 이야기'에서 다음 구절에 나타나는 사람들의 모습으로 적절한 것은?

사람들이 그 벌레의 집과 밥과 옷을 빼앗고
나라에서 쫓아내고 죽였습니다.

① 이 세상은 사람들을 위해 존재해.
② 자연과 인간은 더불어 살아야 해.
③ 자연 속에 있으면 마음이 평온해져.
④ 시골보다는 도시가 살기 편해서 좋아.
⑤ 자연이 파괴되면 인간도 살 수가 없어.

12. '봄 길'에서 역설적인 표현을 한 가지 찾고, 그 표현이 나타내는 의미를 쓰시오.

    (1) 역설적 표현: _______________________________

    (2) 의미: _______________________________

13. '담쟁이'의 제재인 '담쟁이'의 특징으로 알맞지 <u>않은</u> 것은?

    ① 담쟁이는 서두르지 않는다.

    ② 담쟁이는 혼자 힘으로 담을 넘는다.

    ③ 담쟁이는 여러 잎이 줄기를 이루며 담을 덮는다.

    ④ 담쟁이는 절망적인 상황에서도 포기하지 않는다.

    ⑤ 담쟁이는 부정적인 현실에서도 결국 그 벽을 넘는다.

14. '담쟁이'에서 '장애물, 절망적 상황, 시련, 한계' 등을 나타내는 시어를 쓰시오.

15. '성북동 비둘기'에서 청각적 심상으로 표현한 구절은?(2개)

    ① 돌 깨는 산울림   ② 채석장 포성   ③ 구공탄 굴뚝 연기

    ④ 금방 따낸 돌 온기   ⑤ 메마른 골짜기

16. '슬픔이 기쁨에게'에서 긍정적인 존재이자, '진정한 사랑을 깨닫는 힘'의 의미를 가진 시어를 쓰시오.

17. '슬픔이 기쁨에게'의 구절 중 성격이 <u>다른</u> 한 가지는?

    ① 평등하게 웃어 주질 않는

    ② 귤값을 깎으면서 기뻐하던

    ③ 흘릴 줄 모르는 너의 눈물

    ④ 이제 너에게도 슬픔을 주겠다.

    ⑤ 가마니 한 장조차 덮어 주지 않은

● '사다리 타기'를 하며 각 단어에 해당하는 뜻을 〈보기〉에서 찾아 그 기호를 써 보자.

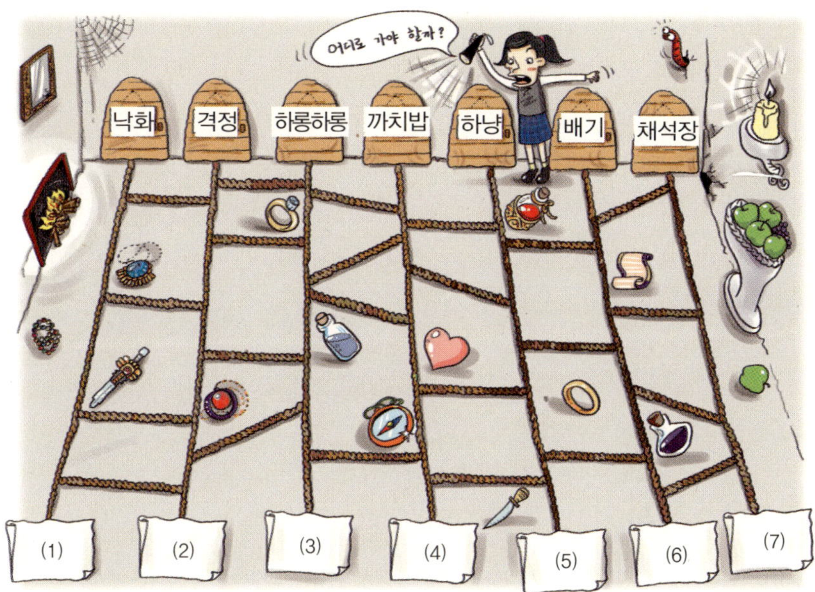

보기

㉠ 꽃이 떨어짐.
㉡ '늘'의 방언. 계속하여 언제나.
㉢ 석재로 쓸 돌을 캐거나 떠 내는 곳.
㉣ 강렬하고 갑작스러워 누르기 어려운 감정.
㉤ '그 나이를 먹은 아이'의 뜻을 더하는 접미사.
㉥ 작고 가벼운 물체가 떨어지면서 잇따라 흔들리는 모양.
㉦ 까치 따위의 날짐승이 먹으라고 따지 않고 몇 개 남겨 두는 감.

05

소망의 별을 노래하며

청산별곡

작자 미상

살어리 살어리랏다 청산에 살어리랏다.
현실 세계와 대비되는 자연
머루랑 달래랑 먹고 청산에 살어리랏다.

얄리얄리 얄라셩 얄라리 얄라.
후렴구 → 음악적 효과

1연 청산에 대한 동경

울어라 울어라 새여 자고 일어 울어라 새여.
감정 이입의 대상
너보다 시름 많은 나도 자고 일어 우니노라.

얄리얄리 얄라셩 얄라리 얄라.

2연 삶의 고독과 슬픔

가던 새 가던 새 본다 물 아래 가던 새 본다.
날아가던 새   청산과 대비되는 속세
녹슬은 쟁기를 가지고 물 아래 가던 새 본다.
속세에 대한 미련
얄리얄리 얄라셩 얄라리 얄라.

3연 현실에 대한 미련

이링공 저링공 하여 낮일랑 지내왔구나.
이럭저럭
올 이도 갈 이도 없는 밤일랑 또 어찌하리오.

얄리얄리 얄라셩 얄라리 얄라.

4연 삶의 고독과 절망

어디다 던지던 돌인고 누구를 맞히려던 돌인고.
불행한 운명을 상징
미워할 이도 사랑할 이도 없이 맞아서 우니노라.

얄리얄리 얄라셩 얄라리 얄라.

5연 운명적인 슬픔

살어리 살어리랏다 바다에 살어리랏다.
현실 세계와 대비되는 자연
나문재 굴 조개랑 먹고 바다에 살어리랏다.
바다에서의 삶의 양식
얄리얄리 얄라셩 얄라리 얄라.

6연 바다에 대한 동경

가다가 가다가 듣노라 마당을 돌아서 가다가 듣노라.

『사슴이 장대에 올라서 해금(奚琴)을 켜는 걸 듣노라.』 『 』: 불가능한 상황 제시

얄리얄리 얄라셩 얄라리 얄라.

7연 삶의 절박함과 고독

가득히 배부른 독에 진한 강주(强酒)를 빚어라.
독한 술(시름을 달래는 수단)
조롱꽃 누룩이 매워 잡사오니 내 어찌하리오.
조롱박꽃 모양의 누룩   붙잡으니
얄리얄리 얄라셩 얄라리 얄라.

8연 술을 통해 고민을 해소함.

● **작품 만나기**

'청산별곡'은 8연으로 이루어진 고려 가요로, 오랜 시간 입에서 입으로 전해지다가 조선 시대에 훈민정음이 창제된 이후 문자로 기록되었다. "악장가사"에는 전문이, "시용향악보"에는 1연과 곡조가 실려 있다. '가시리', '서경별곡'과 더불어 고려 가요 중에서 비유와 상징성이 가장 뛰어난 작품으로 평가받고 있다.

이 가요는 나라 안팎의 괴롭힘으로 시달리던 고려 시대 사람들의 '자연에 대한 동경', '현실에서 벗어나고 싶은 마음', '술에 취해 근심을 잊고 즐거움을 얻고자 하는 태도' 등 다양한 삶의 모습을 담고 있다. 말하는 이를 누구로 보느냐에 따라 다양한 해석이 가능하지만 일반적으로 힘든 삶을 살아가는 민중의 슬픔을 읊은 노래라고 볼 수 있다.

● **말하는 이에 따른 다양한 해석**

- 떠돌아다니는 백성: 청산에 들어가 머루나 다래를 따먹으며 살아야 하는 백성들의 힘든 삶, 특히 몽골의 침입을 피해 옮겨 다닌 피난민의 고달픈 처지를 나타낸다. → 떠돌아다니는 삶의 슬픔
- 실연한 사람: 사랑하는 사람과 이별한 슬픔을 잊기 위하여 청산으로 도망치고 싶은 사람의 마음을 나타낸다. → 이별의 슬픔과 사랑하는 사람을 향한 그리움
- 지식인: 세상에서의 고민을 떨쳐 버리고 평화를 얻기 위하여 청산을 찾은 지식인의 마음이 나타난다. 하지만 세상에 여전히 미련을 둔 모습도 있다. → 세상을 살아가는 것에 대한 고민

● **핵심 만나기**

갈래	고려 가요
성격	문명 비판적, 상징적
제재	비둘기
주제	떠돌아다니는 삶의 슬픔 / 실연의 슬픔 / 삶에 대한 고민
특징	• 동일한 시구를 반복하여 의미를 강조함. • 후렴구에서 'ㄹ', 'ㅇ' 음이 반복되어 운율을 형성함.

● **‘청산별곡’에 나타난 대칭 구조**

청산에서의 삶		바다에서의 삶	
1연	청산(자연에 대한 동경)	6연	바다(새로운 세계에 대한 동경)
2연	새(삶의 고독과 슬픔)	5연	돌(운명적인 슬픔)
3연	새(현실에 대한 미련)	7연	사슴(삶의 절박함과 고독)
4연	밤(고독과 괴로움.)	8연	술(고뇌의 해소)

→ 이 작품의 5연과 6연의 순서가 바뀐다면, 앞부분은 ‘청산에서의 삶’으로 뒷부분은 ‘바다에서의 삶’으로 대칭을 이룬다.

● **‘청산’과 ‘바다’의 의미**

‘청산’과 ‘바다’는 우리가 살아가는 현실에서 실제로 존재하는 공간을 의미하는 것이 아니다. 말하는 이가 현실의 고통, 고민 등을 잊어버릴 수 있는 상상 속의 공간으로, 번잡한 세상과 대비되는 ‘자연’, ‘이상향’을 의미한다.

● **후렴구의 기능**

• ‘ㄹ’, ‘ㅇ’ 음을 반복적으로 사용하여 음악적 효과를 얻고 있다.
• 작품의 내용과는 반대되는 경쾌한 느낌을 주어 고려 민중의 긍정적인 모습을 나타내 준다.

❶ 말하는 이가 ‘청산’에 살고 싶다고 한 이유를 생각해 보자.

❷ 이 시의 후렴구를 찾아 쓰고, 그 기능을 정리해 보자.

● 책 이름(출판사)　　　　　　　　● 지은이

● 인상 깊은 내용과 그 이유

● 읽고 난 후의 생각이나 느낌

나는 어디서 무엇을 하며 살고 싶은지 생각해 보고, 이 시의 1연을 참고하여 모방시를 써 보자.

별 헤는 밤

윤동주

계절이 지나가는 하늘에는

가을로 가득 차 있습니다.
쓸쓸함을 상징

나는 아무 걱정도 없이

가을 속의 별들을 다 헤일 듯합니다.
아름다움, 순수와 이상

가슴 속에 하나 둘 새겨지는 별을

이제 다 못 헤는 것은

쉬이 아침이 오는 까닭이요,
현실적인 제약
내일 밤이 남은 까닭이요,
마음의 여유
아직 나의 청춘이 다하지 않은 까닭입니다.
미래에 대한 희망

『별 하나에 추억과

별 하나에 사랑과

별 하나에 쓸쓸함과

별 하나에 동경과

· 별 하나에 시와

별 하나에 어머니, 어머니,』
『 』: 그리움의 대상들을 떠올림(반복법, 열거법).

『어머님, 나는 별 하나에 아름다운 말 한 마디씩 불러 봅니다. 소학교
향수, 평화의 상징
때 책상을 같이했던 아이들의 이름과 패, 경, 옥, 이런 이국 소녀들의 이

름과, 벌써 아기 어머니 된 계집애들의 이름과 가난한 이웃 사람들의 이

름과, 비둘기, 강아지, 토끼, 노새, 노루, '프랑시스 잠', '라이너 마리아

릴케', 이런 시인의 이름을 불러 봅니다.』
『 』: 산문시의 형태

이네들은 너무나 멀리 있습니다.

별이 아스라이 멀듯이.

어머님,

그리고 당신은 멀리 북간도에 계십니다.
과거 회상의 구체적인 공간

나는 무엇인지 그리워

이 많은 별빛이 내린 언덕 위에

내 이름자를 써 보고,
자아 성찰의 행위
흙으로 덮어 버리었습니다.

딴은, 밤을 새워 우는 벌레는
어두운 현실   말하는 이(감정 이입)
부끄러운 이름을 슬퍼하는 까닭입니다.
삶에 대한 반성과 자책

그러나 겨울이 지나고 나의 별에도 봄이 오면,

무덤 위에 파란 잔디가 피어나듯이
죽음, 절망   부활과 재생
내 이름자 묻힌 언덕 위에도

자랑처럼 풀이 무성할 거외다.

* 동경: 어떤 것을 간절히 그리워하여 그것만을 생각함.

* 이국: 인정, 풍속 따위가 전혀 다른 남의 나라.

연세대학교 윤동주 기념 사업회를 방문하여 윤동주의 생존 모습, 대표 작
품 등을 읽어 보며 작품에 대한 배경지식을 얻어 보자. 

● **작가 만나기**

윤동주(1917~1945) 북간도 명동촌에서 태어났으며, 일본에서 유학 중 1943년 독립운동 혐의로 일본 경찰에 체포되었다. 징역 2년을 선고받고 후쿠오카 형무소에서 복역하던 중 1945년 2월에 옥사했다. 일제 강점기의 지식인으로서 겪어야 했던 고뇌를 섬세한 서정으로 노래했다.

저서로는 1948년에 출간한 유고 시집 "하늘과 바람과 별과 시"가 있다. 주요 작품으로 '서시', '쉽게 씌어진 시', '별 헤는 밤', '자화상', '또 다른 고향' 등이 있다.

● **작품 만나기**

'별 헤는 밤'은 어두운 삶의 현실에서 달아나지 않고 자기 성찰을 통해 부끄럽지 않게 사는 태도야말로 진정으로 가치 있는 삶이라는 깨달음을 주는 작품이다.

이 시는 크게 네 부분으로 나눌 수 있다. 첫 번째 부분(1~3연)은 별이 총총한 가을 하늘을 올려다보며 마음속에 떠오르는 생각들을 더듬어 보는 한 젊은이의 모습을 그리고 있다. 두 번째 부분(4~7연)은 별을 하나씩 헤아리며 어린 시절에 대한 애틋한 그리움을 구체적으로 형상화하고 있다. 세 번째 부분(8~9연)은 외롭고 고통스러운 현재의 시대 상황 속에 서 있는 자신의 부끄러운 모습을 확인하고, 그것을 이겨 내려는 자기 성찰의 모습을 보여 준다. 네 번째 부분(10연)에서는 시대적 아픔과 갈등 속에서 고뇌를 거듭하던 말하는 이가 새로운 미래에 대한 희망과 의지를 다지고 있다.

● **핵심 만나기**

갈래	자유시, 서정시
성격	회상적, 성찰적, 의지적, 사색적
제재	별
주제	아름다운 이상에 대한 그리움과 자기 성찰
특징	• 산문율을 삽입하여 운율의 변화를 줌. • 계절의 순환에 따르는 시상 전개를 보여 줌.

● '별'의 의미

'별'은 말하는 이에게 있어 과거 회상의 매개체이다. 또한 '추억', '사랑', '시' 등 말하는 이가 지향하는 내적 세계이며, 그리워하는 세계이다. 그러나 말하는 이가 그리워하는 세계에 속한 것들은 공간적으로 멀리 있으며 시간적으로도 되돌아갈 수 없는 과거에 속해 있다. 따라서 이들을 어둠 속에서 아름답게 반짝이지만 결코 닿을 수 없는 '별'에 비유한 것이다.

● 계절의 변화에 따른 시상 전개

계절	시간	주제	내용
가을	과거	그리움	과거 아름다웠던 어린 시절에 대한 추억을 떠올리는 매개체이자, 고독을 상징하는 계절
겨울	현재	반성	춥고 고통스러운 계절로, 시대 상황을 나타내는 동시에 죽음을 상징함. 자기 성찰로부터 비롯된 말하는 이의 내면적 시련을 암시함.
봄	미래	희망	시련과 고난의 끝을 알리는 희망의 계절로, 시련의 극복, 재생과 부활을 상징함.

● '별 헤는 밤'의 운율의 변화

- 평범한 자유시의 운율로 시상이 전개되면서 반복되던 리듬이 산문적인 리듬으로 이어진다.
- 후반에 이르러 자유시의 운율을 다시 사용함으로써 분위기를 고조시킨다.

● 이 시의 말하는 이가 지향하는 세계를 상징하는 시어를 찾아보자.

● 책 이름(출판사)　　　　　　　● 지은이

● 인상 깊은 시구와 그 이유

● 읽고 난 후의 생각이나 느낌

✏ 밤하늘을 보며 떠오르는 생각들을 자유롭게 써 보자.

해

박두진

해야 솟아라. 해야 솟아라. 말갛게 씻은 얼굴 고운 해야 솟아라. 산
넘어 산 넘어서 어둠을 살라 먹고, 산 넘어서 밤새도록 어둠을 살라 먹
고, 이글이글 애띤 얼굴 고운 해야 솟아라.

맑고 순수한 세계 · 고난 · 일제 강점기의 현실

1연 밝은 세상에 대한 염원

달밤이 싫어, 달밤이 싫어, 눈물 같은 골짜기에 달밤이 싫어, 아무도
없는 뜰에 달밤이 나는 싫어…….

고통스러운 현실

2연 불의와 부정에 대한 거부감

해야, 고운 해야. 네가 오면 네가사 오면, 나는 나는 청산(靑山)이 좋아
라. 훨훨훨 깃을 치는 청산이 좋아라. 청산이 있으면 홀로라도 좋아라.

화합과 소망의 세계

3연 생명력 있는 새 세상에 대한 소망

사슴을 따라 사슴을 따라, 양지(陽地)로 양지로 사슴을 따라, 사슴을
만나면 사슴과 놀고,

약자

칡범을 따라 칡범을 따라, 칡범을 만나면 칡범과 놀고…….

강자

4~5연 자유와 평화, 화합과 공존의 삶

해야, 고운 해야. 해야 솟아라. 꿈이 아니래도 너를 만나면, 꽃도 새
도 짐승도 한자리 앉아, 워어이 워어이 모두 불러 한자리 앉아, 『애띠고
고운 날』을 누려 보리라.

6연 밝고 평화로운 세상에 대한 소망과 확신

『』: 화합과 공존의 시간

◯ : 긍정적 시어
▢ : 부정적 시어

● 작가 만나기

박두진(1916~1998) 경기도 안성에서 태어났으며, 1939년 정지용의 추천으로 "문장"에 '향현', '묘지송' 등의 시를 발표하며 등단했다. 1946년부터 박목월, 조지훈 등과 함께 '청록파' 시인으로 활동하며 자연과 신의 영원성을 노래한 작품들을 발표했다.

주요 저서로는 "청록집(공저)", "해", "수석열전", "오도" 등 30여 권의 시집 외에도 수필집 "시인의 고향", "언덕에 이는 바람", 시론집 "한국 현대 시론" 등이 있다.

● 작품 만나기

1946년 "상아탑"에 발표된 '해'는 밝고 평화로운 세계가 오기를 소망하는 마음을 노래하고 있다. '해'라는 소재를 통해 박진감 있는 운율로 희망에 찬 정서를 잘 표현했다. 삶의 근원적인 힘이라 할 수 있는 해는 '어둠'의 부정적 힘을 '살라 먹고', '달밤'의 비애를 거부하는 존재이다. 따라서 해가 비추는 밝은 세상은 순한 '사슴'과 육식 동물인 '칡범'이 화합하고 공존하는 평화로운 삶의 공간이 된다.

'해'는 창작 시기가 정확하게 알려지지 않아 다양하게 해석될 수 있다. 이 시가 일제 말기에 쓰였다면 '해'는 조국 광복의 날일 수도 있고, 광복 후에 쓰였다면 광복의 감격과 민족 화합의 염원을 담았다고 할 수 있다. 또한 박두진이 기독교인이었기에 기독교적 의미의 낙원으로 해석할 수도 있다.

● 핵심 만나기

갈래	산문시, 서정시
성격	상징적, 의지적, 미래 지향적
제재	해
주제	화합과 공존, 평화의 세계에 대한 소망
특징	• 대립적인 의미의 시어를 사용하여 주제를 강조함. • 단어나 문장을 반복하거나 변형하여 운율을 형성함.

● '해'에 쓰인 시어의 의미

해	희망, 평화, 광명, 밝고 희망찬 세계, 생명력
산	조국의 앞날에 가로놓인 역경
달밤, 골짜기	암울하고 고통스러운 현실, 절망과 슬픔의 세계
청산	생명력 넘치는 새로운 세계, 민족의 새 역사가 펼쳐질 해방된 조국
칡범, 짐승	악함, 추함, 강자
사슴, 꽃, 새	선함, 아름다움, 약자
애띠고 고운 날	화합과 공존의 새로운 시대, 사랑과 평화의 세계

● '해'의 의미

'해'는 말하는 이가 간절히 소망하는 대상이며, 이를 통해 말하는 이가 아직 '어둠'에 처해 있음을 알 수 있다. '어둠'은 조국 현실의 암울한 상황을 나타낸다. 하지만 '해'는 이러한 어둠을 살라 먹는 존재이다. 다시 말해서 '해'는 새로운 탄생과 창조의 근원이며 시대적 상황으로 볼 때 조국의 밝은 미래로 해석할 수 있다.

● '해'에 나타난 공존의 세계

어둠의 세계		밝음의 세계
어둠, 달밤, 골짜기, 칡범, 짐승	↔	해, 청산, 사슴, 꽃, 새

화합과 공존의 세계
청산

● 이 시의 말하는 이가 바라는 세상의 모습은 어떠할지 생각해 보자.

● 책 이름(출판사)　　　　　　　　● 지은이

● 인상 깊은 시구와 그 이유

● 읽고 난 후의 생각이나 느낌

✎ 시의 제목을 한가운데에 쓰고 그것을 사방으로 발전시켜 가며 생각 그물을 만들어 보자.

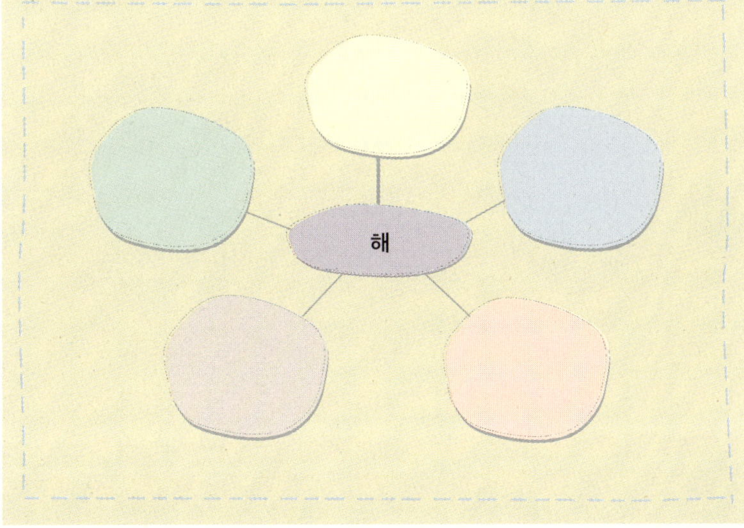

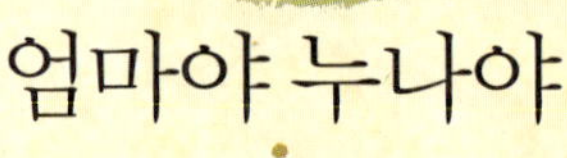

엄마야 누나야

김소월

엄마야 누나야 강변 살자.
사랑의 대상   이상향
뜰에는 반짝이는 금모래빛
시각적 심상
뒷문 밖에는 갈잎의 노래
청각적 심상, 의인법
엄마야 누나야 강변 살자.
밝고 평화로운 세계

● 작가 만나기

김소월(1902~1934) 본명은 정식(廷湜)이며, 평안북도 구성에서 태어났다. 1920년에 동인지 "창조"에 '낭인의 봄', '그리워' 등을 발표하며 등단했다. "영대(靈臺)"의 동인으로 활동했으며, 1925년 시집 "진달래꽃"을 발표했다. 민요적 가락과 소박하고 향토색 짙은 서정시를 주로 썼다.

서울 남산에 시비가 세워져 있으며, 1981년 금관 문화 훈장을 받았다. 주요 작품으로 '금잔디', '진달래꽃', '가는 길', '초혼' 등이 있으며, 저서로는 시집 "진달래꽃", "소월 시집" 등이 있다.

● 작품 만나기

'엄마야 누나야'는 자연에 대한 강렬한 동경을 노래하고 있다. 때 묻지 않은 순수한 아이는, 뜰에는 금모래가 반짝이고, 뒷문 밖에는 갈대가 서걱거리는 강변에서 살고 싶다고 노래한다. 지은이는 순수한 소년의 말을 빌려 엄마와 누나에게 자신의 희망을 이야기하고 있다. 여기에서의 강변은 실제 강변일 수도 있고, 지은이가 지향하는 이상의 세계일 수도 있다.

이 시는 1행과 4행이 반복되고 있으며, 각 행 모두 세 번씩 끊어 읽는 3음보 리듬을 사용한다. 더불어 어린아이의 말인 '~야'와 '살자'라는 반말을 사용하여 때 묻지 않은 말투를 보여 주고 있다.

소년이 엄마, 누나와 함께 살고 싶어 하는 '강변'은 평화와 행복을 보장해 주는 안식처이고, 가족들과 단란하게 지내는 보금자리를 뜻한다. 또한 당시의 현실 상황을 고려할 때 일제의 모진 핍박을 벗어난 이상향일 수도 있다.

● 핵심 만나기

갈래	자유시, 서정시
성격	민요적
제재	강변, 엄마, 누나
주제	아름답고 평화로운 세계에서 살고 싶은 소망
특징	• 3음보의 율격 • 수미 상관의 기법을 통해 말하는 이의 소망을 강조함.

● '강변'의 의미

사전적 의미	강의 가장자리에 잇닿아 있는 땅. 또는 그 부근
함축적 의미	• 순수한 곳, 평화로운 세상, 자연이 아름다운 곳, 싸움이 없는 곳, 행복이 가득한 곳 • 현실의 고통에서 벗어날 수 있는 이상적인 곳

● '엄마야 누나야'의 운율

- 각 행을 세 마디씩 규칙적으로 끊어 읽는 3음보의 율격이다.
- 2행과 3행에서는 동일한 문장 구조가 서로 짝을 이루면서 음악성을 높인다.
- 1행과 4행은 수미 상관 구조이다.

● '엄마야 누나야'의 수미 상관 구조

수미 상관이란 시의 처음과 마지막에 같은 내용의 구절을 반복해서 배치하는 기법을 말한다. '머리와 꼬리가 쌍을 이루며 관련되게 시를 짓는 방법'이라는 뜻으로, '수미 쌍관' 혹은 '수미 상응'이라고도 한다.

이 시에서는 '엄마야 누나야 강변 살자'가 1행과 4행에서 반복되는 수미 상관이 사용되었다. 이렇게 같은 구절을 반복하여 흥을 돋우고, 의미를 강조하며, 구조적인 안정감을 느낄 수 있게 한다.

● 이 시의 말하는 이는 어떤 사람인지 생각해 보자.

● 책 이름(출판사)　　　　　● 지은이

● 인상 깊은 시구와 그 이유

● 읽고 난 후의 생각이나 느낌

이 시의 '강변'처럼 내가 살고 싶은 곳을 한 단어로 표현해 보고, 그렇게 표현한 이유를 적어 보자.

귀뚜라미

나희덕

높은 가지를 흔드는 매미 소리에 묻혀

내 울음 아직은 노래 아니다.

『차가운 바닥 위에 토하는 울음,

풀잎 없고 이슬 한 방울 내리지 않는

지하도 콘크리트 벽 좁은 틈』에서

숨 막힐 듯, 그러나 나 여기 살아 있다.

귀뚜르르 뚜르르 보내는 *타전 소리가

누구의 마음 하나 울릴 수 있을까.

지금은 매미 떼가 하늘을 찌르는 시절

<u>여름(계절적 배경)</u>

그 소리 걷히고 맑은 가을이

<u>귀뚜라미가 기다리는 계절</u>

어린 풀숲 위에 내려와 뒤척이기도 하고

계단을 타고 이 땅 밑까지 내려오는 날

『발길에 눌려 우는 내 울음도

누군가의 가슴에 실려 가는 노래일 수 있을까.』

『 』: 공감각적 심상(청각의 시각화)

3연 감동을 주는 노래를 부르고 싶은 소망

* 타전: 전보나 무전을 침.

　나희덕(1966~) 충청남도 논산에서 태어났으며, 1989년 "중앙일보" 신춘문예에 시 '뿌리에게'가 당선되어 등단했다. 지금은 '시힘' 동인으로 활동하고 있다. 1998년 김수영 문학상, 2001년 김달진 문학상, 오늘의 젊은 예술가상(문학 부문), 2003년 현대 문학상, 2005년 이산 문학상, 2007년 소월 시문학상을 수상했다. 저서로는 시집 "뿌리에게", "그 말이 잎을 물들였다", "그곳이 멀지 않다", "어두워진다는 것", "사라진 손바닥", "야생 사과" 등이 있다.

● 작품 만나기

　'귀뚜라미'는 도시의 지하도 콘크리트 틈에 사는 귀뚜라미의 간절한 소망을 표현한 작품이다. 차가운 콘크리트 벽 틈에서 생을 이어 가는 귀뚜라미는 자신의 '울음'이 다른 이의 가슴을 울리는 진정한 '노래'가 되기를 간절히 바라고 있다. 그리하여 답답하고 숨 막히는 가운데서도 세상을 향해 끊임없이 신호를 보낸다. 하지만 귀뚜라미의 울음소리는 언제나 하늘을 찌를 듯한 매미 울음 때문에 사람들의 발길에 묻히고 만다.

　이 시의 시적 대상은 말하는 이가 자신의 감정을 이입한 '귀뚜라미'이고, '노래'는 사람들을 감동시키는 '시'라고 할 수 있다. '높은 가지에 앉은 매미'는 기성 작가를 비유한 것으로 본다. 따라서 이 시는 언젠가는 자신의 울음(시)이 다른 이의 마음을 울리고 감동을 주는 노래가 되기를 소망하는 지은이의 간절한 염원이 담긴 작품이라 할 수 있다.

● 핵심 만나기

갈래	자유시, 서정시
성격	비유적, 대조적, 감각적
제재	귀뚜라미
주제	감동을 주는 노래에 대한 소망
특징	• 귀뚜라미에 감정을 이입하여 말하는 이의 심정을 노래함. • 대조되는 대상을 통해 말하는 이의 처지와 주제를 강조함.

● '귀뚜라미'의 짜임

1연	아직은 노래가 되지 못하는 귀뚜라미의 울음
2연	시련과 인고의 시간 속에서도 굴하지 않는 소망
3연	다른 사람에게 감동을 주는 노래를 부르고 싶은 간절한 소망

● '귀뚜라미'의 대조 관계

구분	기성 시인	말하는 이
시적 대상	매미	귀뚜라미
활동 계절	여름	가을
처한 환경	높은 가지	지하도 콘크리트 벽 좁은 틈
소리	노래	울음

● '귀뚜라미'에 사용된 표현 기법

- 누구의 마음 하나 울릴 수 있을까.: 감동을 줄 수 없다는 것이 본래 의도하는 뜻이다. 말하는 이의 회의감을 강조하기 위해 설의법이 사용되었다.
- 발길에 눌려 우는 내 울음: '울음'이라는 청각적 심상을 '발길에 눌리다'라는 시각적 심상으로 나타내는 공감각적 심상이 사용되었다(청각의 시각화).
- 누군가의 가슴에 실려 가는 노래: '노래'라는 청각적 심상을 '누군가의 가슴에 실려 가다'라는 시각적 심상으로 나타내는 공감각적 심상이 사용되었다(청각의 시각화).

❶ 이 시에서 말하는 이의 처지를 나타내는 시어를 찾아보자.

❷ 이 시에서 말하는 이의 소망이 무엇인지 생각해 보자.

● 책 이름(출판사)　　　　　　　　● 지은이

● 인상 깊은 내용과 그 이유

● 읽고 난 후의 생각이나 느낌

이 시의 말하는 이를 이름 없는 가수로 설정하고 이 시의 내용을 다시 해석해 보자.

깃발

유치환

이것은 소리 없는 아우성
저 푸른 해원(海原)을 향하여 흔드는
영원한 노스탤지어의 손수건

순정(純情)은 물결같이 바람에 나부끼고

오로지 맑고 곧은 이념의 푯대 끝에

애수(哀愁)는 백로처럼 날개를 펴다.

『아, 누구던가.

이렇게 슬프고도 애달픈 마음을

맨 처음 공중에 달 줄을 안 그는..』

* 아우성: 떠들썩하게 기세를 올려 지르는 소리.
* 순정: 순수한 감정이나 애정.
* 애수: 마음을 서글프게 하는 슬픈 시름.

청마 기념관을 방문하여 유치환의 생존 모습, 대표 작품 등을 읽어 보며
작품에 대한 배경지식을 얻어 보자.

  유치환(1908~1967) 호는 청마(靑馬)이며, 경상남도 통영에서 태어났다. 정지용의 시에 감동을 받아 형 유치진과 함께 회람 잡지 "소제부"를 만들어 시를 쓰기 시작했다. 1931년 "문예월간"에 시 '정적'을 발표하면서 등단했고, 1939년 첫 시집 "청마 시초"를 발표했다. 이 시집에는 대표작 '깃발'을 비롯한 53편의 시가 수록되어 있다. 제1회 시인상을 비롯한 많은 상을 받았다. 주요 작품으로는 시 '바위', '심산', '금강'이 있고, 저서로는 시집 "생명의 서", "보병과 더불어", "청령일기" 등이 있다.

● 작품 만나기

  '깃발'은 이상 세계에 대한 끊임없는 동경과 그곳에 도달하지 못하는 좌절을 깃발이라는 소재를 통해 노래하고 있다. 2행의 '푸른 해원'은 말하는 이가 도달하고자 하는 이상 세계로, 푸른빛의 색채를 통해 희망적인 이미지를 제시한다. 이에 반해 깃발이 '푯대'에 묶여 있는 것은 이상 세계로 나아갈 수 없는 현실의 한계를 나타낸다.

  이 시에서의 깃발은 단순한 사물이 아니라 자신이 도달하고 싶은 이상 세계를 향한 말하는 이의 몸짓으로 해석할 수 있다. 이상향에 도달할 수 없는 현실 세계의 한계의 한계를 알고 있으면서도 그에 대한 희망을 버리지 않는 인간 존재의 한계성과 모순성을 보여 주는 작품이다.

● 핵심 만나기

갈래	자유시, 서정시
성격	의지적, 상징적, 역설적
제재	깃발
주제	이상향에 대한 간절한 바람과 비애
특징	• 의미를 강조하기 위하여 역설적인 표현을 사용함. • 색채의 대비(푸른색↔흰색)를 통해 이미지를 제시함. • 구체적인 대상을 여러 가지 추상적인 대상에 비유함.

● '깃발'의 보조 관념 속에 담긴 의미

소리 없는 아우성	깃발이 소리 없이 펄럭이고 있는 모습을 역설적으로 크게 소리치는 아우성에 비유하여 이상향에 대한 간절한 마음을 드러냄.
영원한 노스탤지어의 손수건	깃발을 노스탤지어(향수)의 손수건에 빗대어 이상향을 그리워하는 마음을 나타냄.
순정(純情)	깃발을 순정에 빗대어 이상향에 대한 마음이 순수함을 드러냄.
애수(哀愁)	깃발을 애수에 빗대어 이상향에 도달하지 못하는 마음을 아름답게 표현함.
슬프고도 애달픈 마음	깃발을 슬프고도 애달픈 마음에 비유하여 이상향에 도달하지 못하여 좌절할 수밖에 없는 슬픈 마음을 표현함.

● 생명파

1930년대의 시인들이 활동한 한 분야로 '인생파'라고도 한다. 정지용, 김영랑, 박용철 등이 중심이었던 '시문학파'의 기교적 시 경향에 반대하여 인간의 생명을 중시하는 작가들의 계파이다.

1936년 서정주 등이 중심이었던 동인지 "시인 부락"의 동인들이 생명을 중시하는 시의 방향을 추구했다. 주요 작가로는 '깃발'을 쓴 유치환을 포함해 서정주, 함형수, 김동리, 김광균 등이 있다. 생명파 시인들은 삶의 본질을 진실하게 시에 드러내고자 하였다.

● 이 시에서 말하는 이가 동경하는 이상향을 의미하는 시어를 써 보자.

● 책 이름(출판사)　　　　　　　　　　● 지은이

● 인상 깊은 시구와 그 이유

● 읽고 난 후의 생각이나 느낌

✎ 이 시에서 '깃발'을 비유적으로 표현한 구절을 찾아보고 나라면 어떻게 비유할지 써 보자.

들길에 서서

신석정

푸른 산이 흰 구름을 지니고 살 듯

내 머리 위에는 항상 푸른 하늘이 있다.

하늘을 향하고 삼림처럼 두 팔을 드러낼 수 있는 것이 얼마나 숭고한

일이냐.

두 다리는 비록 연약하지만 젊은 산맥으로 삼고

*부절히 움직인다는 둥근 지구를 밟았거니…….

푸른 산처럼 든든하게 지구를 디디고 사는 것은 얼마나 기쁜 일이냐.

『뼈에 저리도록 '생활'은 슬퍼도 좋다.』『 』: 절망하지 않는 강한 의지(역설법)

저문 들길에 서서 푸른 별을 바라보자…….

푸른 별을 바라보는 것은 하늘 아래 사는 거룩한 나의 일과이거

니…….

* 부절히: 끊이지 아니하고 계속.

신석정(1907~1974) 전라북도 부안에서 태어났으며, 1924년 "조선일보"에 '기우는 해'를 발표하고 1931년 "시문학" 동인으로 활동하면서 본격적인 작품 활동을 시작했다. 초기에는 목가적 생활로 인해 생의 기쁨과 순수함을 노래했고 이후 현실 세계에 대한 관심을 보이기도 했다. 시집으로 "슬픈 목가", "빙하", "산의 서곡" 등이 있다.

● 작품 만나기

'들길에 서서'는 저문 들길과 같은 암울한 현실 상황에서도 미래에 대한 긍정적 소망을 지니고 살겠다는 강한 의지가 드러나는 시이다. 이 시의 말하는 이는 일제 강점기의 부정적 삶의 현실을 긍정적으로 수용하고 극복하고자 하는 의지를 직설적으로 표현하고 있다.

1연에서는 '푸른 산'에 자신을 비유하며 항상 꿈(이상)을 가지고 있음을 말하고, 2연에서는 꿈을 이룰 수 있는 삶에 대한 숭고함과 소중함을 드러내면서, 희망을 갖고 사는 것이 얼마나 행복한가를 말하고 있다.

3연과 4연에서는 삶을 살아가는 데 있어서 비록 힘들고 어려울지라도 여러 가지 것들에 감사하면서 사는 기쁨이 직접적으로 나타나 있다. 5연과 6연에서는 절망적 현실이지만 푸른 별을 바라보며 밝고 희망찬 세계를 소망하고 부정적 현실을 극복하고자 하는 의지를 표출하고 있다.

● 핵심 만나기

갈래	자유시, 서정시
성격	비유적, 서정적, 의지적, 희망적
제재	저문 들길
주제	희망과 이상을 잃지 않는 삶의 중요성
특징	• 비유적이고 상징적인 시어를 사용함. • 어두운 이미지와 밝은 이미지의 대립을 보여 줌. • 말하는 이의 정서와 태도가 직접적으로 표출됨.

● '들길에 서서'의 시상 전개

1~2연		3~4연		5~6연
푸른 산처럼 희망을 안고 사는 삶의 숭고함.	➡	연약하지만 굳센 의지로 살아가는 삶의 긍정적 자세	➡	암울하고 고통스러운 현실에서도 희망을 잃지 않는 자세

● '어둠'과 '밝음'의 이미지

어둠의 이미지		밝음의 이미지
저문 들길	⬌	푸른 하늘, 푸른 별
암울한 현실 상황		미래에 대한 희망과 이상

● 말하는 이와 자연물의 관계

푸른 산	말하는 이가 자신과 동일시하고자 하는 대상
푸른 하늘	말하는 이의 삶이 지향하는 맑고 높은 이상 세계, 미래를 밝게 비추어 주는 희망
저문 들길	나의 삶을 일시적으로 희망이 없는 것처럼 만들어 버린 주변 환경이나 시대적 상황
푸른 별	말하는 이가 이상으로 삼은 밝고 아름다운 세계의 상징. '저문 들길'과 대조를 이룸.

❶ 이 시의 말하는 이의 삶의 태도에 대해 생각해 보자.

❷ 이 시에서 '푸른 하늘'과 '푸른 별'의 의미를 생각해 보자.

● 책 이름(출판사)　　　　　　● 지은이

● 인상 깊은 시구와 그 이유

● 읽고 난 후의 생각이나 느낌

이 시에서 말하는 이가 '푸른 산'과 자신을 동일시한 까닭을 써 보자.

떨어져도 튀는 공처럼

정현종

그래 살아 봐야지
힘겨운 현실을 암시 → 의지적 태도 전환
너도 나도 공이 되어

떨어져도 튀는 공이 되어
공처럼 긍정적이고 융통성 있게 대응하고자 함.　　　　1연　공처럼 떨어져도 튀어 오르는 삶의 자세

살아 봐야지

쓰러지는 법이 없는 둥근
현실의 압력에 굴복하지 않는
공처럼,『탄력의 나라의

왕자처럼』『』: 공처럼 힘들어도 꿋꿋하게 살아가는 존재
동화적인 상상력　　　　2연　공처럼 탄력적인 삶의 자세

가볍게 떠올라야지

곧 움직일 준비 되어 있는 꼴

둥근 공이 되어
　　　　3연　공처럼 역동적인 삶의 자세

옳지 최선의 꼴
가장 이상적인 모양의 둥근 공
지금의 네 모습처럼

떨어져도 튀어 오르는 공
좌절하지 않고 살아가는 존재
쓰러지는 법이 없는 공이 되어.
　　　　4연　좌절하지 않고 현실을 극복하는 자세

● **작가 만나기**

정현종(1939~) 서울에서 태어났으며, 1965년 "현대문학"을 통해 시인 박두진의 추천으로 등단했다. 한국 문학 작가상, 연암 문학상, 이산 문학상, 대산 문학상, 미당 문학상, 공초 문학상, 파블로 네루다 탄생 100주년 기념 메달, 근정 포장, 경암 학술상 등을 수상했다. 1970~1980년대에는 현실과 이상의 긴장된 관계를 다룬 시를 주로 발표했고, 1980년대 후반부터는 문명을 넘어서는 자연의 치유력에 관한 작품들을 발표했다. 저서로는 시집 "사물의 꿈", "나는 별 아저씨", "사랑할 시간이 많지 않다", "갈증이며 샘물인" 등이 있다.

● **작품 만나기**

'떨어져도 튀는 공처럼'은 '그래 살아 봐야지'라는 깊은 울림이 있는 독백으로 시작한다. 이 독백은 말하는 이가 힘들고 어려운 시대에 살고 있다는 사실과, 이전까지는 그 현실을 체념적으로 받아들이고 살았다는 것을 암시하고 있다. 그러나 말하는 이는 비극적 현실 인식이나 전투적인 투쟁 의지를 불태우지는 않는다. '공'의 탄력적인 속성을 체재로 사용한 만큼 발랄하고 긍정적으로 현실을 이겨 내고자 하는 것이 특징이다.

이 시는 통통 튀는 공처럼 동일한 구절을 반복함으로써 운율을 만들고 있다. 포기하거나 좌절하지 않고 공처럼 꿋꿋하게 튀어 오르며 살자는 주제를 더욱 효과적으로 나타낸 것이다. '떨어져도 튀는', '쓰러지는 법이 없는', '움직일 준비 되어 있는' 공의 속성에 대한 묘사를 통해 생에 대한 의지와 자세를 엿볼 수 있다.

● **핵심 만나기**

갈래	자유시, 서정시
성격	독백적, 의지적
제재	공
주제	힘든 상황에 좌절하지 않는 긍정적인 삶의 자세
특징	• 동화적인 상상력으로 삶에 대한 긍정적 태도를 보여 줌. • 의인법, 영탄법, 반복법, 직유법 등이 사용됨. • 동일한 시구를 반복하여 운율을 만들어 냄.

● '떨어져도 튀는 공처럼'의 짜임

구분	내용	의미
1연	떨어져도 튀어 오르는 공	떨어져도 다시 튀어 오르는 공처럼 살자고 다짐함.
2연	쓰러지는 법이 없는 탄력적인 공	쓰러지지 않고 공처럼 다시 튀어 오르자고 다짐함.
3연	언제든 움직일 준비가 되어 있는 공	언제나 역동적이고 활동적인 공처럼 살자고 다짐함.
4연	최선의 꼴인 공	힘들고 고통스러운 현실을 극복할 자세를 갖춤.

● 공의 속성에 비유한 삶의 자세

공의 속성	삶의 자세
통통 튄다.	삶에 반응하며, 자기 표현에 충실함.
모양이 둥글다.	최선을 다해 완벽한 삶을 지향함.
위로 떠 오른다.	실패를 이겨 내고 꿈을 좇아 살아감.
쓰러지지 않는다.	절망하거나 실패하지 않고 꿋꿋함.
탄력이 있다.	활기차게 살아감.

❶ 이 시에서 '공'의 역동적인 이미지는 어떠한 삶을 이야기하는 것인지 생각해 보자.

❷ 1행의 '그래, 살아 봐야지'를 통해 말하는 이가 현재 어떠한 상황에 처해 있는지 생각해 보자.

● 책 이름(출판사)　　　　　　　　　● 지은이

● 인상 깊은 내용과 그 이유

● 읽고 난 후의 생각이나 느낌

삶에 대한 우리의 자세를 '공'에 비유했듯이, 특별한 대상을 정하고 그것의 속성에 빗대어 삶에 대한 자세를 써 보자.

돌담에 속삭이는 햇발

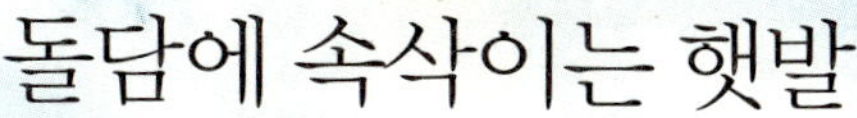

김영랑

『돌담에 속삭이는 햇발같이
　　　밝고 평화로움.
풀 아래 웃음 짓는 샘물같이』　『』: 의인법, 직유법
　　　맑고 신선함.
내 마음 고요히 고운 봄 길 위에
　　　계절적 · 공간적 배경
오늘 하루 하늘을 우러르고 싶다.
　　평화롭고 순수한 세계　　　　　　　　1연　봄 하늘을 우러르고 싶은 마음

새악시 볼에 떠오는 부끄럼같이
　　순박함.
시의 가슴에 살포시 젖는 물결같이
　곱고 순수한 마음
보드레한 에메랄드 얇게 흐르는
　　부드러운
실비단 하늘을 바라보고 싶다.

　　　　　　　　　　　　2연　봄 하늘을 바라보고 싶은 마음

● **작가 만나기**

　김영랑(1903~1950) 본명은 윤식이며, 전남 강진의 부유한 지주의 가정에서 태어났다. 휘문의숙을 거쳐 일본 아오야마 학원에 입학하여 중학부와 영문과를 다녔다. 1930년대 박용철, 정지용 등과 함께 "시문학" 동인으로 활동했다. 잘 다듬어진 언어로 섬세하고 영롱한 서정을 노래했으며, 순수 서정시의 새로운 경지를 개척했다. 대표작으로 '내 마음 아실 이', '가늘한 내음', '모란이 피기까지는' 등이 있으며, 저서로는 시집 "영랑 시집", "영랑 시선" 등이 있다.

● **작품 만나기**

　'돌담에 속삭이는 햇발' 은 1930년 "시문학" 제2호에 발표된 작품으로, 하늘을 우러르고 동경하는 순수한 마음을 노래하는 시이다. 말하는 이는 '고운 봄 길' 위에 서서 자연을 감상하며 순간적으로 하늘을 우러르고 싶다는 소망을 떠올린다.

　말하는 이의 이러한 소망은 2연의 짧은 구성에 효과적으로 나타나 있다. 각 연의 1, 2행은 모두 '~같이' 로, 4행은 '~고 싶다' 로 끝냄으로써, 말하는 이의 간절한 소망을 반복하고 있다. '돌담의 햇발같이', '풀 아래 샘물같이', '새색시의 부끄럼같이', '시의 가슴에 젖는 물결같이' 처럼 밝고 순수하게 빛나는 봄의 마음으로 순수하고 평화로운 세계를 지향하고 있는 것이다.

● **핵심 만나기**

갈래	자유시, 서정시, 순수시
성격	낭만적, 감각적, 민요적
제재	봄 하늘
주제	평화로운 세계에 대한 소망
특징	• 다양한 표현 방법 사용 • 울림소리(ㄴ, ㄹ, ㅁ, ㅇ)를 사용하여 밝고 부드러운 느낌을 강조 • '돌담', '샘물', '새악시' 등 정감 어린 시어의 사용으로 향토적 분위기 형성 • 3음보의 율격, 같은 소리 반복, 비슷한 문장 구조를 반복하며 운율 형성

● '돌담에 속삭이는 햇발'의 운율 형성 요소

비슷한 문장 구조 반복	~는, ~같이, ~고 싶다
울림소리의 반복	보드레한 에메랄드 얇게 흐르는
리듬감을 고려한 의도적인 조어	새악시, 살포시, 보드레한
3음보의 민요풍 율격	돌담에 ∨ 속삭이는 ∨ 햇발같이

● 아름다운 우리말 표현

'돌담에 속삭이는 햇발'은 단순한 내용과 구성으로 이루어져 있지만 시어의 선택과 표현의 기교를 통해 순수 서정의 세계를 아름답게 그려 내고 있다. '새악시'는 '새색시'의 방언으로 '색시'에 '아'를 첨가한 형태이고, '부끄럼'은 리듬을 살리기 위하여 '부끄러움'에서 '우'를 생략한 형태이다.

또한 '시의 가슴'이나 '실비단 하늘' 같은 단어의 조합으로 아름다운 우리말을 보다 세련되고 섬세하게 다듬어 표현하고 있다.

● 시어의 함축적 의미

- 하늘: 말하는 이의 동경의 대상, 평화와 희망의 이상 세계, 꿈과 기쁨의 근원
- 시의 가슴: 순수하고 고운 감정, 시의 정서가 가득한 마음

● 이 시에서 '하늘'의 함축적 의미를 생각해 보자.

● 책 이름(출판사)　　　　　　　　　　● 지은이

● 인상 깊은 시구와 그 이유

● 읽고 난 후의 생각이나 느낌

✎ 이 시에서 '햇살' 이 '돌담' 에게 뭐라고 속삭였을지 상상하여 써 보자.

고향

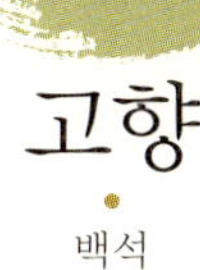

백석

나는 북관에 혼자 앓아누워서
어느 아침 의원을 뵈이었다.

의원은 여래 같은 상을 하고 관공의 수염을 드리워서
먼 옛적 어느 나라 신선 같은데

새끼손톱 길게 돋은 손을 내어

묵묵하니 한참 맥을 짚더니

『문득 물어 고향이 어데냐 한다.

평안도 정주라는 곳이라 한즉

그러면 아무개 씨 고향이란다.

그러면 아무개 씨를 아느냐 한즉

의원은 빙긋이 웃음을 띠고

막역지간이라며 수염을 쓴다.

나는 아버지로 섬기는 이라 한즉』

의원은 또다시 넌즈시 웃고

말없이 팔을 잡아 맥을 보는데

손길은 따스하고 부드러워

고향도 아버지도 아버지의 친구도 다 있었다.

● **작가 만나기**

백석(1912~1996) 평안북도 정주에서 태어났으며, 1930년 "조선일보" 신춘문예에 단편 소설 '그 모(母)와 아들'이 당선되어 등단했고, 1935년 시 '정주성'을 발표하며 본격적으로 작품 활동을 시작했다. 평안도 지방의 사투리를 살리고 농촌 공동체의 삶과 민족의 정서를 표현한 작품을 주로 썼다. 저서로는 시집 "모닥불", "여우난곬족", "흰 바람벽이 있어", "가즈랑 집 할머니" 등이 있다.

● **작품 만나기**

1938년 "삼천리 문학"에 수록된 '고향'은 떠나온 고향에 대한 그리움의 정서가 잘 나타난 작품이다.

이 시는 말하는 이가 혼자서 타향인 북관(함경도)에서 지내다가 병이 들어 의원을 찾아간 이야기로 시작된다. 고향에 관해 이야기를 하다가 말하는 이가 아버지로 섬길 정도로 가까운 분과 의원이 막역한 친구 사이라는 것을 알게 된다. 그러자 의원의 손길이 따스하고 부드럽게 느껴지면서, 고향과 가족에 대한 따뜻함으로 이어지게 된다. 이 시에서 의원은 말하는 이의 마음을 고향으로 이끌어 가는 매개적인 인물이다. 대화 형식과 짤막한 이야기를 통한 서사적 구성을 보여 주는 이 시에서 '고향'은 따뜻함과 평안함을 주는 추억의 공간이자, 현재의 고통과 외로움을 극복하게 하는 치유제 역할을 한다.

● **핵심 만나기**

갈래	자유시, 서정시
성격	서정적, 서사적, 회고적
제재	고향
주제	고향에 대한 그리움
특징	• 시각적 · 촉각적 심상 제시 • 차분하고 담담한 어조로 고향에 대한 그리움을 표현함. • 대화 형식의 진술을 활용하여 시상을 전개함.

● '고향'의 주요 시구 풀이

나는 북관에 ~ 의원을 뵈이었다	타향살이를 하는 말하는 이의 고독과 소외감이 묻어남.
여래 같은 상을 하고 ~ 어느 나라 신선 같은데	의원의 너그럽고 인자한 풍모를 비유적으로 묘사한 부분. '신선' 같다는 동화적인 요소를 사용하여 인자한 아버지와 같은 이미지를 연상시킴.
고향도 아버지도 ~ 다 있었다.	말하는 이의 내면 세계를 보여 주는 독백. 의원의 손길에서 고향과 가족의 따스함을 느낌.

● '고향'의 의미

　　백석의 시에 나타나는 '고향'의 모습은 그의 유년의 체험과 밀접한 관련이 있다. 백석이 그리는 고향은 가족의 정이 넘치는 공동체적 공간이며, 인간과 자연이 조화롭게 공존하는 공간이다. 또한 일제에 의해 잃어버린, 반드시 회복해야 할 민족의 삶의 터전이기도 하다.

● '백석' 시의 특징

- 토속어의 사용과 체험을 바탕으로 한 감각적 표현이 돋보인다.
- 줄거리와 짜임이 있는 이야기시의 구성을 통해 실제적 삶의 모습을 그려 내고 민족 공동체적 연대감을 형성한다.
- 어린 시절 보고 들은 이야기들에 대한 내용이 풍부하다.

❶ 이 시의 말하는 이가 현재 어떤 상태에 처해 있는지 생각해 보자.

❷ 이 시의 말하는 이가 의원을 통해서 무엇을 느꼈을지 생각해 보자.

● 책 이름(출판사) 　　　　　　　　　● 지은이

● 인상 깊은 시구와 그 이유

● 읽고 난 후의 생각이나 느낌

이 시를 이야기의 형식으로 바꾸어 써 보자.

사랑하는 별 하나

이성선

나도 별과 같은 사람이
밝고 다정한 존재
될 수 있을까.

외로워 쳐다보면

눈 마주쳐 마음 비춰 주는
위로해 주는
그런 사람이 될 수 있을까.
별과 같은 사람   되면 좋겠다(설의법).

1연 별처럼 밝고 다정한 존재가 되기를 원함.

나도 꽃이 될 수 있을까.
위로가 되는 존재
세상일이 괴로워 쓸쓸히 밖으로 나서는 날에

가슴에 화안히 안기어
환히(시적 허용)
눈물짓듯 웃어 주는
의인법
하얀 들꽃이 될 수 있을까.
순수하고 소박하면서도 위안이 되는 존재(시각적 심상)

2연 꽃처럼 위로가 되는 존재가 되기를 원함.

가슴에 사랑하는 별 하나를 갖고 싶다.
적접적인 바람
외로울 때 부르면 다가오는

별 하나를 갖고 싶다.
나에게 위안을 주는 존재

3연 별처럼 위안을 주는 존재를 갖기 원함.

마음 어두운 밤 깊을수록

우러러 쳐다보면

반짝이는 그 맑은 눈빛으로 나를 씻어

길을 비춰 주는

그런 사람 하나 갖고 싶다.

4연 별과 같은 사람에 대한 그리움과 갈망

　이성선(1941~2001) 강원도 고성에서 태어났으며, 1970년 "문화비평"에 '시인의 병풍' 외 4편의 시를 발표하고, 1972년 "시문학" 추천으로 등단했다. 1988년 강원 문학상, 1990년 한국 시인 협회상, 1994년 정지용 문학상 등을 수상했다. 저서로는 시집 "시인의 비평", "하늘문을 두드리며", "몸은 지상에 묶여도", "밧줄", "나의 나무가 너의 나무에게", "별이 비치는 지붕", "별까지 가면 된다", "山詩", "내 몸에 우주가 손을 얹었다" 등이 있다.

● 작품 만나기

　'사랑하는 별 하나' 는 외롭고 괴로운 세상에서 따뜻하고 위안이 되는 존재에 대한 말하는 이의 간절한 소망이 나타난 작품이다. 특히 제재로 쓰인 '별' 과 '하얀 들꽃' 의 속성을 통해 말하는 이가 어떤 사람을 원하는지 선명하게 밝히고 있다.

　이 시는 전형적인 기승전결의 짜임을 갖추고 있다. 먼저 도입부인 1연에서 말하는 이는 '별과 같은 사람' 이라는 직유를 통해 자신도 누군가에게 그런 존재가 될 수 있을지를 묻는다. 2연도 도입과 나란히 짝을 이루며 꽃과 같은 존재가 될 수 있을지를 묻는다. 3연에서는 '나는 ~을 갖고 싶다' 로 발상의 전환이 이루어진다. 그리고 4연에서 별과 같은 사람에 대한 그리움과 갈망을 나타내며 마무리를 짓는다.

　이 시는 반복적인 질문과 표현을 통해 주제를 더욱 강조하고, 따뜻한 위로를 주는 존재를 '별' 과 '꽃'으로 비유하여 친근하고 서정적인 분위기를 나타낸다.

● 핵심 만나기

갈래	자유시, 서정시
성격	서정적, 비유적
제재	별, 하얀 들꽃
주제	자신을 위로해 줄 따뜻한 존재에 대한 갈망
특징	• 내재율을 통해 주제를 강조 • 비유를 통해 서정적인 분위기를 더욱 강조함. • 설의법을 반복하여 말하는 이의 소망을 강조함.

◉ '사랑하는 별 하나'의 짜임

1연(기)	외로운 세상에서 별처럼 밝고 따뜻한 존재가 되기를 원함.
2연(승)	괴로운 세상에서 꽃처럼 마음의 위안이 되는 존재가 되기를 원함.
3연(전)	외로울 때 별처럼 위로를 주는 존재를 갖기를 원함.
4연(결)	어두운 밤 별처럼 삶의 방향을 보여 주고 위안을 주는 존재에 대한 갈망을 나타냄.

◉ '별'과 '꽃'에 담긴 함축적 의미

이 시에서 말하는 이는 개인적 감정을 그대로 드러내지 않고 '꽃'과 '별'을 통해서 객관화시키고 있다. 따뜻하게 위로를 주는 존재를 '꽃'과 '별'로 비유하면서 함축적 의미를 더욱 선명하게 살리는 것이다.

'별 같은 사람'이란 하늘에서 홀로 반짝이는 존재가 아니라, 따스하게 응대해 주고 위로를 건네주는 존재이다. 지상의 별이라 할 수 있는 '꽃' 또한 사람들에게 환히 웃어 주며 위안을 주는 따뜻한 존재이다. 즉 '별'과 함축적 의미가 같은 것이다.

◉ 내재율을 통한 운율 형성

'내재율'은 규칙적인 운율은 없지만 같은 말을 반복한다거나, 같거나 비슷한 문장 구조 반복, 의성어나 의태어의 반복 등으로 리듬을 살려서 만들어 내는 숨겨진 운율이다. '사랑하는 별 하나'에서도 '~될 수 있을까.', '~갖고 싶다.'의 구절을 계속 반복함으로써 운율을 만들어 내고 있다.

❶ '별'과 '꽃'의 함축적인 의미를 생각해 보자.

❷ 이 시에서 말하는 이가 바라는 세상을 써 보자.

● 책 이름(출판사)　　　　　　　　　● 지은이

● 인상 깊은 시구와 그 이유

● 읽고 난 후의 생각이나 느낌

✎ 어떤 사람에게 이 시를 권하고 싶은지 생각해 보고, 그 이유를 써 보자.

1. '청산별곡'에서 현실 세계와 대비되는 의미를 가진 시어를 찾아 쓰시오.(2개)

2. '청산별곡'에서 말하는 이가 동병상련의 감정을 느끼는 대상은?

① 물　　　② 밤　　　③ 새　　　④ 쟁기　　　⑤ 강주

3. '별 헤는 밤'에 대한 설명으로 알맞지 <u>않은</u> 것은?

① 회상적, 성찰적 성격을 지닌다.
② 말하는 이는 스스로를 반성하고 있다.
③ 계절의 변화에 따라 시상이 전개된다.
④ '가을'은 풍요와 결실의 계절을 의미한다.
⑤ 반복적인 리듬과 산문적 리듬으로 이어진다.

4. '해'에서 긍정적 이미지로 표현된 시어는?

① 해　　　② 달밤　　　③ 칡범　　　④ 어둠　　　⑤ 골짜기

5. '해'를 읽고 다음 설명에 해당하는 시어를 찾아 쓰시오.

인간과 자연, 모든 존재가 평화롭게 공존할 수 있는 세상을 의미한다.

6. '엄마야 누나야'의 1행과 4행은 같은 시행이 반복된다. 이런 표현 방법을 무엇이라고
　하는지 쓰시오.

7. '엄마야 누나야' 에서 말하는 이가 살고 싶어 하는 곳을 나타내는 시어를 쓰시오.

　　① 바다　　　　② 하늘　　　　③ 강변　　　　④ 계곡　　　　⑤ 푸른 산

8. '귀뚜라미' 에서 '울음' 과 대조적으로 쓰인 시어는?

　　① 매미　　　　② 노래　　　　③ 가을　　　　④ 타전 소리　　　⑤ 차가운 바닥

9. '깃발' 에 쓰인 다음 시어 중에서 의미하는 것이 <u>다른</u> 것은?

　　① 순정　　　　② 애수　　　　③ 아우성　　　　④ 손수건　　　　⑤ 푸른 해원

10. '깃발' 을 읽고 다음 빈칸에 알맞은 말을 쓰시오.

> 이 시에서 푸른 해원과 백로는 (　　　　　)과 흰색의 색채 대비를 보여 준다.

11. '들길에 서서' 의 말하는 이가 자신과 동일시 여기는 존재를 쓰시오.

12. '떨어져도 튀는 공처럼' 에서 말하는 '공' 의 속성이 <u>아닌</u> 것은?

　　① 튀는 공　　　　　　　② 둥근 공　　　　　　　③ 바람 빠진 공
　　④ 탄력이 있는 공　　　　⑤ 쓰러지지 않는 공

13. '떨어져도 튀는 공처럼' 에서 '공처럼 산다' 는 말의 의미를 쓰시오.

14. '돌담에 속삭이는 햇발'에서 말하는 이가 소망하는 세계를 상징하는 소재를 찾아 쓰시오.

15. '고향'에 대한 설명으로 알맞지 <u>않은</u> 것은?

① 의원과 아무개 씨는 친구 사이이다.

② 말하는 이의 고향은 평안도 정주이다.

③ 말하는 이는 현재 타향에서 생활하고 있다.

④ 의원은 말하는 이의 고향을 예전부터 알고 있었다.

⑤ 의원의 손길로부터 말하는 이는 고향의 따스함을 느낄 수 있었다.

16. '사랑하는 별 하나'에서 말하는 이가 되고 싶은 사람의 모습은?

① 목표를 향해 돌진하는 사람

② 자기주장을 명확하게 밝히는 사람

③ 나라를 위해 목숨 걸고 싸울 수 있는 사람

④ 어려운 상황에 처한 사람에게 따뜻한 위로를 건네주는 사람

⑤ 위험한 고비를 만나도 거뜬히 헤쳐 나갈 수 있는 기지를 가진 사람

17. '사랑하는 별 하나'의 4연에 나오는 '어두운 밤'과 연관 지어 말하는 이가 어떤 상황에 처해 있는지 쓰시오.

● 다음 뜻에 해당하는 단어를 〈보기〉에서 찾아, 그 기호를 빈칸에 적어 보자.

고난의 역사와 마주 서서

단심가

정몽주

이 몸이 죽고 죽어 일백 번 고쳐 죽어
반복법 → 충성심 강조

*백골(白骨)이 진토(塵土) 되어 넋이라도 있고 없고
티끌과 흙

임 향한 *일편단심(一片丹心)이야 가실 줄이 있으랴.
고려 왕조　　　고려에 대한 충성심

* 백골: 죽은 사람의 몸이 썩고 남은 뼈.

* 일편단심: 진심에서 우러나오는 변치 아니하는 마음.

정몽주(1337~1392) 고려 말의 문신 겸 학자로 호는 포은(圃隱)이고, 경상북도 영천에서 태어났다. 과거 시험에서 연달아 세 번 최고의 성적을 받아 이름을 알렸다. 또한 당시 최고의 학자 이색 아래에서 정도전 등과 함께 학문을 배웠으며, 이후 여러 관직을 거쳐 1367년 성균관 박사, 1375년 성균관 대사성에 올랐다.

고려에 처음 성리학이 들어왔을 때 성리학을 뛰어나게 해석했으며 명나라, 왜국과의 외교 문제를 잘 해결하기도 했다. 개성에 5부 학당과 지방에 향교를 세워 교육 발전에 힘쓰기도 했다. 시문에 뛰어나 시조 '단심가' 이외에도 많은 한시가 전해지며, 문집으로 "포은집"이 있다.

● 작품 만나기

고려 말엽에 지은 '단심가(丹心歌)'는 이방원의 '하여가(何如歌)'에 대한 답가로 잘 알려져 있다. 고려 왕조가 멸망할 무렵, 후에 조선의 태종(太宗)이 된 이방원이 정몽주를 초대한 자리에서 그의 마음을 알아보기 위해 읊은 것이 '하여가'이다.

이방원은 '만수산 드렁칡과 같이 서로 얽혀 백 년까지 누리자'고 했으나, 정몽주는 이것을 받아 '일백 번 고쳐 죽어도 자신의 뜻은 변하지 않을 것'이라고 답했다. 이 짧은 시조에는 고려 왕조를 향한 정몽주의 충성심이 분명하게 표현되어 있다. '죽다'라는 극단적인 단어를 반복함으로써 고려에 대한 변함없는 충절을 이야기하고 있다.

● 핵심 만나기

갈래	정형시, 평시조, 고시조
성격	의지적
제재	나라를 향한 충성심
주제	고려 왕조에 대한 변함없는 마음
특징	• '죽다'라는 단어를 중심으로 반복법과 점층법을 사용함. • 종장에서 설의법을 사용하여 주제를 직접 드러냄.

◉ 이방원의 '하여가'

→ 이 시조는 조선의 제3대 왕(태종)이 되는 이방원이 고려의 충신인 정몽주에게 조선의 건국에 동참하자고 설득하기 위하여 지은 것이다. '칡덩굴 서로 얽혀져 살듯이 우리도 흘러가는 대로 함께 살아가자'라는 의미를 담고 있다. 하지만 정몽주는 고려 왕조를 향한 자신의 뜻을 굽히지 않았고, 결국 선죽교에서 이방원이 보낸 자객에 의해 생을 마감했다. 이 시조는 정치적인 내용을 담고 있지만, 직설적인 표현법을 사용하지 않는 것이 특징이다.

◉ 시조의 정의와 특징

시조는 고려 말기부터 발달하여 온 우리나라 고유의 정형시이다. 고려 중엽에 처음 창작되었으나 제대로 된 형식을 갖춘 것은 고려 말이라고 전해진다. 조선 시대에 이르러서는 더욱 본격적으로 창작되었다. '시조'라는 이름의 원래의 뜻은 시절가조(時節歌調), 즉 그 당시에 유행하던 노래라는 뜻이다.

시조는 3장(초장, 중장, 종장) 6구 45자 내외라는 기본 형식을 지니고 있고, 신분에 관계없이 누구나 자유롭게 지었다. 그러므로 작품의 내용이나 그 속에 들어 있는 감정이 매우 다양하다.

❶ 이 시조를 통해 알 수 있는 당시의 시대 상황에 대하여 생각해 보자.

❷ 이 시조에서 반복적으로 사용된 단어와 그 의미를 써 보자.

● 책 이름(출판사)　　　　　　　　● 지은이

● 인상 깊은 시구와 그 이유

● 읽고 난 후의 생각이나 느낌

이 시가 지어진 당시의 시대 상황을 생각해 보고 이방원의 입장에서 정몽주를 설득하는 글을 편지 형식으로 써 보자.

나룻배와 행인

한용운

나는 나룻배
말하는 이
당신은 행인.
내가 사랑하는 사람

당신은 흙발로 나를 짓밟습니다.
당신의 무심함.
나는 당신을 안고 물을 건너갑니다.
나의 헌신
나는 당신을 안으면 깊으나 옅으나 급한 여울이나 건너갑니다.
고난과 시련

만일 당신이 아니 오시면 나는 바람을 쐬고 눈비를 맞으며 밤에서 낮
고통을 인내하며 기다리는 자세
까지 당신을 기다리고 있습니다.

당신은 물만 건너면 나를 돌아보지도 않고 가십니다그려.

그러나 당신이 언제든지 오실 줄만은 알아요.
거자필반(去者必返): 떠난 사람은 언젠가 반드시 돌아옴.
나는 당신을 기다리면서 날마다 날마다 낡아 갑니다.

『나는 나룻배

당신은 행인.』「」: 은유법, 대구법

* 여울: 강이나 바다의 바닥이 얕거나 폭이 좁아 물살이 세게 흐르는 곳.

● **작가 만나기**

　한용운(1879~1944) 승려·시인·독립운동가이다. 출가하기 전의 이름은 정옥이고, 승려가 된 다음의 이름은 용운이며, 호는 만해(萬海)이다. 삼일 운동 때의 민족 대표 33인 가운데 한 사람이다.

　철학적이고 종교적이면서도 사랑하는 사람을 그리워하는 서정적 분위기를 지닌 작품들을 썼다. 저서로는 시집 "님의 침묵" 외에 "조선 불교 유신론", "불교 대전" 등이 있다.

● **작품 만나기**

　'나룻배와 행인'은 말하는 이인 '나'를 '나룻배'로, '당신'을 '행인'으로 비유하고 있다. 그리고 '나룻배'와 '행인'의 관계를 통해 인내와 희생, 임에 대한 사랑을 노래하고 있다.

　이 시의 말하는 이인 '나룻배'는 '행인'이 자신을 흙발로 짓밟고 무심하게 대해도 항상 행인을 안고 강을 건너가는 희생적인 모습을 보여 준다. 또한 어떠한 고난과 역경 속에서도 인내하며 '행인(당신)'을 기다린다. 그러나 '행인'은 이를 외면하고 무심하게 떠나 버리는 존재이다. 그럼에도 '나룻배'는 또다시 사랑하는 행인을 기다리며 날마다 외롭게 낡아 가고 있다. 이처럼 말하는 이가 인내와 희생으로 임을 기다릴 수 있는 까닭은 언젠가는 꼭 돌아올 것이라는 임에 대한 절대적인 믿음 때문이다.

● **핵심 만나기**

갈래	자유시, 서정시
성격	상징적, 명상적
제재	나룻배, 행인
주제	인내와 희생을 통한 사랑의 실천
특징	• 불교적 명상을 바탕으로 한 상징적인 세계를 형상화함. • 수미 상관식 구성을 사용하여 시적인 완결성을 보여 줌. • '나'를 '나룻배', '당신'을 '행인으로 비유함(은유법).

● '나'와 '당신'의 의미

관점	나	당신
문맥상	'당신'을 사랑하는 사람, 사랑하는 '당신'을 기다리는 사람	'나'의 사랑을 받지만 '나'에게는 무심한 존재
작가(승려)	구도자, 승려	불교적 진리, 부처(절대자), 중생
작가(독립 운동가)	조국의 광복을 기다리는 사람	빼앗긴 조국, 조국의 광복

● '나룻배'와 '행인'의 관계

  '나룻배'는 강을 건너게 해 주는 존재이며, '행인'은 그 나룻배를 이용하여 강을 건너는 존재이다. 행인이 나룻배를 흙발로 짓밟으며 무심하게 대해도 나룻배는 아무런 불평을 하지 않고 기쁜 마음으로 강을 건넌다. 또한 행인이 다시 돌아오기를 밤이나 낮이나 기다리며, 행인이 반드시 올 것이라는 절대적 믿음을 가지고 있다. '나룻배'는 '행인'에게 조건 없이 인내하고 희생하면서 사랑을 실천하는 존재이다.

나(나룻배)	당신(행인)
• '당신'을 안고 강을 건넘. • 하루하루 낡아 가며 '당신'을 기다림. • '당신'이 돌아오리라고 굳게 믿음.	• 무심하게 흙발로 '나'를 짓밟음. • 나를 떠남.

↓

희생과 믿음을 통한 사랑의 실현

❶ 이 시에서 은유법이 사용된 시구를 찾아 써 보자.

❷ 이 시에서 '행인'이 '나룻배'를 대하는 태도가 나타난 시구를 써 보자.

● 책 이름(출판사)　　　　　　　　● 지은이

● 인상 깊은 시구와 그 이유

● 읽고 난 후의 생각이나 느낌

　이 시에서 '나룻배'와 '행인'의 관계를 시대 상황과 연관 지어 서술해 보자.

청포도

이육사

내 고장 칠월(七月)은

청포도가 익어 가는 시절
청색 이미지 – 풍요로움.

이 마을 전설이 주저리주저리 열리고
청포도
먼 데 하늘이 꿈꾸며 알알이 들어와 박혀,
청색 이미지 – 소망, 동경

1~2연 청포도가 익어 가는 고향에 대한 추억

하늘 밑 푸른 바다가 가슴을 열고
청색 이미지
흰 돛단배가 곱게 밀려서 오면,
흰색 이미지

내가 바라는 손님은 고달픈 몸으로
기다림의 대상 – 조국의 광복
청포를 입고 찾아온다고 했으니,
청색 이미지 – 희망

3~4연 손님을 기다림.

내 그를 맞아 이 포도를 따 먹으면

두 손을 함뿍 적셔도 좋으련.

아이야 우리 식탁엔 은쟁반에
백색 이미지 – 정성
하이얀 모시 수건을 마련해 두렴.
백색 이미지 – 순수, 순결

5~6연 손님을 맞이하는 정성스러운 자세

　이육사(1904~1944) 경상북도 안동에서 태어났으며, 본명은 이원록이다. 1925년 독립운동 단체 의열단에 가입했고, 1927년 장진홍의 조선 은행 대구 지점 폭파 사건에 연루되어 3년형을 받고 투옥되었다. 그때 수인 번호가 264번이어서 호를 육사로 정했다.

　1933년 "신조선"에 발표한 '황혼'으로 작품 활동을 시작했다. 식민지의 민족적 비운을 소재로 한 저항시를 썼고, 꺼지지 않는 민족정신을 장엄하게 노래했다. 작품 활동 못지않게 독립운동에 헌신했고, 1944년 베이징의 감옥에서 옥사했다. 1946년 "육사 시집"이 발간되었다.

● 작품 만나기

　1939년 "문장"에 수록된 '청포도'는 풍요롭고 평화로운 미래 세계에 대한 소망을 노래하는 작품이다. '청포도'라는 맑고 신선한 이미지에는 말하는 이의 꿈과 소망이 담겨 있다.

　2연의 '이 마을 전설'은 잊혀진 과거의 이야기가 아니라, 미래에 찾아올 청포도와 같은 희망찬 세계를 상징한다. 청포도가 익어 가는 시절, 밀려 오는 하늘 밑의 푸른 바다 또한 청포도와 이어지면서 미래의 희망을 상징하고 있다. 4연에서 '손님'은 말하는 이가 기다리는 대상으로, 미래 세계를 상징하는 소재이다. 역사적으로는 광복을, 일반적으로는 평화로운 세계를 상징한다.

● 핵심 만나기

갈래	자유시, 서정시
성격	상징적, 감각적
제재	청포도
주제	풍요롭고 평화로운 세계에 대한 소망
특징	• 상징적 소재를 사용함. • 선명한 색채 대비를 통해 희망을 형상화함.

● '청포도'의 말하는 이

- 풍요롭고 평화로운 고향에 대한 기억을 가지고 있다.
- 손님이 오기를 간절하게 기다리고 있다.
- 손님을 맞이하기 위해 정성을 다해 준비하고 있다.
- 손님이 올 것이라는 희망과 확신을 가지고 있다.

● '청포도'의 시어의 의미

청포도	민족이 함께 평화롭게 사는 삶
손님	조국의 광복
고달픈 몸	일제 강점기 동안 수난을 겪은 우리 민족의 모습

● 이 시에 나타난 색채 대비

청색		백색
청포도, 하늘, 푸른 바다, 청포	⟷	흰 돛단배, 은쟁반, 하이얀 모시 수건
상서로움, 희망, 동경		순결함, 기다림, 정성

❶ 이 시의 말하는 이가 기다리는 대상과 그것의 상징적 의미를 써 보자.

❷ 이 시에서 '은쟁반에 하이얀 모시 수건'을 마련해 두는 말하는 이의 마음을 생각해 보자.

● 책 이름(출판사)　　　　　　　　● 지은이

● 인상 깊은 시구와 그 이유

● 읽고 난 후의 생각이나 느낌

✎ 이 시의 말하는 이가 기다리는 '손님'처럼 나에게도 간절히 기다리는 무엇이
있는지 써 보자.

두꺼비 파리를 물고

작자 미상

두꺼비 파리를 물고 *두엄 위에 치달아 앉아.   초장 | 탐관오리의 횡포

<u>탐관오리</u> <u>힘없는 백성</u>

건넛산 바라보니 <u>흰 송골매</u> 떠 있거늘 『가슴이 섬뜩하여 풀떡 뛰어

중앙 관리   『 』: 두꺼비의 비굴한 모습(해학성)

내닫다가 두엄 아래 자빠졌구나.』   중장 | 강자 앞에서 비굴한 탐관오리

『모처라 날랜 나이니 망정이지 *어혈 질 뻔했구나.』

마침   『 』: 두꺼비의 말(말하는 이의 변화)   종장 | 허세를 부리는 탐관오리

* 두엄: 풀, 짚 또는 가축의 배설물 따위를 썩힌 거름.

* 어혈: 타박상 따위로 살 속에 피가 맺힘. 피멍.

● 작품 만나기

'두꺼비 파리를 물고'는 약한 자 앞에서는 강한 자인 것처럼 행동하다가 강한 자를 만나면 몸을 사리는 잘못된 인간 사회의 모습을 풍자하는 사설시조이다. 두꺼비, 파리, 흰 송골매의 대응 관계를 통해 힘을 가진 지배 계층의 거짓된 모습을 풍자하고 있다. 여기에서 '파리'는 힘없는 백성을, '두꺼비'는 양반 혹은 지방의 관리를, '흰 송골매'는 상부의 중앙 관리를 빗대어 표현한 것으로 볼 수 있다. 그리고 '두엄'은 양반이나 관리들이 부정한 방법으로 모은 더러운 재물을 의미한다.

이 시조는 지배 계층의 잘못으로 인해 힘들게 살아가는 백성들의 고통과 양반이나 관리들의 위선적인 행동을 동물에 빗대어 표현함으로써, 잘못된 사회의 모습을 폭로하는 역할을 하고 있다.

● 사설시조

사설시조는 시조의 한 형식으로, '장시조' 또는 '장형 시조'라고도 한다. 평시조를 기준으로 하여 2구 이상이 각각 10자 이상으로 늘어난 형태이다. 일반적으로는 초장과 종장이 짧고, 중장이 매우 길다. 대개 종장의 첫 구만 시조의 형태인 것과 초장, 중장, 종장 중에서 두 장이 다른 시조보다 긴 것이 있다. 우아하고 균형을 강조하는 평시조와는 달리 거칠고 다양한 삶의 모습을 내용으로 담고 있다. 또한 현실의 모습에 대한 날카로운 풍자와 해학, 남녀 간의 사랑 등을 직설적으로 표현한다.

● 핵심 만나기

갈래	정형시, 사설시조
성격	우의적, 해학적, 풍자적
제재	두꺼비, 파리, 흰 송골매
주제	탐관오리의 횡포와 허장성세 풍자
특징	• 두꺼비, 파리, 송골매 등을 의인화하여 인간 사회를 풍자함. • 말하는 이가 바뀌는 구조를 통해 지은이가 표현하고자 하는 것을 반대로 나타냄.

● '두꺼비', '파리', '흰 송골매'의 대응 관계

흰 송골매		두꺼비		파리
상부의 중앙 관리	➡	탐관오리, 양반	➡	힘없는 백성

→ '파리' 는 최하층의 힘없는 백성을, '두꺼비' 는 백성을 괴롭히는 부패한 지방 관리를, '흰 송골매' 는 '두꺼비' 보다 높은 상부의 중앙 관리를 의미한다.

여기에서 탐관오리, 양반을 상징하는 '두꺼비' 는 힘없는 백성들을 상징하는 '파리' 앞에서는 매우 강한 자인 것처럼 행동하지만, 자신보다 힘 있는 상부의 중앙 관리를 상징하는 '흰 송골매' 앞에서는 꼼짝하지 못하고 비굴하게 행동하는 존재로 그려지고 있다.

● '두꺼비 파리를 물고'와 관련된 한자 성어

가렴주구 (苛斂誅求)	• 세금을 가혹하게 거두어들이고, 무리하게 재물을 빼앗는다는 뜻 • 부패한 관리들의 잘못된 행동을 나타냄.
허장성세 (虛張聲勢)	• 실속은 없으면서 큰소리치거나 허세를 부린다는 뜻 • 양반들의 위선적인 모습을 나타냄.
자화자찬 (自畵自讚)	• 자기가 그린 그림을 스스로 칭찬한다는 뜻으로, 자기가 한 일을 스스로 자랑함을 이르는 말 • 양반들이 자기 합리화를 하는 모습을 나타냄.

❶ 이 시조에서 비판하고 있는 현실의 모습을 생각해 보자.

❷ 이 시조의 종장을 통해 알 수 있는 '두꺼비' 의 태도를 생각해 보자.

● 책 이름(출판사)　　　　　　　　　● 지은이

● 인상 깊은 시구와 그 이유

● 읽고 난 후의 생각이나 느낌

오늘날 우리 사회에도 이 시조의 상황과 비슷한 일이 일어나고 있는지 찾아보고 이를 비판하는 글을 써 보자.

천만 리 머나먼 길에

왕방연

『천만 리 머나먼』 길에 고운 임 여의옵고
『 』: 슬픔의 깊이, 심리적 거리감   단종

『내 마음 둘 데 없어』 냇가에 앉았더니,

저 물도 내 안 같아야 울어 밤길 예놋다.
감정 이입   가는구나.

초장 임과의 이별

중장 이별에 의한 슬픔

종장 임에 대한 애절한 마음

현대어 풀이

천만 리 머나먼 곳에다 고운 임을 이별하고

나의 마음 둘 곳 없어 냇가에 앉았더니

저 냇물도 내 마음 같아서 울며 밤길 흐르는구나.

왕방연(? ~ ?) 조선 전기의 문신이자 조선 세조 때의 의금부 도사로, 단종이 영월로 귀양 갈 때 호송을 담당했다. 단종을 유배지에 두고 영월에서 돌아오는 길에 단종을 그려 읊은 시조 1수가 "청구영언" 등에 실려 전한다.

● 작품 만나기

3장 6구 4음보의 기본적인 시조 형식을 지키고 있는 '천만 리 머나먼 길에' 는, 세조 때의 의금부 도사인 지은이가 단종을 강원도 영월 유배지로 호송한 다음 돌아오는 길에 지은 작품으로, 임금과 이별한 신하의 애통한 심정을 시냇물에 빗대어 표현하고 있다.

초장에서 '고운 임' 은 세조에 의해 폐위되어 영월로 유배된 어린 단종을 가리킨다. 중장의 '내 마음 둘 데 없어' 는 어린 임금을 호송하고 돌아오는 신하의 안타까움과 충성심을 나타내는 구절이다.

종장에서 '물' 은 말하는 이의 감정이 이입된 대상이다. 사람의 도리와 신하의 도리 사이에서 불의의 편에 서서 봉사한 비애감을 냇물이 울며 흘러간다고 표현하여 말하는 이의 비통한 심정을 효과적으로 나타내고 있다.

비록 왕명을 수행하고 있는 관리의 신분이지만 인간의 본성에서 우러나오는 애절한 마음을 물이라는 감정 이입의 대상을 통해 표현한 것이다.

● 핵심 만나기

갈래	정형시, 평시조, 고시조, 서정시
성격	감상적, 애상적, 연군가, 절의가
제재	단종의 유배
주제	임금과 이별한 신하의 비통한 마음
특징	• 비통하고 애절한 어조로 표현함. • 말하는 이의 감정을 냇물에 빗대어 표현함. • '천만 리' 라는 수량 단위로 슬픔의 깊이를 나타냄.

● '천만 리 머나먼 길에'의 시구 풀이

천만 리 머나먼 길에 고운 임 여의옵고	어린 단종을 유배지인 영월에 남겨 두고 왔음을 나타내는 표현. '천만 리'는 단종과 이별한 슬픔의 깊이를 나타냄.
저 물도 내 안 같아야 울어 밤길 예놋다.	흐르는 시냇물에 말하는 이의 감정을 이입하여 어린 임금에 대한 죄책감과 비통한 심정을 표현함.

● 단종에 대한 또 다른 절의가

방 안에 켜 놓은 촛불 누구와 이별하였기에,

겉으로 눈물 지고 속 타는 줄 모르는가.

저 촛불 나와 같아서 속 타는 줄 모르는구나.

→ 이 시는 사육신의 한 사람인 이개가 쓴 '촉루가'로, 단종이 영월로 유배될 때 단종과 이별하는 슬픔을 촛불에 비유하여 형상화한 것이다. 겉으로는 눈물이 흐르지만 속으로는 뜨거운 충정이 타고 있음을 차분한 어조로 표현하고 있다.

● '천만 리 머나먼 길에'의 창작 배경

1452년 문종이 죽고 열두 살의 단종이 왕위에 오르자 숙부인 수양 대군이 계유정난을 일으켰다. 이에 단종은 수양 대군에게 왕위를 물려주었는데, 이후 사육신의 단종 복위 사건이 터지자 다시 강원도 영월로 귀양을 가게 되었다. 이때 의금부 도사인 왕방연이 단종을 압송하고 돌아오는 길에 자신의 괴로운 심정을 노래한 시가 바로 '천만 리 머나먼 길에'이다.

● 이 시조에서 말하는 이의 심정이 어떠한지 생각해 보자.

● 책 이름(출판사)　　　　　　　　　　　● 지은이

● 인상 깊은 시구와 그 이유

● 읽고 난 후의 생각이나 느낌

내가 이 시조의 창작 배경을 바탕으로 영화를 만든다면 어떻게 만들지 줄거리를 구상하여 써 보자.

그 날이 오면

심훈

그 날이 오면 그 날이 오면은
조국 광복의 날
삼각산이 일어나 더덩실 춤이라도 추고

한강 물이 뒤집혀 용솟음칠 그 날이

이 목숨이 끊기기 전에 와 주기만 하량이면
한다면
나는 밤하늘에 날으는 까마귀와 같이
어두운 시대 상황   자기희생의 이미지
종로의 *인경을 머리로 들이받아 울리오리다.

두개골은 깨어져 산산조각이 나도
조국 광복을 위한 의지와 희생
기뻐서 죽사오매 오히려 무슨 한이 남으오리까.

1연 조국 광복의 그 날을 간절히 소망함.

그 날이 와서 오오 그 날이 와서

*육조 앞 넓은 길을 울며 뛰며 뒹굴어도

그래도 넘치는 기쁨에 가슴이 미어질 듯하거든

『드는 칼로 이 몸의 가죽이라도 벗겨서

커다란 북을 만들어 들쳐 메고는

여러분의 행렬에 앞장을 서오리다.
조국 광복을 기뻐하는 우리 민족
우렁찬 그 소리를 한 번이라도 듣기만 하면
만세 소리
그 자리에 거꾸러져도 눈을 감겠소이다.』

『 』: 조국 광복에 대한 간절함 바람(격정적 어조)

2연 조국 광복이 찾아온 그 날의 감격

* 인경: 조선 시대에 통행금지를 알리거나 해제하기 위하여 치던 종.

* 육조: 고려 · 조선 시대에 국가의 정무를 맡아보던 여섯 관부.

심훈(1901~1936) 서울 노량진에서 태어났으며, 본명은 대섭(大燮), 호는 해풍(海風)이다. 1924년 "동아일보"에 입사한 뒤 기자 생활을 하면서 시와 소설을 쓰기 시작했고, 1926년 우리나라 최초의 영화 소설 '탈춤'을 "동아일보"에 연재했다. 1930년 '동방의 애인'을 "조선일보"에 연재하다 일제의 감시로 중단하고, 그해에 시 '그 날이 오면'을 발표했다. 1935년에는 '상록수'가 "동아일보" 창간 15주년 기념 현상 소설에 당선되면서 크게 주목받았다. 저서로는 소설 '동방의 애인', '영원의 미소', '직녀성' 등이 있고, 유고 시·수필집 "그날이 오면"이 있다.

● 작품 만나기

'그 날이 오면'은 일제에 대한 대표적인 저항시로, 조국의 광복을 기다리는 간절한 바람과 광복을 맞이하였을 때의 기쁨을 표현한 작품이다. 이 시는 '삼각산이 춤을 추고 한강 물이 춤을 춘다'는 불가능한 상황을 가능한 것처럼 표현하며 조국 광복에 대한 강한 의지와 신념을 드러낸다. 또한 '머리로 들이받아 인경을 울리고 몸의 가죽을 벗겨 북을 만든다'는 극한의 불가능한 상황을 설정하여 조국 광복은 자기희생을 통해 이루어질 수 있음을 말하고 있다.

이 시의 격정적인 어조는 조국 광복에 대한 간절함과 말하는 이의 강한 의지를 드러내며, 이를 통해 일제 강점기 우리 민족이 얼마나 힘들고 어려운 삶을 살았는지를 보여 준다.

● 핵심 만나기

갈래	자유시, 서정시
성격	저항적, 의지적, 역동적
제재	조국의 광복
주제	조국 광복의 그 날에 대한 간절한 소망
특징	• 경어체('울리오리다', '남으오리까', '감겠소이다')를 사용함. • 반복법과 과장법을 사용하여 주제를 강조함.

● '그 날의 오면'의 표현상의 특징

표현상의 특징	내용
미래를 가정하는 표현법	• 1연은 '그 날이 오면'이라는 가정의 미래 상황을, 2연은 '그 날이 와서'라는 가정의 현재 상황을 서술함(불가능한 상황을 가능한 것처럼 표현). • 조국 광복에 대한 간절함을 나타냄.
1연과 2연의 대구	• 1연의 '그 날이 오면', '삼각산', '인경'과 2연의 '그 날이 와서', '육조', '북'의 시어가 대구를 이루고 있음. • 비슷한 구조의 반복으로 의미를 강조함.
극한적인 상황 설정	조국 광복에 대한 말하는 이의 간절한 소망과 강한 자기희생의 의지를 표현함.
경어체 사용	조국 광복의 소중함과 가치를 표현함.

● 불가능한 상황 설정

시에서 불가능한 상황을 설정하는 것은 말하는 이의 강한 의지를 표현하기 위함이다. 심훈의 '그 날이 오면'도 마찬가지의 경우이다. 일제 강점기에서 벗어나 조국의 광복을 맞이하겠다는 강한 의지를 표현하기 위하여 '그 날이 오면', '그 날이 와서'와 같이 불가능한 상황이 가능한 것처럼 표현하고 있는 것이다. 다시 말해 '조국 광복의 그 날'이 반드시 올 것이라고 믿는 말하는 이의 강한 의지를 보여 주기 위한 하나의 방법이라고 할 수 있다.

❶ 이 시에서 '그 날'의 의미를 생각해 보자.

❷ 이 시에서 불가능한 상황을 설정한 이유를 생각해 보자.

● 책 이름(출판사)　　　　　　　　● 지은이

● 인상 깊은 시구와 그 이유

● 읽고 난 후의 생각이나 느낌

이 시의 말하는 이가 기다리는 '그 날'처럼 내가 간절히 기다리는 '그 날'은 어
떤 날인지 짤막하게 설명해 보자.

논개

변영로

『거룩한 분노는

종교보다도 깊고

불붙는 정열은

사랑보다도 강하다.』 『 』: 비교법, 대구법

아, 강낭콩 꽃보다도 더 『푸른

그 물결』 위에 『 』: 영원한 역사, 민족의 역사(중의법)

양귀비꽃보다도 더 붉은

그 마음 흘러라.

1연 침략자에 대한 논개의 분노와 애국적 정열

*아리땁던 그 *아미

높게 흔들리우며

그 석류 속 같은 입술

죽음을 입 맞추었네!

아, 강낭콩 꽃보다도 더 푸른

그 물결 위에

양귀비꽃보다도 더 붉은

그 마음 흘러라.

흐르는 강물은
진주 남강, 민족의 역사
길이길이 푸르리니
역사의 영원함.
그대의 꽃다운 혼

어이 아니 붉으랴.
설의법
『아, 강낭콩 꽃보다도 더 푸른

그 물결 위에

양귀비꽃보다도 더 붉은

그 마음 흘러라.』『 』: 반복하여 주제를 강조

* 아리땁다: 마음이나 몸가짐이 맵시 있고 곱다.
* 아미: 미인의 눈썹.

변영로(1898~1961) 서울에서 태어났으며, 호는 수주(樹州)이다. 1918년 "청춘(靑春)"에 영시 '코스모스(Cosmos)'를 발표하면서 등단했다. 민족 시인으로서의 의식이 잘 드러나며, 민족의 앞날을 걱정하는 시를 주로 썼다.

대표 저서로는 수필집 "명정 사십 년", "수주 시문선", 영문 시집 "진달래 동산(Grove of Azalea)", 1981년 유족들이 간행한 "수주 변영로 문선집" 등이 있다.

● 작품 만나기

'논개'는 역사적 인물인 논개의 충절을 예찬하며 일제에 대한 우리 민족의 저항 의지를 강하게 드러낸 작품이다. 1연에서는 우리나라를 침략한 왜적에 대한 논개의 분노가 성스럽고 당연한 것임을 보여 준다. 2연에서는 논개의 분노가 의로운 죽음으로 이어진다. 이 죽음은 우리 민족 전체를 위한 희생이기 때문에 말하는 이는 '죽음을 입 맞추었네.'와 같이 논개의 죽음을 아름답게 표현하고 있다.

3연에서 '흐르는 강물'은 우리의 역사를 비유한 것이다. 논개의 꽃다운 혼이 우리 역사에 영원히 기억될 것이라고 말하며 논개를 추모하는 것이다. 특히 각 연마다 똑같이 반복되는 후렴구에서는 강물의 푸른색과 꽃의 붉은색이 선명한 색의 대비를 이루고 있다.

● 핵심 만나기

갈래	자유시, 서정시
성격	찬양적, 감각적
제재	논개의 순국
주제	역사에 길이 남을 논개의 애국심
특징	• 색채의 대비를 통해 이미지를 효과적으로 부각시킴. • 다양한 수사법을 사용함. • 똑같은 시구를 후렴구로 사용하여 운율을 형성함.

일제 강점기인 1922년에 발표한 이 시의 소재는 '논개'이다. 논개는 조선 선조 때의 기생으로, 1593년 임진왜란 중에 순국했다. 진주성이 함락되고 왜장들이 승전을 자축하며 촉석루에서 주연을 베풀었는데, 이때 논개가 왜장을 유인한 뒤 촉석루에서 왜장을 껴안고 남강(南江)으로 몸을 던져 순국했다. 일개 기생의 신분으로 나라를 위해 목숨을 바친 충절이 역사에도 기록되어 전해지고 있다.

● '논개'의 색채 대비

색채 대비	효과
아! 강낭콩 꽃보다도 더 푸른 / 그 물결 위에 / 양귀비꽃보다도 더 붉은 / 그 마음 흘러라.	• 푸른색과 붉은색의 대비로 시각적 이미지를 극대화함. • 논개의 충절을 강조함.
흐르는 강물은 / 길이길이 푸르리니 / 그대의 꽃다운 혼 / 어이 아니 붉으랴.	• 선명한 색채 이미지를 드러냄. • 푸른 물결의 영원함은 변함없이 이어지는 역사의 흐름을, 붉은 혼의 애국심은 민족혼의 계승을 강조함.
그 석류 속 같은 입술 / 죽음을 입 맞추었네!	• 논개의 죽음에 대한 묘사를 '석류'에 비유함. • 논개의 희생적인 죽음을 신비롭고 아름답게 표현함.

❶ 이 시에서 각 연마다 반복되면서 운율을 형성하는 시구를 찾아 써 보자.

❷ 2연에서 '죽음을 입맞추었네!'라고 표현한 이유를 생각해 보자.

● 책 이름(출판사)　　　　　　　　　● 지은이

● 인상 깊은 시구와 그 이유

● 읽고 난 후의 생각이나 느낌

일제 강점기를 살아가는 지은이가 이 시에서 조선 시대의 인물인 '논개'를 소재로 삼은 이유를 써 보자.

절정

이육사

매운 계절의 채찍에 갈겨
일제 강점기의 가혹한 현실
마침내 북방으로 휩쓸려 오다.
극한 상태의 수평적 이동

> 1연 가혹한 시대적 현실과 극한 상황

하늘도 그만 지쳐 끝난 고원
더 달아날 곳도 없는　　수직적 극한
서릿발 칼날 진 그 위에 서다.
생존의 극한 상황 → 절정

> 2연 서릿발처럼 위태로운 한계 상황

어데다 무릎을 꿇어야 하나
현실 극복을 위한 간절한 행동
한 발 재겨 디딜 곳조차 없다.

> 3연 절박한 상황에서의 말하는 이의 심리

이러매 눈 감아 생각해 볼밖에
시적 전환　　마지막으로 할 수 있는 행위
겨울은 강철로 된 무지갠가 보다.
역설을 통한 초극의 의지

> 4연 극한 상황에서 발견한 초극의 의지

* 절정: 사물의 진행이나 발전이 최고의 경지에 달한 상태.

● **작가 만나기**

이육사(1904~1944) 경상북도 안동에서 태어났으며, 본명은 이원록이다. 1925년 독립운동 단체 의열단에 가입했고, 1927년 장진홍의 조선 은행 대구 지점 폭파 사건에 연루되어 3년형을 받고 투옥되었다. 그때 수인 번호가 264번이어서 호를 육사로 정했다. 1933년 "신조선"에 발표한 '황혼'으로 작품 활동을 시작했다. 식민지의 민족적 비운을 소재로 한 저항시를 썼고, 꺼지지 않는 민족 정신을 장엄하게 노래했다. 작품 활동 못지않게 독립운동에 헌신했고, 1944년 베이징의 감옥에서 옥사했다. 1946년 "육사 시집"이 발간되었다.

● **작품 만나기**

'절정'은 일제 강점기에 점점 가중되는 고통을 이겨 내려는 강렬한 의지가 표현된 작품이다. 외적인 상황을 나타내는 1, 2연에서는 일제 강점기라는 냉혹한 현실의 한계 상황을 보여 준다. 절정으로 치닫는 '북방', '고원', '서릿발 칼날 진 그 위'의 점층 구조가 돋보인다.

3연에서는 외적 상황에서 말하는 이의 심리적 상황으로 옮겨 간다. 말하는 이는 극한 상황에서 더 이상 비켜 가거나 물러설 수 없음을 인식하고, 모든 고통을 자신의 의지로 견뎌 낼 수밖에 없다는 사실을 깨닫는다. 그러한 깨달음을 통해 겨울을 비정하면서도 황홀한 아름다움을 지닌 것으로 받아들이고, '겨울은 강철로 된 무지개'라고 역설적으로 표현함으로써 초극의 의지를 보인다.

● **핵심 만나기**

갈래	자유시, 서정시
성격	상징적, 남성적, 지사적
제재	현실의 극한 상황
주제	극한 상황을 극복하려는 강인한 의지
특징	• 비장감을 지닌 지사적, 남성적인 어조로 노래함. • 기승전결의 구조를 나타냄. • 역설적 표현을 통해 주제를 형상화함.

● '절정'의 시상 전개

1~2연		3~4연
외적 상황		심리적 상황
극한 상황의 점층적 고조	➡	역설적 인식을 통한 극한 상황의 초월
북방 → 고원 → 서릿발 칼날 진 그 위		겨울은 강철로 된 무지개

● 역설적 인식과 초극의 의지

4연의 '겨울은 강철로 된 무지갠가 보다.'에는 말하는 이의 역설적 상황 인식과 초극의 의지가 압축되어 있다. '겨울'은 매우 혹독한 시련과 고난의 시간을 의미하고, '강철'은 차갑고 비정하면서 강인한 느낌을 준다. 하지만 '무지개'는 아름답고 환상적인 빛을 내는 자연 현상이자 희망적인 이미지이다.

상식적으로 차가운 '강철'과 아름다운 '무지개'는 서로 어울리기 힘든 대상인데, 이런 이미지들이 어울려서 독특한 분위기를 만들고 역설적인 표현을 형성하고 있다. 강철의 차가운 금속 이미지와 무지개의 환상적인 이미지를 결합시켜 겨울 속에서 느끼는 황홀경을 표현한 것이다. 이것은 극한 현실 상황에 대한 역설적 인식이자 비극적 상황을 초극하려는 의지를 표현한 것이다.

❶ 이 시에서 '매운 계절', '채찍', '서릿발 칼날 진' 등의 시어를 통해 알 수 있는 시대적 배경을 생각해 보자.

❷ '겨울은 강철로 된 무지갠가 보다.'의 의미를 생각해 보자.

● 책 이름(출판사)　　　　　　　　　● 지은이

● 인상 깊은 시구와 그 이유

● 읽고 난 후의 생각이나 느낌

✎ 이 시가 나의 어려움이나 힘든 상황을 이겨 내는 데 어떤 도움을 줄지 써 보자.

사랑하는 까닭

한용운

내가 당신을 사랑하는 것은 까닭이 없는 것이 아닙니다.
다른 사람들은 나의 *홍안만을 사랑하지마는 당신은 나의 *백발도 사
랑하는 까닭입니다.

내가 당신을 그리워하는 것은 까닭이 없는 것이 아닙니다.
다른 사람들은 나의 미소만을 사랑하지마는 당신은 나의 눈물까지도
사랑하는 까닭입니다.

내가 당신을 기다리는 것은 까닭이 없는 것이 아닙니다.
다른 사람들은 나의 건강만을 사랑하지마는 당신은 나의 죽음도 사
랑하는 까닭입니다.

* 홍안: 젊어서 혈색이 붉은 얼굴.
* 백발: 늙어서 하얗게 센 머리털.

한용운(1879~1944) 승려 · 시인 · 독립운동가이다. 출가하기 전의 이름은 정옥이고, 승려가 된 다음의 이름은 용운이며, 호는 만해(萬海)이다. 삼일 운동 때의 민족 대표 33인 가운데 한 사람이다.

철학적이고 종교적이면서도 사랑하는 사람을 그리워하는 서정적 분위기를 지닌 작품들을 썼다. 저서로는 시집 "임의 침묵" 외에 "조선 불교 유신론", "불교 대전" 등이 있다.

● 작품 만나기

'사랑하는 까닭'의 말하는 이는 마치 일기장에 자신의 마음을 고백하듯이 '당신(임)'을 사랑하는 까닭을 말하고 있다. 즉, '당신'이 무조건적이고 맹목적이며 헌신적이라 할 만큼 '나'를 사랑하기에 나도 당신을 사랑한다고 고백하는 것이다. 이는 '나'와 '당신'의 완전한 사랑과 일체를 보여 주는 것이다.

특히 이 시에서는 '당신'과의 헌신적인 사랑을 동일한 문장 구조의 반복과 대조적인 표현으로 더욱 두드러지게 나타내고 있으며, '백발', '눈물', '죽음'이라는 점층적인 표현을 통해 설득력을 부여하고 있다.

이 시에서의 '당신'은 '연인', '부처', '조국'의 복합적인 의미를 지니고 있다.

● 핵심 만나기

갈래	자유시, 서정시
성격	서정적, 상징적
제재	'당신'을 사랑하는 이유
주제	임을 향한 사랑
특징	• 경어체 문장을 사용함. • '다른 사람'과 '당신'을 대조하여 표현함. • 비슷한 문장이 반복되어 운율을 형성함.

● '당신'과 '다른 사람'의 차이

다른 사람	당신
• '나'의 홍안만을 사랑함.	• '나'의 백발도 사랑함.
• '나'의 미소만을 사랑함.	• '나'의 눈물까지도 사랑함.
• '나'의 건강만을 사랑함.	• '나'의 죽음도 사랑함.

↓

그런 '당신'을 '나'도 사랑하고 있음.

● '사랑하는 까닭'에서 대조를 이루는 시어

- 홍안 ↔ 백발
- 미소 ↔ 눈물
- 건강 ↔ 죽음
- 다른 사람 ↔ 당신

● '당신'의 다양한 의미

- 연인: 작품 자체만을 보았을 때는 '나'와 '당신'의 관계가 서로 사랑하는 사이임을 알 수 있다. 따라서 '당신'은 사랑하는 '연인'을 의미한다.
- 부처: 지은이인 한용운이 승려라는 사실을 고려할 때, 이 시에서 '당신'은 불자로서의 찬양의 대상인 '부처'임을 알 수 있다.
- 조국: 일제 강점기라는 시대적 상황과 지은이인 한용운이 당시 독립운동가였다는 점에서 이 시의 '당신'은 '조국'을 가리킨다는 사실을 알 수 있다.

● 이 시에서 말하는 이가 '당신'을 사랑하는 까닭을 생각해 보자.

● 책 이름(출판사)　　　　　　　　● 지은이

● 인상 깊은 시구와 그 이유

● 읽고 난 후의 생각이나 느낌

✐ 이 시의 '당신'처럼 나의 눈물까지도 사랑하는 사람이 있다면, 그에게 감사의
편지를 써 보자.

감자꽃

권태응

『자주 꽃 핀 건, 자주 감자.

파 보나 마나, 자주 감자.

1연 자주 꽃이 핀 자주 감자

하얀 꽃 핀 건, 하얀 감자.

파 보나 마나, 하얀 감자.』 『 』: 1연과 2연이 대응(반복법)

2연 하얀 꽃이 핀 하얀 감자

디지털 충주 문화 대전은 충북 충주시의 문화유산과 향토 자료 등을 디지털 정보로 볼 수 있는 곳이다. 이 사이트에서 충북 충주에서 태어난 권태응에 관한 정보를 얻고 그의 문학 세계에 관하여 공부해 보자. 

권태응(1918~1951) 충북 충주에서 태어났으며, 제일고보 재학 중 최인형, 염홍섭 등과 함께 항일 비밀 결사 단체에 가입하여 민족 의식을 키웠다. 일본 와세다 대학에 재학하던 중 '독서회'를 조직하여 조국의 독립을 위해 노력했으며, 1938년 일본 경찰에 체포되어 3년의 징역형을 선고받아 복역했다.

1941년 고향으로 돌아와 농사를 지으며 야학을 운영하고, 창작에 전념하면서 소박한 생활이 담긴 동시들을 썼다. 한국 전쟁 중이던 1951년 병이 악화되어 사망했다. 2005년에 대통령 표창이 추서되었다. 대표 작품으로는 '감자꽃', '땅감나무', '산샘물', '서울 구경', '또랑물' 등이 있으며, 동시집으로 "감자꽃"이 있다.

● 작품 만나기

'감자꽃'은 겉으로만 보면 내용이 매우 짧고 단순하고 명쾌하다. 자주 꽃 핀 데 하얀색 감자가 달리지 않고, 하얀 꽃 핀 데 자주색 감자가 달리지 않듯, 생명을 가진 것들은 그 종의 진실을 거스르지 않는다는 것이다. 이렇듯 지은이는 진리가 누구나 의심하지 않고 당연하게 받아들이는 것 속에 평범한 듯 숨겨져 있음을 동심의 눈으로 찾아내어 이야기하고 있다.

이 시는 독립운동가인 지은이가 창씨개명으로 우리 민족의 혼을 없애려던 일제에 엄연히 우리 민족의 뿌리와 일본 민족의 뿌리가 다르다는 것을 감자꽃에 비유하여 노래한 것으로 해석할 수 있다.

● 핵심 만나기

갈래	자유시, 서정시, 동시
성격	향토적, 토속적
제재	감자꽃
주제	모든 사물은 저마다 고유의 본성을 지닌다.
특징	• 1연과 2연이 정밀하게 대응되어 운율을 형성함. • 간결하면서도 정겨운 시어로 이루어짐. • 같은 시어와 비슷한 문장 구조가 반복됨.

● '권태응'의 동시

'감자꽃'에서 볼 수 있듯이 권태응의 동시들은 우리말의 감각적인 활용을 통해서 국어의 아름다움을 고양시키고, 쉬운 입말들을 활용하여 동심의 순수함을 표현하고 있다. 또한 평범한 일상과 자연 현상에 대한 남다른 자각을 통해 삶의 본질에 더욱 가까이 다가선다. 자연 친화적인 정서는 농촌 생활의 소박함을 나타내면서도 풍요로운 서정을 이끌어 낸다. 특별히 의성어와 의태어를 토대로 한 소박하고 수수한 율격은 외우기 쉽고 따라 읽기도 쉬워 깊은 인상을 준다.

● '감자꽃'에 담긴 항일 정신

'감자꽃'은 항일 민족 시인이던 지은이의 대표적인 동시이다. 이른바 창씨개명으로 우리 민족의 혼을 없애고 '내선일체(일본과 조선은 하나)'를 주장하며 식민 통치의 명분을 세우려는 일제에 대한 항거를 감자꽃에 비유하여 노래한 것이다.

시어와 행, 연의 반복을 통해 독특한 운율을 형성하고 있기에, 동요로도 만들어져 널리 불리었다. 일제 강점기에는 '감자꽃' 노래를 개사하여 많은 사람들이 다음과 같이 불렀다고 한다.

> 조선 꽃 핀 것 조선 감자 / 파 보나 마나 조선 감자
> 왜놈 꽃 핀 것 왜놈 감자 / 파 보나 마나 왜놈 감자

조선 사람은 조선 사람이고, 일본 사람은 일본 사람이니, 일제의 기만적인 정책인 창씨개명을 따를 수 없음을 '감자꽃'에 빗대어 노래한 것이다.

❶ 이 시의 지은이가 항일 운동가임을 고려하여 시의 창작 배경을 생각해 보자.

❷ 이 시의 주제를 생각해 보자.

● 책 이름(출판사)　　　　　　　　● 지은이

● 인상 깊은 시구와 그 이유

● 읽고 난 후의 생각이나 느낌

이 시의 주제가 잘 나타나도록 '감자' 대신 다른 대상을 사용하여 시를 바꾸어
써 보자.

1. '단심가'에서 종장의 '임'이 의미하는 것을 쓰시오.

2. '단심가'의 핵심어로, 변치 않는 마음을 뜻하는 한자 성어는?

　　① 감언이설　　　② 일편단심　　　③ 동병상련　　　④ 노심초사　　　⑤ 설상가상

3. '나룻배와 행인'에서 말하는 이가 자신에 비유한 것은?

　　① 물　　　　　② 밤　　　　　③ 행인　　　　　④ 바람　　　　　⑤ 나룻배

4. '나룻배와 행인'을 읽고 빈칸에 알맞은 말을 쓰시오.

　　'나룻배'는 (　　　　　　　)에 대한 헌신적인 사랑을 보이고 있다.

5. '청포도'에 대한 설명으로 알맞지 <u>않은</u> 것은?

　　① 상징적 시어를 사용하였다.
　　② 기다림의 정서가 드러나 있다.
　　③ 효과적인 색채 대비를 사용하였다.
　　④ 순수하고 평화로운 세계에 대한 소망이 담겨 있다.
　　⑤ 고향을 소재로 하여, 고향에 대한 그리움이 나타난다.

6. '청포도'에서 '손님'이 의미하는 것을 쓰시오.

7. '두꺼비 파리를 물고'에서 '힘없는 백성'을 상징하는 것은?

　　① 두엄　　　　② 파리　　　　③ 어혈　　　　④ 두꺼비　　　　⑤ 흰 송골매

8. '두꺼비 파리를 물고'를 읽고 빈칸에 알맞은 말을 쓰시오.

이 사설시조는 '두꺼비'의 모습을 통해 백성을 괴롭히는 탐관오리들의 모습을
(   )하고 있다.

9. '천만 리 머나먼 길에'에서 말하는 이의 감정이 이입된 대상을 쓰시오.

10. '천만 리 머나먼 길에'의 창작 배경을 읽고, 이 시조에서 가리키는 '임'이 누구인지
쓰시오.

11. '그 날이 오면'에서 '자기희생'의 이미지를 지니고 있는 시어는?
① 북   ② 육조   ③ 까마귀   ④ 삼각산   ⑤ 밤하늘

12. '그 날이 오면'의 2연에서 '우렁찬 그 소리'가 의미하는 것을 쓰시오.

13. '논개'에서 '거룩한 분노는 / 종교보다도 깊고'에 사용된 표현 기법은?
① 직유법   ② 은유법   ③ 비교법   ④ 점층법   ⑤ 미화법

14. '논개'에 나타난 색채 대비를 쓰시오.

15. '절정'에서 말하는 이의 인식이 전환되는 부분의 시구를 찾아 쓰시오.

16. '절정' 에 대한 설명으로 적절하지 <u>않은</u> 것은?

　① 기승전결의 구성 방식을 취하고 있다.

　② 선명하고 상징적인 시어를 사용하고 있다.

　③ 역설적 표현으로 상징의 의미를 강조하고 있다.

　④ 비극적 상황을 초극하려는 의지를 표현하고 있다.

　⑤ 부드러우면서도 설득력 있는 목소리로 말하고 있다.

17. '사랑하는 까닭' 에서 지은이가 승려임을 고려할 때 '당신' 이 가리키는 대상은?

18. '사랑하는 까닭' 에서 '당신' 이 나의 모습 중 사랑하는 것을 쓰시오.

　• 다른 사람 : 홍안, 미소, 건강
　• 당신 : 홍안, (　　　　　　), 미소, (　　　　　　), 건강, (　　　　　)

19. '감자꽃' 에서 다음 빈칸에 공통으로 들어갈 시어를 쓰시오.

　자주 꽃 핀 건, (　　　　　　).
　파 보나 마나, (　　　　　　).

● 다음 뜻에 해당하는 단어를 찾아 선으로 연결해 보자.

(1) 붉은 얼굴이라는 뜻으로, 젊어서 혈색이 좋은 얼굴을 이르는 말.

㉠ 백골

(2) 죽은 사람의 몸이 썩고 남은 뼈.

㉡ 홍안

(3) 가늘고 길게 굽어진 아름다운 눈썹을 이르는 말.

㉢ 절정

(4) 조선 시대에 통행금지를 알리거나 해제하기 위하여 치던 종.

㉣ 두엄

(5) 사물의 진행이나 발전이 최고의 경지에 달한 상태.

㉤ 인경

(6) 풀, 짚 또는 가축의 배설물 따위를 썩힌 거름.

㉥ 아미

07

자연과 생명의 숨결로

오우가

윤선도

내 벗이 몇인가 하니 수석과 송죽이라.
　　　　　　　물과 돌　　소나무와 대나무
동산에 달 오르니 그 더욱 반갑구나.

두어라, 이 다섯밖에 또 더하여 무엇하리.
　　　　　　　　　　　　　　　　　　　1수　다섯 벗의 소개

구름 빛이 좋다 하나 검기를 자주 한다.
가변적
바람 소리 맑다 하나 그칠 때가 많구나.
가변적
좋고도 그칠 때가 없는 것은 물뿐인가 하노라.
　　　　　　　　불변성　　　　　　　2수　물의 영원성

꽃은 무슨 일로 피면서 쉬이 지고
순간성
풀은 어이하여 푸르는 듯 누르나니
순간성
아마도 변치 않을 것은 바위뿐인가 하노라.
　　　　　　영원성　　　　　　　3수　바위의 불변성

더우면 꽃 피고 추우면 잎 지거늘

솔아, 너는 어찌 눈서리를 모르느냐.
소나무
*구천에 뿌리 곧은 줄을 그것으로 아노라.
　　　　　　　　　　　　　　　　4수　소나무의 꿋꿋한 태도

나무도 아닌 것이 풀도 아닌 것이
대나무
곧기는 누가 시키며 속은 어이 비었느냐.
욕심이 없음.
저렇게 사시에 푸르니 그를 좋아하노라.
사계절
　5수　대나무의 겸손함과 꿋꿋한 태도

작은 것이 높이 떠서 만물을 다 비추니
달
밤중의 광명이 너만 한 이 또 있느냐.

보고도 말 아니하니 내 벗인가 하노라.
　6수　달의 밝음과 과묵함.

* 구천: 땅속 깊은 밑바닥이라는 뜻으로, 죽은 뒤에
　넋이 돌아가는 곳을 이르는 말.

윤선도(1587~1671) 조선 중기의 시조 작가이자 문신이다. 서울에서 태어났으며, 호는 고산(孤山)이다. 8세 때 큰아버지에게 입양되어 해남으로 내려가 살았다. 당파 싸움에 휘말며 여러 차례 귀양살이를 하였고, 병자호란 전후로는 보길도의 자연의 아름다움에 빠져서 그곳에 머물렀다. 우리말의 아름다움을 잘 살린 시조 작품들이 정철의 가사와 조선 시대 시가(詩歌) 문학의 쌍벽을 이룬다. 주요 작품으로 연시조인 '어부사시사', '만흥', '견회요'가 있고 문집으로 "고산유고" 등이 있다.

● 작품 만나기

'오우가'는 전체 여섯 수로 이루어진 연시조이며, 지은이가 56세에 유배지에서 돌아와 전라남도 해남 금쇄동에 머물 때에 지었다고 전해진다.

1수에서 수석(물, 돌), 송죽(소나무, 대나무), 달의 다섯 가지 자연물을 자신의 벗으로 정한 다음, 그 벗들의 긍정적인 특성을 제재로 하여 각각 한 수씩을 노래한다. 2수에서는 물의 변함없는 영원성을, 3수에서는 바위의 변함없는 모습을 노래한다. 4수에서는 솔(소나무)의 푸름과 꿋꿋한 모습을, 5수에서는 대나무의 겸손함과 꿋꿋한 태도를, 6수에서는 달의 밝음과 과묵함을 노래한다.

이 시조는 우리말의 아름다움을 잘 살려서 시조를 높은 수준으로 끌어올린 뛰어난 작품으로 평가받고 있다.

● 핵심 만나기

갈래	정형시, 고시조. 연시조
성격	예찬적, 자연 친화적
제재	물, 바위, 소나무, 대나무, 달
주제	변함없는 자연물에 대한 예찬
특징	• 우리말의 아름다움을 잘 살려 표현함. • 다섯 가지 자연물을 의인화하여 표현함.

● '오우가'의 짜임

1수	다섯 가지 자연물	물, 바위, 소나무, 대나무, 달을 자신의 벗으로 정함.
2수	물	• 물의 불변성 • 가변적 존재인 구름, 바람과 대조적인 모습
3수	바위	• 바위의 변함없는 모습(영원성) • 순간적 존재인 꽃, 풀과 대조적인 모습
4수	솔(소나무)	• 소나무의 푸름과 꿋꿋함. • 꽃이 피고 낙엽이 지는 나무와 대조적인 모습
5수	대나무	• 대나무의 겸손함과 꿋꿋한 태도 • 대나무의 겉모습과 내면의 모습을 묘사함.
6수	달	• 달의 밝음과 과묵함. • 달의 겉모습과 내면의 모습을 묘사함.

● '오우가'에 드러나는 자연관

지은이는 '오우가'에서 물, 바위, 소나무, 대나무, 달을 단순히 자연물로만 보지 않고, 인격을 주어 긍정적인 면을 칭찬한다. 많은 자연물 중에서 이 다섯을 벗으로 삼고자 한 이유는 그들의 영원성, 불변성, 꿋꿋함, 겸손함 등의 특성을 본받고자 함이다. 지은이는 수많은 세월 귀양살이를 지내면서 인간에 대해 실망하고 자연에서 마음의 위안을 찾고자 하였다. 시시각각 변하는 인간과 달리, 항상 변함없는 자연의 모습을 통해 자신의 원하는 벗의 모습을 찾은 것이다.

❶ 이 시의 3수에서 '바위'가 지니고 있는 성격을 생각해 보자.

❷ 이 시의 말하는 이가 '솔'을 벗으로 삼고자 한 이유를 생각해 보자.

● 책 이름(출판사)　　　　　　　　　● 지은이

● 인상 깊은 내용과 그 이유

● 읽고 난 후의 생각이나 느낌

✏ 나의 '다섯 벗'을 정해 보고 그렇게 정한 이유를 써 보자.

창 내고자 창을 내고자

작자 미상

창 내고자 창을 내고자 이 내 가슴에 창을 내고자.
『고모장지 세살장지 들장지 열장지 암톨쩌귀 수톨쩌귀, 배목걸쇠

크나큰 장도리로 뚝딱 박아 이 내 가슴에 창 내고자.』

이따금 하 답답할 제면 여닫아 볼까 하노라.

* 고모장지: 고무래 들창을 이르는 말. '장지'는 방과 방 사이, 방과 마루 사이에 까우는 문이다.

* 세살장지: 가는 살로 만든 장지.

* 들장지: 들어 올려 매달아 놓은 장지.

* 열장지: 좌우로 열어젖힐 수 있는 장지.

* 암톨쩌귀: 문설주에 박는 구멍난 돌쩌귀.

* 수톨쩌귀: 문짝에 박는 돌쩌귀.

* 배목걸쇠: 문고리에 거는 쇠.

● 작품 만나기

조선 후기에 쓰인 '창 내고자 창을 내고자'는 고시조집 "진본청구영언(珍本靑丘永言)"에 실려 전하는 작품이다. 생활고에서 비롯되는 근심과 답답함에서 벗어나고 싶은 심정을 가슴에 창을 낸다는 기발한 발상과 해학적 표현으로 노래한 시조로서, 서민들의 애환을 잘 반영한 작품이다. 형태상 초장과 종장이 짧고 중장이 긴데, 종장의 첫 어절이 3음절로 되어 시조의 특징을 나타내고 있다.

초장의 "창 내고자 창을 내고자 이 내 가슴에 창을 내고자"에서는 인생살이의 고달픔과 근심을 창 하나 없이 꽉 막힌 방에 비유하고, 답답한 심정을 풀고 싶은 것을 창을 내는 행위로 나타냈다. 중장의 '고모장지 세살장지 들장지 열장지 암톨쩌귀 수톨쩌귀 배목걸쇠 크나큰 장도리로 뚝딱 박아 이 내 가슴에 창 내고자.'는 창과 관련된 말들을 열거함으로써 창을 내고 싶은 절실한 심정을 강조했다. 종장의 '이따금 하 답답할 제면 여닫아 볼까 하노라.'에서는 마음에 창을 달아 열고 닫으며 답답한 심정을 달래 보고 싶다고 노래함으로써 힘겨운 현실을 극복하려는 적극적인 의지를 보여 준다.

● '창 내고자 창을 내고자'의 운율 형성 요소

- 4음보의 반복
- 동일한 시어와 시구의 반복
- 창의 종류 및 부속품과 관련된 시어의 열거

● 핵심 만나기

갈래	정형시, 고시조, 사설시조
성격	해학적
제재	창
주제	답답한 상태에서 벗어나고 싶은 마음
특징	• 기발한 발상을 통한 문학성을 보여 줌. • 평민 문학의 해학성이 잘 드러남.

● '창 내고자 창을 내고자'의 정서

이 시에서는 말하는 이의 답답한 상황과 거기에서 벗어나고 싶은 간절한 마음을 구체적인 생활 언어와 친근한 사물을 수다를 떨듯이 열거해 괴롭고 답답한 심정을 하소연하고 있다. 말하는 이의 답답한 심정은 인생을 살아가면서 겪는 다양한 문제들이 복합적으로 작용한 결과이다. 가슴에 창을 내는 일은 상식적으로 불가능한 일이지만 반복적으로 그러한 소망을 말하는 것은 답답한 심정이 더 이상 견딜 수 없는 극한 상태에까지 이르렀음을 의미한다.

● '창 내고자 창을 내고자'의 해학적 요소

'해학'이란 익살을 부리면서도 교훈을 주는 것을 말한다. 이 시에서는 세상살이의 고달픔이나 근심으로 인한 답답하고 괴로운 심정을 창문 하나 없이 꽉 막혀 있는 방으로 묘사하고 있다. 그러므로 가슴에 창문이라도 시원하게 내어 답답함을 풀고 싶다는 기발한 발상은 슬픔과 고통을 어둡게만 표현하지 않고 웃음으로 극복하려는 해학적 성격이 강하다. 특히 중장에서 구체적이고 일상적인 사물을 수다스럽게 늘어놓음으로써 괴로움을 강조하는 수법도 다분히 해학적이다.

● 조선 후기 사설시조의 특징

내용	형식
• 서민적이고 구체적임. • 재담과 친근한 일상 언어가 사용됨. • 사회 비판적임.	• 사설조로 길어짐. • 가사풍, 민요풍 • 대화체가 많이 나타남.

● 이 시조의 말하는 이처럼 답답한 상황에 처해 있다면 어떻게 할지 생각해 보자.

● 책 이름(출판사)　　　　　　　　● 지은이

● 인상 깊은 내용과 그 이유

● 읽고 난 후의 생각이나 느낌

이 시조에서처럼 가슴에 창을 내어 여닫을 수 있다면 어떤 점이 좋을지 상상해서 써 보자

오매 단풍 들것네

김영랑

"오매, 단풍 들것네.

장광에 골 붉은 감잎 날아오아
향토적인 이미지　　　　날아와(운율을 위한 변형)
누이는 놀란 듯이 치어다보며

"오매, 단풍 들것네."

1연 가을을 맞이한 누이의 반가움과 놀람

추석이 내일모레 기둘리니

바람이 자지어서 걱정이리
자주 불어서
누이의 마음아 나를 보아라.
걱정 말고 계절의 변화를 느끼라는 뜻
"오매, 단풍 들것네."

2연 걱정 많은 누이를 위로하는 오빠의 마음

☐ : 전라도 방언

* 오매: '어머나' 의 전라도 방언.

* 장광: 장독 따위를 놓아 두려고 뜰 안에 좀 높직하게 만들어 놓은 곳.

김영랑(1903~1950) 본명은 윤식이며, 전남 강진의 부유한 지주의 가정에서 태어났다. 휘문의숙을 거쳐 일본 아오야마 학원에 입학하여 중학부와 영문과를 다녔다. 1930년대 박용철, 정지용 등과 함께 "시문학" 동인으로 활동했다. 잘 다듬어진 언어로 섬세하고 영롱한 서정을 노래했으며, 순수 서정시의 새로운 경지를 개척했다. 대표작으로 '내 마음 아실 이', '가늘한 내음', '모란이 피기까지는' 등이 있으며, 저서로는 시집 "영랑 시집", "영랑 시선" 등이 있다.

● 작품 만나기

구수한 전라도 사투리가 쓰인 '오매 단풍 들것네'에는 '골 붉은 감잎'을 바라보는 누이의 마음과, 그런 누이를 바라보는 말하는 이의 마음이 잘 그려져 있다. 1연에서 누이가 생활인으로서 자연을 통해 느끼는 마음을 표현했다면, 2연에서는 누이의 마음을 느끼고 위로하고자 하는 말하는 이의 애정 어린 마음이 나타나 있다.

세 번이 나오는 "오매, 단풍 들것네."라는 시구 중 첫 번째가 가을이 왔음을 알고 반가워하는 누이의 감탄이라면, 두 번째 것은 곧 다가올 추석과 월동 준비를 걱정하는 누이의 마음을 담고 있으며, 세 번째 것은 말하는 이가 누이의 입장을 이해하고 공감하는 뜻에서 말한 것이라 할 수 있다. 붉은 감잎에서 누이로, 누이에서 말하는 이로 단계적으로 동화가 이루어진다.

● 핵심 만나기

갈래	자유시, 서정시
성격	낭만적, 서정적, 향토적, 감상적
제재	단풍(장독대에 떨어진 감잎)
주제	가을이 오는 것에 대한 감회
특징	• 전라도 방언을 활용해 음악적 효과와 향토적 정서를 나타냄. • 직접 인용한 누이의 말을 반복하여 운율을 형성함.

● '오매, 단풍 들것네'에 담긴 의미

1연 1행	"오매, 단풍 들것네."	순환하는 자연에 대해 경탄하는 마음이 담겨 있음. → 누이의 말
1연 4행	"오매, 단풍 들것네."	계절이 바뀌면서 따르는 걱정을 드러냄. 추석과 월동 준비를 걱정함. → 누이의 말
2연 4행	"오매, 단풍 들것네."	누이를 위로하는 말하는 이의 애정 어린 마음이 담겨 있음. → 오빠의 말

● 방언의 효과

방언은 지역의 고유한 문화와 역사적 배경을 지니고 있으며 그 지역 특유의 향토적인 정감이 배어 있는 말이다. 문학 작품에서 방언은 표준어로는 전하기 어려운 향토적인 정서를 효과적으로 드러내는 역할을 한다. 이 시에서도 순박한 시골 소녀의 놀란 마음을 방언을 사용함으로써 더욱 효과적으로 표현하고, 가을의 심상을 더욱 묘미 있게 만들어 내고 있다.

● '오매, 단풍 들것네'의 감정의 전이

붉은 단풍이 들다.	누이의 마음에 단풍이 들다.	'나'의 마음에 단풍이 들다.
• 가을의 소식 • 자연 현상	• 놀라움과 반가움 • 생활인으로서의 걱정	• 누이의 순박한 마음에 동화됨. • 공감과 위로를 전함.

❶ 이 시에서 단풍을 보는 누이의 마음이 어떻게 변하는지 생각해 보자.

❷ 이 시에서 누이를 보는 말하는 이의 마음을 생각해 보자.

● 책 이름(출판사)　　　　　　　● 지은이

● 인상 깊은 시구와 그 이유

● 읽고 난 후의 생각이나 느낌

🖊 이 시의 1연에서 "오매, 단풍 들것네."라고 말하는 누이는 어떤 사람일지 상상
하여 써 보자.

별

이병기

바람이 서늘도 하여 뜰 앞에 나섰더니
　　　　　촉각적 심상　　공간적 배경
서산 머리에 하늘은 구름을 벗어나고

『산뜻한 *초사흘 달이 별과 함께 나오더라』 『』: 반가움
　　　시간적 배경

1수　별을 바라봄.

달은 넘어가고 별만 서로 반짝인다
　　　시간의 흐름
저 별은 뉘 별이며 내 별 또한 어느 게오

『잠자코 호올로 서서 별을 헤어 보노라』 『』: 친근함.
　홀로(시적 허용)　　　세어

2수　별에 동화됨.

☐: 운율을 위해 글자 수를 줄임.

* 초사흘: 매달 초하룻날부터 헤아려 셋째가 되는 날.

이병기(1891~1968) 전라북도 익산에서 태어났다. 고문헌 수집과 시조 연구를 하면서 시조 부흥 운동을 주도했으며, 간결하고 격조 있는 표현으로 현대 시조의 영역을 개척해 냈다. 1925년 "조선문단" 10월호에 어머니를 시골로 내려 보내는 애틋한 정을 담은 '한강을 지나며'를 발표하면서 활발한 작품 활동을 시작했다. "문장"에 김상옥, 이호우 등 우수한 신인을 추천하여 시조 중흥의 기틀을 마련했다. 대표작으로는 '초', '별', '냉이꽃' 등이 있으며, 저서로는 "가람 시조집", "국문학 개론", "국문학 전사", "가람 문선" 등이 있다.

● 작품 만나기

'별'은 3장 6구 형식의 평시조 2수로 이루어진 현대 시조로, 노래로도 널리 불리고 있는 작품이다. 이 시조는 밤하늘의 달과 별을 바라보다가 문득 떠오르는 생각이나 감정을 결합시키는 '선경후정(先景後情)'의 구조를 지니고 있다.

1수에서는 말하는 이가 뜰 앞에 서서 달과 별이 함께 떠 있는 광경을 보는 장면이 그려져 있다. 2수에서는 시간이 지나면서 달이 사라지자 남아 있는 별을 헤며 외로움을 달래고 있다.

이 시조는 자연과 우주와 인간이 동화되는 평화롭고 따뜻한 분위기를 풍기고 있으며, 밤늦도록 호젓이 별을 바라보는 여유 있고 그윽한 정서를 보이고 있다.

● 핵심 만나기

갈래	정형시, 현대 시조, 연시조, 서정시
성격	서정적, 묘사적, 시각적
제재	밤하늘에 떠 있는 별
주제	밤하늘에 뜬 별에 대한 반가움과 자연에 동화되고 싶은 소망
특징	• 4음보의 정형적인 율격이 나타남. • 시간의 흐름에 따라 시상이 전개됨. • 선경후정의 구조를 보임.

● '별'의 짜임

1수		2수
• 서늘한 바람이 부는 초저녁에 뜰 앞에 나감. • 맑은 밤하늘에 초사흘 달과 별이 나옴.	시간의 경과 →	• 시간이 흘러 달은 사라지고 별만 남아 반짝임. • 홀로 밤하늘의 별을 헤어 봄.

● '고 시 조'와 '현 대 시 조'

구분	고시조	현대 시조
공통점	• 3 · 4(4 · 4)조의 음수율을 기본으로 함. • 4음보의 율격이며, 초장 · 중장 · 종장의 3장을 유지함. • 종장의 첫 음보는 반드시 3음절임.	
차이점	• 갑오개혁 이전의 시조 • 대부분 제목이 없으며 작가가 알려지지 않은 것이 많음. • 각 장이 한 행인 장별 배행이며, 주로 평시조임. • 유교 사상, 자연 친화, 안빈낙도 등을 노래함. • 관념적인 주제를 한문 투로 표현함.	• 개화기 이후의 시조 • 제목이 있으며, 대부분 작가가 알려짐. • 행의 배치가 자유로우며, 연시조가 많음. • 개인의 사상과 감정을 노래함. • 감각적인 내용을 참신한 우리말로 표현함.

❶ 이 시에서 운율을 맞추기 위해 줄여 쓴 시어를 써 보자.

❷ 이 시의 공간적 배경을 생각해 보자.

● 책 이름(출판사)　　　　　　　　　　● 지은이

● 인상 깊은 시구와 그 이유

● 읽고 난 후의 생각이나 느낌

✎ 이 시의 말하는 이가 밤하늘을 보며 '내 별'을 찾은 이유는 무엇일지 추측하여 써 보자.

배추의 마음

나희덕

배추에게도 마음이 있나 보다.

씨앗 뿌리고 농약 없이 키우려니

하도 자라지 않아

가을이 되어도 헛일일 것 같더니

여름내 밭둑 지나며 잊지 않았던 말

『– 나는 너희로 하여 기쁠 것 같아.

– 잘 자라 기쁠 것 같아.』

1연 배추에 대한 사랑과 소망

늦가을 배추 포기 묶어 주며 보니

그래도 튼실하게 자라 속이 꽤 찼다.

– 혹시 배추벌레 한 마리

이 속에 갇혀 나오지 못하면 어떡하지?

꼭 동여매지도 못하는 사람 마음이나

배추벌레에게 반 넘어 먹히고도

속은 점점 순결한 잎으로 차오르는

배추의 마음이 뭐가 다를까?

배추 풀물이 사람 소매에도 들었나 보다.

2연 배추와 사람의 교감

● 작가 만나기

　　나희덕(1966~　) 충청남도 논산에서 태어났으며, 1989년 "중앙일보" 신춘문예에 작품 '뿌리에게' 가 당선되어 등단했다. 1998년 김수영 문학상, 2007년 소월 시 문학상 등을 수상했다. 대표 작품으로 '뿌리에게' , '귀뚜라미' 등이 있고, 저서로는 "한 접시의 시", "저 불빛들을 기억해", "더 레터", "그곳이 멀지 않다" 등이 있다.

● 작품 만나기

　　시집 "그 말이 잎을 물들였다"에 수록된 '배추의 마음' 은 자연과의 교감을 통해 생명의 소중함을 일깨워 주는 작품이다. 이 시는 배추를 의인화하여 자연과 인간과의 정서적 교감을 표현하고 있다. 특히 대화체와 독백체를 사용해 말하는 이와 대상의 친밀함을 형성하고, 생명을 소중히 여기는 마음이 잘 드러나게 했다.

　　말하는 이는 배추가 상할까 봐 농약 없이 키웠고, 배추가 잘 자라기를 바라면서, 혹시나 배추벌레가 배추 안에 갇힐까 봐 염려한다. 이를 통해 배추와 배추벌레를 소중히 여기는 마음을 엿볼 수 있다. 배추 역시 배추벌레를 위해 자신의 잎을 반 넘게 희생했음에도, 기른 사람의 마음을 헤아려 순결한 잎으로 속이 차오른다. 생명을 소중히 여기고 인간을 위하는 배추의 마음을 전달한 것이다. 특히 2연의 9행 '배추 풀물이 사람 소매에도 들었나 보다.' 는 생명을 소중히 여기는 말하는 이의 마음과 배추의 마음, 즉 사람과 자연의 교감을 의미한다.

● 핵심 만나기

갈래	자유시, 서정시
성격	자연 친화적, 고백적
제재	배추
주제	자연과의 교감을 통해 느끼는 생명의 소중함.
특징	• 배추를 의인화하여 생명의 소중함을 표현함. • 대화체, 독백체로 말하는 이의 심리를 표현함.

말하는 이	배추에게도 마음이 있다고 생각하며, 배추가 잘 자라기를 바람. 배추 속에 사는 배추벌레도 염려함.
배추	배추벌레를 염려하여 자신을 희생함. 배추벌레에게 반 넘어 먹히고도 속은 점점 순결한 잎으로 차오름.
공통점	작은 생명도 소중하게 여기며, 다른 사람이나 생명에 대한 존중과 배려심이 있음.

● '배추의 마음'의 표현 방법과 어조

구분	시구	효과
의인법	• 배추에게도 마음이 있나 보다. • 나는 너희로 하여 기쁠 것 같아. • 배추의 마음	자연물에 인격을 부여하여 정서적 교감을 형성함.
설의법	배추의 마음은 뭐가 다를까?	• 사람과 배추의 마음이 같다는 것을 강조함. • 여운을 남김.
대화체	나는 너희로 하여 기쁠 것 같아.	말하는 이와 대상 사이의 친밀감을 느끼게 함.
독백체	• 혹시 배추벌레 한 마리 / 이 속에 갇혀 나오지 못하면 어떡하지? • 배추의 마음은 뭐가 다를까?	말하는 이의 심리를 친근하게 전달함.

● 이 시에서 '배추 풀물이 사람 소매에도 들었나 보다.'의 의미가 무엇인지 생각해 보자.

● 책 이름(출판사)　　　　　　　　● 지은이

● 인상 깊은 시구와 그 이유

● 읽고 난 후의 생각이나 느낌

이 시의 '말하는 이'와 '배추'의 마음의 공통점을 써 보자.

남으로 창을 내겠소

김상용

남(南)으로 창(窓)을 내겠소

밭이 *한참갈이

괭이로 파고

호미론 풀을 매지요

구름이 꼬인다 갈 리 있소

새 노래는 공으로 들으랴오

『강냉이가 익걸랑

함께 와 자셔도 좋소』 『』: 낙천적이고 정이 있는 삶

왜 사냐건

웃지요.

* 한참갈이: 잠깐이면 갈 수 있는 작은 밭.

● 작가 만나기

김상용(1902~1950) 경기도 연천에서 태어났으며, 호는 월파(月坡)이다. 1926년 "동아일보"에 시 '일어나거라'를 발표하여 등단했으며, 1935년 "시원(詩苑)"에 '나', '무제(無題)'를 실어 주목을 받았다. 1939년에는 시집 "망향"을 발표했는데, 일제의 탄압에 대한 소극적인 태도라고 할 수 있는 자연 귀의적인 시가 많이 수록되었다. 대표작으로 '남으로 창을 내겠소', '노래 잃은 뻐꾹새', '어미소', '향수'가 있다. 그러나 광복 후 발표한 수필집 "무하선생방랑기"에서는 인생과 사회에 대해 풍자적이고 비판적인 안목을 보였다.

● 작품 만나기

자연 귀의라는 동양의 전통 사상을 바탕으로 하는 '남으로 창을 내겠소'는 전원시 작품 중에서도 백미(白眉)로 꼽힌다. 3연의 간결한 형식과 밝은 시어, 민요조의 단순하고 소박한 가락을 이용하여 자연으로 돌아가고 싶은 마음을 잘 노래했기 때문이다.

남으로 창을 내겠다는 것은 집 안을 밝게 하는 채광의 의미를 넘어 넓은 자연을 바라보며 살고 싶은 지은이의 소망을 뜻한다. 삶의 허무 의식에서 벗어나 자연과 하나가 되고 싶은 지은이의 밝고 낙천적인 인생관을 함축적으로 보여 주는 것이다.

● 핵심 만나기

갈래	자유시, 서정시
성격	낭만적, 관조적, 목가적, 서정적, 자연 친화적
제재	전원 생활
주제	전원에서의 평화로운 생활을 소망함.
특징	• 2음보가 주된 율격을 이룸. • 비유법을 사용하고, 함축적인 표현으로 깊은 여운을 줌. • 친근하고 소박한 대화조의 어조를 사용함. • '~소', '~요', '~오'의 종결 어미를 통해 운율을 형성함.

● '남으로 창을 내겠소'의 표현의 특징

대화체	대화 형식으로, 듣는 이를 앞에 놓고 하는 말처럼 말하는 이의 목소리가 뚜렷이 들려 친근감을 줌.
전통적인 가락	1연의 '남으로 창을 내겠소 / 밭이 한참갈이 / 괭이로 파고 / 호미론 풀을 매지요'에서처럼 3·5조의 2음보를 기본으로 하여 부드러우면서 끊어지는 듯한 전통적 가락으로 표현함.
과감한 생략법	3연의 '왜 사냐건 / 웃지요'는 의표를 찌르는 듯한 과감한 생략법으로 삶의 의미를 암시하고 있음.

● '왜 사냐건 웃지요'의 함축적 의미

'왜 사냐건 / 웃지요'는 삶에 대한 여유와 달관의 자세가 가장 함축적으로 나타난 부분이다. '굳이 대답할 필요가 없다', '말로 설명할 수 없다', '스스로 만족하면서 산다' 등으로 해석할 수 있다.

이러한 심경은 이백의 시 '산중문답(山中問答)'의 '나에게 물은즉 어찌하여 푸른 산에 사는가? 웃고 대답하지 않으나 마음이 스스로 한가하다.'와 일맥상통하는 부분이다. 삶에 대한 깊은 성찰에서 우러나오는 달관의 경지를 함축적으로 보여 주는 구절이다.

❶ 이 시에서 '남(南)'이 상징하는 것을 생각해 보자.

❷ 이 시에서 말하는 이가 꿈꾸는 삶에 대해 생각해 보자.

● 책 이름(출판사)　　　　　　　　　　● 지은이

● 인상 깊은 내용과 그 이유

● 읽고 난 후의 생각이나 느낌

✎ 이 시의 인상 깊은 구절을 그림으로 표현해 보자.

종례 시간

도종환

애들아 곧장 집으로 가지 말고

코스모스 갸웃갸웃 얼굴 내밀며 손 흔들거든

너희도 코스모스 에게 손 흔들어 주며 가거라

쉴 곳 만들어 주는 나무들

한 번씩 안아 주고 가라

『머리털 하얗게 셀 때까지 아무도 벗해 주지 않던

강아지풀』 말동무해 주다 가거라

애들아 곧장 집으로 가

『만질 수도 없고 향기도 나지 않는

공간』에 빠져 있지 말고

구름이 하늘에다 그린 크고 넓은 화폭 옆에

너희가 좋아하는 짐승도 그려 넣고

바람이 해바라기에게 그러듯

과꽃 분꽃 에 입맞추다 가거라

애들아 곧장 집으로 가 방 안에 갇혀 있지 말고

잘 자란 볏잎 머리칼도 쓰다듬다 가고

송사리 피라미 너희 발 간질이거든

너희도 개울물 허리에 간지럼 먹이다 가거라

잠자리처럼 양팔 날개 하여

고추밭에서 노을지는 하늘 쪽으로

날아가다 가거라

3연 아이들이 자연과 교감하며 하나가 되기를 바람.

□ : 계절적 배경을 알 수 있는 시어

　도종환(1954~) 충청북도 청주에서 태어났으며, 1984년 동인지 "분단 시대"에 '고두미 마을에서' 등을 발표하면서 작품 활동을 시작했다. 주로 풍부한 서정성을 바탕으로 버림받은 것들이 가지는 참다운 가치를 일깨우고, 자연과 인간에 대한 맑고 깊은 통찰력을 보이는 작품을 썼다.

　제8회 신동엽 문학상, 제7회 민족 예술상 등을 수상했다. 저서로는 시집 "고두미 마을에서", "접시꽃 당신" 등이 있고, 산문집 "사람은 누구나 꽃이다", "꽃은 젖어도 향기는 젖지 않는다" 등이 있다.

● 작품 만나기

　'종례 시간'은 학교 수업이 끝난 뒤 종례 시간에 선생님이 학생들에게 들려주는 이야기를 고스란히 옮겨 쓴 내용이다. 말하는 이인 선생님은 학생들에게 당부하기를 집으로 가는 길에 만난 코스모스에게 손을 흔들어 주고, 나무를 안아 주고, 강아지풀에게 말을 걸어 보라고 한다. 또 자연과 쓸쓸한 존재들에 대해 관심을 가져 달라고 당부한다. 아이들이 딱딱한 인터넷 가상 공간에 갇혀 살기보다 자연과 더불어 따뜻하고 풍성하게 살기를 바라서이다. 지은이의 아이들에 대한 깊은 애정과 자연 친화적인 태도를 엿볼 수 있는 작품이다.

● 핵심 만나기

갈래	자유시, 서정시
성격	감각적, 서정적, 회화적
제재	종례 시간
주제	자연과 더불어 지내기를 바라는 마음
특징	• 자연의 모습을 의인화하여 표현함. • 비슷한 구절과 문장 구조가 반복되면서 운율을 형성함. • 시각적·촉각적 심상을 활용하여 밝고 순수한 분위기를 형성함.

● '종례 시간'의 감각적 이미지

구분	시구	의미
시각적 심상	코스모스 갸웃갸웃 얼굴 내밀며 손 흔들거든	코스모스가 하늘거리는 모습을 시각적으로 나타냄.
	머리털 하얗게 셀 때까지 아무도 벗해 주지 않던 / 강아지풀	오래도록 관심 받지 못하던 외롭고 평범한 풀을 시각적으로 나타냄.
	구름이 하늘에다 그린 크고 넓은 화폭 옆에	넓게 펼쳐진 맑은 가을 하늘을 시각적으로 나타냄.
촉각적 심상	송사리 피라미 너희 발 간질이거든	개울에 들어가서 물놀이하는 것을 촉각적으로 나타냄.
	너희도 개울물 허리에 간지럼 먹이다 가거라	자연과 교감하며 재미있게 노는 것을 촉각적으로 나타냄.

● '종례 시간'의 배경

구분	시간적 배경	공간적 배경
내용	여름부터 초가을	농촌 마을
시어	강아지풀, 과꽃, 분꽃, 코스모스, 잠자리, 해바라기, 잘 자란 볏잎	볏잎, 개울물, 고추밭

● '만질 수도 없고 향기도 나지 않는 공간'은 어떤 공간일지 생각해 보자.

● 책 이름(출판사)   ● 지은이

● 인상 깊은 시구와 그 이유

● 읽고 난 후의 생각이나 느낌

내가 선생님이라면 나는 아이들에게 종례 시간에 무슨 당부를 할지 써 보자.

햇빛이 말을 걸다

권대웅

길을 걷는데

『햇빛이 이마를 툭 건드린다』 『』: 촉각적 심상

봄이야
봄이 왔음을 알림.
『그 말을 하나 하려고

멀고 먼 길을 달려온 빛 하나가

내 이마를 건드리며 떨어진 것이다』 『』: 햇빛에 대한 고마움
1~6행 햇빛에 대한 반가움

나무 한 잎 피우려고

잠든 꽃잎의 눈꺼풀 깨우려고

지상에 내려오는 햇빛들
7~9행 햇빛의 사명

나에게 사명을 다하며 떨어진 햇빛을 보다가

『문득 나는 이 세상의 모든 햇빛이

이야기를 한다는 것을 알았다』
『』: 세상 만물과 교감하는 햇빛의 존재를 깨달음.
강물에게 나뭇잎에게 세상의 모든 플랑크톤들에게

말을 걸며 내려온다는 것을 알았다
10~14행 세상 만물에 말을 거는 햇빛

반짝이며 날아가는 물방울들
시각적 심상
초록으로 빨강으로 답하는 풀잎들 꽃들
풀잎   꽃

눈부심으로 가득 차 서로 통하고 있었다

봄이야

라고 말하며 떨어지는 햇빛에 귀를 기울여 본다

그의 소리를 듣고 푸른 귀 하나가
햇빛　　교감과 소통　　새싹
땅속에서 솟아오르고 있었다
생명력의 분출

  권대웅(1962~) 서울에서 태어났으며, 1988년 "조선일보" 신춘문예에 시가 당
선되어 등단했다. 새롭고 감각적인 시선으로 사물을 바라보고, 자연과 깊이 소통하
는 시들을 주로 쓰고 있다. 저서로는 시집 "당나귀의 꿈", "돼지 저금통 속의 부처
님", "조금 쓸쓸했던 생의 한때", 장편 동화 "마리 이야기", 산문집 "하루", "천국에
서의 하루" 등이 있다.

  '햇빛이 말을 걸다'는 봄날의 따사로운 햇빛이 세상 만물과 교감하고 대화를 나
누는 현장을 목격한 경이로움을 노래하는 작품이다. 햇빛은 언제나 우리를 둘러싸
고 있지만 사람들은 그 존재 자체를 잊고 소중함조차 망각하고 산다. 그러나 지은
이는 햇빛이 말을 거는 현장을 목도하고 나서 햇빛이 얼마나 귀중한 존재인지를 새
로이 깨닫게 된다.

  이 시에는 따뜻하고 화사한 봄날의 분위기와 따사롭게 이마를 건드리는 봄 햇빛
에 대한 반가움과 고마움, 신비로움이 잘 그려져 있다. 또한 '반짝이며 날아가는 물
방울들'과 같은 시각적 심상과 '햇빛이 이마를 툭 건드린다'와 같은 촉각적 심상,
'햇빛이 말을 걸다'와 같은 의인법을 사용하여 햇빛이 '나'와 '강물', '나뭇잎', '플
랑크톤들'과 소통하고 교감하는 모습을 더욱 효과적으로 표현했다.

갈래	자유시, 서정시
성격	자연 친화적, 관조적, 교감적
제재	봄날의 햇빛
주제	봄날의 햇빛과 세상 만물의 교감
특징	• 새봄의 정서와 분위기를 시각적 심상과 촉각적 심상을 통해 표현함. • 의인법을 사용하여 햇빛과 세상 만물의 소통을 효과적으로 표현함. • 동일한 시어와 '~다'로 끝나는 문장을 반복하여 운율을 형성함.

● '햇빛이 말을 걸다'의 시적 상황

- 말하는 이: 봄을 만나고 기뻐하는 '나'
- 시적 대상: 햇빛, 내 이마, 나무 한 잎, 잠든 꽃잎의 눈꺼풀, 강물, 나뭇잎, 플랑크톤들, 물방울들, 풀잎들, 꽃들, 푸른 귀
- 시적 상황: 말하는 이가 햇빛이 쏟아지는 길을 걷다가 봄에 일어나는 여러 가지 신비로운 자연 현상을 경이로운 눈으로 바라보고 있다.

● '햇빛이 말을 걸다'의 정서와 분위기

정서	분위기
• 햇빛에 대한 놀라움과 반가움 • 정겨움과 친근함. • 새로운 깨달음에서 오는 신기하고 놀라운 느낌	• 따뜻하고 활발한 분위기 • 찬란하고 화사한 분위기 • 햇빛과 자연이 소통하고 교감하는 친밀한 분위기

● '햇빛'과 '세상 만물'의 소통 과정

❶ 이 시에서 햇빛에 대한 말하는 이의 정서를 생각해 보자.

❷ 이 시에서 햇빛의 사명을 나타내는 시구를 생각해 보자.

● 책 이름(출판사)　　　　　　　　　● 지은이

● 인상 깊은 시구와 그 이유

● 읽고 난 후의 생각이나 느낌

✏ '햇빛'을 한가운데에 쓰고 그것을 사방으로 발전시켜 가며 생각 그물을 만들어
보자.

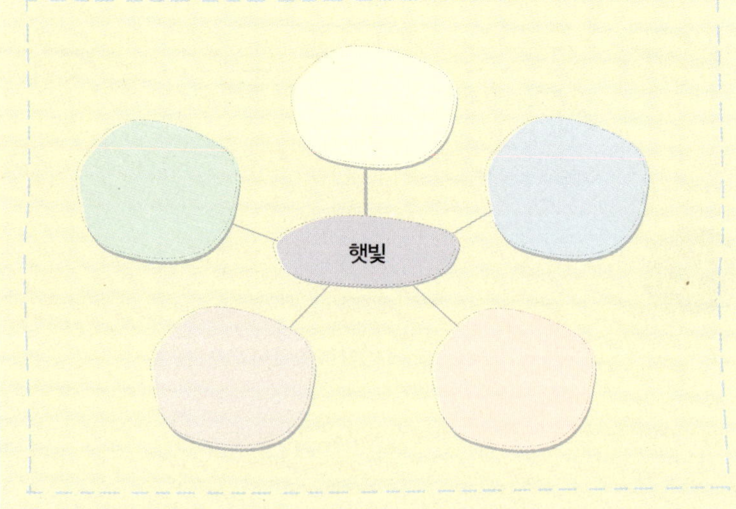

해바라기 씨

정지용

해바라기 씨를 심자.

담모롱이 참새 눈 숨기고
해바라기 씨를 심자.

1연 해바라기 씨를 심음.

『누나가 손으로 다지고 나면

바둑이가 앞발로 다지고

괭이가 꼬리로 다진다.』

2연 흙을 다짐.

우리가 눈 감고 한 밤 자고 나면

『이슬이 나려와 같이 자고 가고,』

3연 이슬이 내림.

우리가 이웃에 간 동안에

햇빛이 입 맞추고 가고,

4연 햇빛이 작용함.

『해바라기는 첫 시악시인데』
사흘이 지나도 부끄러워

고개를 아니 든다.

가만히 엿보러 왔다가

소리를 깩! 지르고 간 놈이—
의성법
오오, 사철나무 잎에 숨은
영탄법
청개구리 고놈이다.

정지용 사이버 문학관을 방문하여 정지용의 생존 모습, 대표 작품 등을 찾아보며 작품에 대한 배경지식을 쌓아 보자. 

정지용(1902~?) 충청북도 옥천에서 태어났다. 휘문 고등 보통학교 재학 때 박 팔양 등과 함께 동인지 "요람"을 간행했고, 유학 시절인 1926년 6월 유학생 잡지인 "학조"에 시 '카페 프란스' 등을 발표했다. 1930년 김영랑과 박용철이 창간한 "시 문학"의 동인으로 참가했으며, 1939년에는 "문장"의 시 추천 위원이었는데, 이때 박목월·조지훈·박두진 등 청록파 시인들을 발굴했다. 저서로는 시집 "정지용 시 집", "백록담"이 있으며, 산문집으로 "지용 문학 독본", "산문" 등이 있다.

● 작품 만나기

'해바라기 씨'는 아버지와 아이가 담 모퉁이 텃밭에 해바라기 씨를 심고 싹을 기 다리는 정경이 한 폭의 그림처럼 그려진 작품이다. 씨를 뿌리고 거두는 농사일처럼 해바라기 씨를 심고 싹이 나길 기다리는 과정도 아이에게는 정성스럽고, 진지하고, 소중한 경험이다. 이때 참새, 바둑이, 괭이, 청개구리는 조력자 역할을 한다. 아이 는 세상의 일들이 협동으로 이루어진다는 사실과, 함께 일하는 즐거움을 경험을 통 해 깨닫는다.

우리 주변에 늘 가까이 있지만 무심코 지나친 보잘것없는 존재를 정겹고 소중한 생명을 가진 존재로 바꾸어 놓은 것이 이 시가 가진 큰 매력이다. 다양한 소재들을 활용하여 전반적으로 맑고 경쾌한 분위기를 형성하고 있다.

● 핵심 만나기

갈래	자유시, 서정시
성격	향토적, 서정적
제재	해바라기 씨
주제	생명 탄생의 경이로움.
특징	• 다양한 소재들을 활용하여 밝고 경쾌한 분위기를 형성함. • 반복법, 열거법, 의인법, 의성법, 영탄법과 같은 다양한 표현 방법이 사용됨.

● **'해바라기 씨'의 표현 방법**

구분	설명	시구
반복법	같거나 비슷한 어구를 반복함.	해바라기씨를 심자.
열거법	비슷한 시구들을 늘어놓음.	누나가 손으로 다지고 ～괭이가 꼬리로 다진다.
활유법	무생물을 생물처럼 표현함.	이슬이 나려와 같이 자고
의인법	사람이 아닌 것이 사람처럼 행동함.	• 햇빛이 입 맞추고 가고 • 해바라기는 첫 시악시
은유법	사물의 상태나 움직임을 암시적으로 나타냄.	해바라기는 첫 시악시
의성법	소리를 표현함.	소리를 깩! 지르고 간
영탄법	감탄사로 감정을 표현함.	오오

● **청개구리의 역할**

해바라기 씨의 싹이 나는 것을 숨어서 지켜보고 있던 청개구리가 놀라서 '깩!' 소리를 지르는 것은, 말하는 이가 간절하게 기다리던 해바라기 씨가 드디어 싹을 틔운 모습을 경쾌하면서도 압축적으로 묘사한 것이다. 따라서 청개구리는 싹이 난 소식을 처음 알려 주는 역할을 하고 있다.

● 이 시에서 싹이 난 소식을 처음 알려 주는 역할을 하는 생물을 찾아보자.

● 책 이름(출판사)　　　　　　　● 지은이

● 인상 깊은 내용과 그 이유

● 읽고 난 후의 생각이나 느낌

이 시를 읽고 해바라기 싹이 나는 과정을 관찰 일지 형식으로 정리해 보자.

봄은 고양이로다

이장희

꽃가루와 같이 부드러운 고양이의 털에

고운 봄의 향기가*어리우도다.

1연 봄의 향기

금방울과 같이 호동그란 고양이의 눈에

미친 봄의 불길이 흐르도다.

2연 봄의 생명력

고요히 다물은 고양이의 입술에

포근한 봄 졸음이 떠돌아라.

3연 봄의 나른함.

날카롭게 쭉 뻗은 고양이의 수염에

푸른 봄의 생기가 뛰놀아라.

4연 봄의 생동감

* 어리다: 어떤 현상, 기운, 추억 따위가 배어 있거나
은근히 드러나다.

● 작가 만나기

이장희(1900~1929) 호는 고월(古月)이며, 경상북도 대구에서 태어났다. 1924년 "금성"에 시 '실바람 지나간 뒤', '새 한 마리', '불놀이', '무대', '봄은 고양이로다' 를 발표하며 작품 활동을 시작했다. 이후 "신민", "신여성", "조선 문단" 등에 '청천의 유방', '석양구', '하일소경' 등 30여 편의 작품을 발표했다. 1929년에 짧은 생을 마감하였지만, 1951년 "상화와 고월"에 11편의 시가 실려 전해지다가 1970년대 초 "이장희 전집", "이장희 전집ㆍ평전" 등에 유작이 모두 실려 발표되었다.

● 작품 만나기

'봄은 고양이로다' 는 봄을 상징하는 '꽃', '새싹' 등의 일반적인 소재에서 벗어나 '고양이' 라는 신선한 소재를 등장시켜 봄을 노래하고 있다. 이 시는 고양이의 털, 눈, 입술, 수염의 순서로 고양이의 모습을 묘사한다. 그리고 그 속에서 떠오르는 봄의 향기, 생명력, 나른함, 생동감의 여러 가지 이미지가 합쳐지며 시상이 전개된다. 또한 정적인 이미지(1, 3연)와 동적인 이미지(2, 4연)가 각 연에서 번갈아 가면서 제시된다.

이 시는 의미를 전달하는 데 중점을 두기보다는 사물의 감각적인 모습을 표현하는 데 중점을 두고 있다. 또 개인적인 감정을 절제하고 새로운 분위기와 이미지를 그리는 데 주력하고 있다.

● 핵심 만나기

갈래	자유시, 서정시
성격	감각적, 비유적, 묘사적
제재	봄과 고양이
주제	고양이의 모습을 통해 드러나는 봄의 모습과 분위기
특징	• 고양이의 모습을 통해 생동감 있는 봄의 분위기를 표현함. • 정적인 이미지(1, 3연)와 동적인 이미지(2, 4연)를 대칭시키고 있음.

● '봄은 고양이로다'의 대립 구조와 봄의 이미지

1연		3연	
꽃가루와 같이 부드러운 고양이의 털	고운 봄의 향기가 어리우도다	고요히 다물은 고양이의 입술	포근한 봄의 졸음 떠돌아라
고요한 봄(정적인 이미지)			

2연		4연	
금방울과 같이 호동그란 고양이의 눈	미친 봄의 불길이 흐르도다	날카롭게 쭉 뻗은 고양이의 수염	푸른 봄의 생기 뛰놀아라
생기 넘치는 봄(동적인 이미지)			

● '봄'과 '고양이'의 관계

지은이는 생동감 있는 봄의 모습을 고양이의 겉모습에 빗대어 말하고 있다. 즉, 고양이라는 대상의 특징을 잘 관찰하고, 그 결과를 봄의 특징과 연관 지어 표현한다. 고양이의 겉모습을 통해 봄의 모습과 분위기를 전달하고자 한 것이다. 고양이의 겉모습을 통해 봄의 이미지를 전달하는 지은이의 세밀한 관찰력과 참신한 발상이 돋보이는 작품이다.

> ● 이 시에서 봄을 고양이의 모습에 비유함으로써 어떤 효과를 얻는지 생각해 보자.

● 책 이름(출판사)　　　　　　　　　● 지은이

● 인상 깊은 시구와 그 이유

● 읽고 난 후의 생각이나 느낌

　봄을 고양이가 아닌 다른 동물에 비유해 보고 그렇게 비유한 이유를 설명해 보자.

연분홍

김억

봄바람 하늘하늘 *넘노는 길에
계절적 배경
연분홍 살구꽃이 눈을 틉니다.

연분홍 송이송이 *못내 반가와

나비는 너훌너훌 춤을 춥니다.
의인법, 반가운 분위기

봄바람 하늘하늘 넘노는 길에

연분홍 살구꽃이 나부낍니다.

연분홍 송이송이 바람에 지니

나비는 울며 울며 돌아섭니다.
쓸쓸하고 아쉬운 분위기

* 넘놀다: 넘다들며 놀다.
* 못내: 이루 다 말할 수 없이.

　김억(1896~ ?) 평안북도 정주에서 태어났으며, 호는 안서(岸曙)이다. 1910년
대부터 프랑스 상징파의 시와 같은 외국시를 번역 및 소개하여 근대 문학 형성에 이
바지했다. 도쿄 유학 시절인 1914년 "학지광"에 시 '이별'을 시작으로 '야반', '밤
과 나' 등을 발표했다. 1916년 오산학교에서 김소월을 가르치기도 했다. 1918년 "태
서문예신보"에 '믿으라', '봄은 간다' 등의 시를 발표하며 본격적인 문학 활동을 시
작했다. "폐허", "창조"의 동인으로 활동하면서 많은 외국시를 번역했다. 저서로는
"해파리의 노래", "오뇌의 무도", "안서 시집", "안서 시초" 등이 있다.

● 작품 만나기

　'연분홍'은 '살구꽃'과 '나비'의 모습을 통해 시간의 흐름에 따른 만남과 헤어
짐의 감정을 표현하고 있다. 1연에서는 봄바람이 불자 살구꽃이 눈을 트는 모습이,
2연에서는 송이송이 피기 시작한 살구꽃이 반가워 춤을 추는 나비의 모습이, 3연에
서는 봄바람에 하늘하늘 날리는 예쁜 살구꽃의 모습이 그려져 있다. 마지막 4연에
서는 살구꽃이 지는 것이 아쉽고 서운하여 눈물짓는 나비의 모습이 그려져 있다.
　이 시는 계절과 시간의 흐름에 따라 꽃이 피고 지는 봄의 풍경을 그리고, 꽃과 나
비의 모습을 통해 봄을 맞는 마음과 봄을 보내는 마음을 형상화하고 있다.

● 핵심 만나기

갈래	자유시, 서정시
성격	감각적, 회화적, 서정적
제재	살구꽃, 나비
주제	나비와 꽃이 함께하는 봄의 풍경
특징	• 시간의 흐름에 따른 봄 풍경의 변화를 나타냄. • 3음보 민요조의 율격으로 표현함. • 같은 단어를 반복하여 운율을 형성함.

● **'연분홍'의 짜임**

1연	2연	3연	4연
봄이 되자 눈이 트는 살구꽃	살구꽃이 반가워 춤추는 나비	봄바람에 나부끼는 살구꽃	살구꽃이 지자 울며 돌아서는 나비
• 활짝 핀 살구꽃 • 꽃이 반가운 나비		• 떨어진 살구꽃 • 꽃이 지자 헤어짐이 아쉬운 나비	
기쁨, 반가움		쓸쓸함, 아쉬움, 서운함.	

● **'연분홍'의 운율 형성 요소**

- 7·5조의 음수율이다(봄바람 하늘하늘∨넘노는 길에).
- 3음보의 민요적 율격이다(봄바람∨하늘하늘∨넘노는 길에).
- 각 연의 마지막이 '∼ㅂ니다'로 끝난다.
- '연분홍'이라는 같은 단어가 반복된다.
- 1연과 3연, 2연과 4연에서 비슷한 문장 구조가 반복된다.
- 의성어와 의태어가 반복된다(하늘하늘, 송이송이, 너훌너훌).

● **"오뇌의 무도"**

시집 "오뇌의 무도"는 지은이가 1921년에 펴낸 번역 시집이다. 우리나라 최초로 서양의 시를 번역하여 시집으로 출간하였다는 데 의의가 있다. 또한 단행본으로 출간된 우리나라 최초의 현대 시집이다. 책에 실린 시들은 1918∼1920년에 지은이가 "태서문예신보", "창조", "폐허" 등을 통해 발표한 번역시를 모은 것이다.

❶ 이 시의 '4연'에서 살구꽃이 지자 나비가 울며 돌아선 이유를 생각해 보자.

❷ 이 시에 나타난 두 가지 분위기를 생각해 보자.

- 책 이름(출판사)　　　　　　　　● 지은이
- 인상 깊은 시구와 그 이유

- 읽고 난 후의 생각이나 느낌

✏️ 이 시의 제목 '연분홍' 처럼 색깔을 제목으로 삼아 시를 써 보자.

1. '오우가'에서 구름이나 바람과는 달리 영원성을 지닌 자연물을 쓰시오.

2. '창 내고자 창을 내고자'에서 말하는 이의 현실 극복 의지를 보여 주는 소재를 쓰시오.

3. '창 내고자 창을 내고자'에 대한 설명으로 알맞지 <u>않은</u> 것은?

    ① 말하는 이는 현재 답답한 처지에 놓여 있다.

    ② 조선 후기의 사설시조의 특징을 잘 보여 준다.

    ③ 당시 양반가들의 애환을 엿볼 수 있는 작품이다.

    ④ 마음에 창을 낸다는 기발한 발상이 담긴 작품이다.

    ⑤ 반복법, 열거법 등 다양한 표현 방법을 사용하였다.

4. '오매 단풍 들것네'의 2연 중 다음 밑줄 친 말은 누가 한 것인지 쓰시오.

> 추석이 내일모레 기둘리니
> 바람이 자지어서 걱정이리
> 누이의 마음아 나를 보아라.
> <u>"오매, 단풍 들것네."</u>

5. '별'에 대한 설명으로 알맞지 <u>않은</u> 것은?

    ① 3장 6구의 현대 시조이다.

    ② 종장의 첫 음보는 3음절로 고정되어 있다.

    ③ 시간의 이동에 따라 시상이 전개되고 있다.

    ④ 공간의 이동에 따라 시상이 전개되고 있다.

    ⑤ 시각적 심상을 이용하여 밤하늘을 묘사하고 있다.

6. '별'에서 시간의 흐름을 나타내는 부분을 찾아 쓰시오.

7. '배추의 마음'에서 말하는 이의 마음과 '배추'의 마음의 공통점은?

   ① 생명을 소중히 여기는 마음
   ② 자신을 소중히 여기는 마음
   ③ 밝고 긍정적으로 살아가는 마음
   ④ 희망을 잃지 않고 살아가는 마음
   ⑤ 도전적이고 적극적으로 살아가는 마음

8. '배추의 마음'에서 사람이 아닌 배추에게 인격을 부여한 주된 표현 방법을 쓰시오.

9. '남으로 창을 내겠소'의 2연에 있는 '구름'이 상징하는 것을 쓰시오.

10. '남으로 창을 내겠소'의 '왜 사냐건 / 웃지요.'의 뜻으로 적절하지 <u>않은</u> 것은?(2개)

    ① 절대로 만족스럽지 않다.   ② 스스로 만족하면서 산다.
    ③ 말로는 설명할 수가 없다.   ④ 굳이 대답할 필요가 없다.
    ⑤ 억지로 웃어야 이겨 낼 수 있다.

11. '종례 시간'에 대한 설명으로 바르지 <u>않은</u> 것은?

    ① 차분하고 다정한 어조가 나타난다.
    ② 대화체의 서술 형식을 사용하였다.
    ③ 이상향에 대한 그리움을 담고 있다.
    ④ 이 시의 공간적 배경은 농촌 마을이다.
    ⑤ 다양한 자연물을 감각적 이미지로 구체화하였다.

12. '종례 시간'에서 다음 구절에 활용된 감각적 심상을 쓰시오.

> 머리털 하얗게 셀 때까지 아무도 벗해 주지 않던
> 강아지풀 말동무 해주다 가거라

13. '햇빛이 말을 걸다'의 다음 시구에서 사용된 표현 기법을 쓰시오.

> 문득 나는 이 세상의 모든 햇빛이
> 이야기를 한다는 것을 알았다

14. '해바라기 씨'에서 시적 허용으로 사용된 시어를 찾아 쓰시오.(2개)

15. '해바라기 씨'에서 사용된 표현 기법이 <u>아닌</u> 것은?

① 활유법　　　② 의인법　　　③ 은유법　　　④ 영탄법　　　⑤ 직유법

16 '봄은 고양이로다'에서 봄을 비유한 대상은?

① 수염　　　② 향기　　　③ 고양이　　　④ 금방울　　　⑤ 꽃가루

17. '연분홍'에서 의성어, 의태어의 사용으로 운율을 형성하는 시어를 모두 쓰시오.

18. '연분홍'에서 말하는 이의 감정을 대신 드러내 주는 감정 이입의 대상을 쓰시오.

● 다음의 설명에 해당하는 낱말을 〈보기〉에서 찾아 써 보자.

넘놀다　구천　어리다　장광　들장지　못내

(1) 넘나들며 놀다.

(2) 어떤 현상, 기운, 추억 따위가 배어 있거나 은근히 드러나다.

(3) 땅속 깊은 밑바닥이란 뜻으로, 죽은 뒤에 넋이 돌아가는 곳을 이르는 말.

(4) 들어 올려 매달아 놓은 장지.

(5) 장독 따위를 놓아 두려고 뜰 안에 좀 높직하게 만들어 놓은 곳.

(6) 이루 다 말할 수 없이.

08

평화와 자유를 꿈꾸며

팔원

백석

차디찬 아침인데

묘향산행 승합자동차는 텅 하니 비어서

나이 어린 계집아이 하나가 오른다.

옛말 속같이 진진초록 새 저고리를 입고

손잔등이 밭고랑처럼 몹시도 터졌다.

계집아이는 자성으로 간다고 하는데

자성은 예서 삼백오십 리 묘향산 백오십 리

묘향산 어디메서 삼촌이 산다고 한다.

째하얗게 얼은 자동차 유리창 밖에

내지인 주재소장 같은 어른과 어린아이 둘이 내임을 낸다.

계집아이는 운다 느끼며 운다.

텅 비인 차 안 한구석에서 어느 한 사람도 눈을 씻는다.

『계집아이는 몇 해고 내지인 주재소장 집에서

밥을 짓고 걸레를 치고 아이보개를 하면서

이렇게 추운 아침에도 손이 꽁꽁 얼어서

찬물에 걸레를 쳤을 것이다.』

● **작가 만나기**

　백석(1912~1996) 평안북도 정주에서 태어났다. 1930년 "조선일보" 신춘문예에 소설 '그 모(母)와 아들' 이 당선되어 등단했고, 1935년 '정주성' 을 발표하며 본격적인 작품 활동을 시작했다. 평안도 지방의 사투리를 작품에도 잘 살렸으며, 농촌 공동체의 삶과 민족의 정서를 표현한 작품들을 주로 썼다.

　주요 작품으로는 '북방에서' , '흰 바람 벽이 있어' , '여우난곬족' 등이 있다.

● **작품 만나기**

　1936년 "조선일보"에 수록된 '팔원' 은 지은이가 평안북도 영변군 팔원면 부근을 지나다가 겪은 일을 쓴 작품이다. 1행에서 12행까지는 직접 목격한 것을 썼고, 13행에서 16행까지는 말하는 이가 추측한 내용을 쓴 것이다.

　말하는 이는 버스 안에서 본 어린 여자아이의 부르튼 손을 통해 그동안 여자아이가 힘들고 거친 일을 해 왔다는 것을 알게 된다. 이것은 '추운 아침에도 손이 꽁꽁 얼어서 / 찬물에 걸레를 쳤을 것이다.' 라고 추측하는 근거가 된다. 또 삼백오십 리나 떨어진 묘향산 어디쯤에 삼촌이 산다는 여자아이의 이야기를 통해 먼 곳에 사는 친척 집이나 또 다른 남의 집으로 일을 하러 간다는 것을 알 수 있다. 비슷한 또래의 어린아이들과 일본인 어른이 배웅하는 것을 보며 여자아이가 눈물을 흘리는 장면은 이 작품의 비극성을 극대화시킨다. 어린 여자아이의 모습은 비단 그 아이뿐만 아니라 일제 강점기를 살아가는 우리 민족의 비극적 모습을 담고 있기 때문이다.

● **핵심 만나기**

갈래	자유시, 서정시
성격	서정적, 애상적
제재	승합자동차에서 본 어린 여자아이
주제	일제 강점기의 우리 민족의 비애와 고단한 삶
특징	• 승합자동차 안팎의 상황을 사실적으로 묘사함. • 어린 여자아이의 삶을 말하는 이의 상상과 추측으로 표현함.

● '팔원'의 시상 전개

1~3행	이른 아침 텅 빈 승합자동차에 오르는 여자아이
4~12행	먼 곳의 삼촌을 찾아가며 우는 여자아이
13~16행	여자아이의 힘겨운 삶에 대한 말하는 이의 추측

● '팔원'의 사실과 추측

사실 (여자아이의 모습)	진진초록 새 저고리를 입음. → 새로운 곳에 가기 위해 옷을 말끔하게 차려입음.
	밭고랑 같은 손잔등 → 힘들고 고단한 삶을 의미함.
	묘향산 어디에서 사는 삼촌을 찾아 삼백오십 리 떨어진 자성으로 간다고 함. → 먼 곳의 삼촌 댁이나 또 다른 곳으로 일을 하러 감(불안한 미래).
	창밖에서 어린아이들과 일본인 주재소장이 배웅하는 것을 봄. → 말하는 이가 여자아이의 삶을 추측할 수 있게 됨.
	눈물을 흘림. → 자신의 처지에 대한 서글픔(일제 강점기를 살아가는 우리 민족의 아픔으로 확대됨)
추측 (여자아이의 삶)	말하는 이가 어린 여자아이의 삶을 추측함. → 일본인 주재소장 집에서 일을 하며 고생스러운 삶을 살았을 것임.

● 이 시에서 '어린 계집아이'의 지난 삶을 추측할 수 있는 시구를 찾아 써 보자.

● 책 이름(출판사)　　　　　　　● 지은이

● 인상 깊은 내용과 그 이유

● 읽고 난 후의 생각이나 느낌

✏ 낯선 사람에게서 깊은 인상을 받았던 경험을 떠올려 보자.

초토의 시 1

구상

판잣집 유리딱지에
전쟁의 비참한 잔재
아이들 얼굴이

불타는 해바라기마냥 걸려 있다.
아이들의 천진함. → 전쟁의 비극을 강조

1연 전쟁의 비참함과 대조되는 아이들의 천진한 모습

내려쪼이던 햇발이 눈부시어 돌아선다.

나도 돌아선다.

『울상이 된 그림자 나의 뒤를 따른다.』
전쟁의 상처　『 』: 말하는 이의 비애

2연 현실에서 느끼는 비애

어느 접어든 골목에서 걸음을 멈춘다.

잿더미가 소복한 울타리에
전쟁의 비극
개나리가 망울졌다.
밝고 긍정적인 이미지

3연 개나리를 보고 희망을 느낌.

저기 언덕을 내려 달리는
삶에 대한 희망
『소녀의 미소엔 앞니가 빠져
밝고 긍정적인 이미지
죄 하나도 없다.』
『 』: 전쟁과는 무관한 소녀의 순진한 모습

4연 소녀의 미소에서 희망을 발견함.

나는 술 취한 듯 흥그러워진다.
마음에 여유가 생기고 흥겹다.
그림자 웃으며 앞장을 선다.
말하는 이의 심리 변화(비애 → 희망)

5연 앞날에 대한 희망을 느낌.

* 초토: 불에 타서 검게 그을린 땅.

* 망울지다: 망울이 생기다.

* 흥그럽다: 흥이 나서 마음이 들뜬 상태에 있다.

구상 선생 기념 사업회를 방문하여 구상의 생존 모습, 대표 작품 등을 읽
어 보며 작품에 대한 배경지식을 얻어 보자.

⊙ 작가 만나기

구상(1919~2004) 함경남도 문천에서 태어났으며, 1946년 원산 문학가 동맹의 동인지 시집인 "응향"에 '밤', '여명도', '길' 등의 시를 발표했다. 그러나 1947년 '여명도', '길' 등의 작품 때문에 반동 작가로 비판을 받자 월남했다.

한때 종군 시인으로 활동했으며, 사회의 부정과 불의, 부조리를 고발하고 자기 참회와 구원이라는 기독교 신앙을 바탕으로 하여 많은 시를 썼다. 1957년 서울특별시 문화상과 대한민국 문학상을 수상했다. 저서로는 시집 "구상", "초토의 시" 등이 있다.

⊙ 작품 만나기

'초토의 시 1'은 한국 전쟁의 비극적 체험을 바탕으로 하여 쓴 연작시 '초토의 시' 15편 중 첫 번째 작품이다. 이 시에서 '초토'란 전쟁으로 황폐해지고 폐허로 변한 우리의 국토를 의미한다. 또한 전쟁이라는 비극을 경험한 인간 정신의 상태를 가리키고, 생명이나 희망이 없는 공간을 상징한다.

그러나 아무것도 남지 않은 이 초토에서 말하는 이는 천진한 소녀의 미소와 봄을 상징하는 개나리를 통해 앞날의 희망을 다시 발견하고 있다. 전쟁 이후 초토화된 절망과 암흑의 땅에도 전혀 어울릴것 같지 않은 '밝음'과 '희망'이 있음을 말하는 것이다.

지은이는 이 시에서 국토 분단과 동족상잔의 비참한 현실을 비판하면서도 전쟁의 상흔을 치료할 수 있는 참다운 인간성의 회복을 소망하고 있다.

⊙ 핵심 만나기

갈래	자유시, 서정시
성격	상징적, 민족적, 인도적
제재	한국 전쟁, 초토
주제	전쟁의 상흔을 극복하고자 하는 소망과 의지
특징	• 대조적 이미지로 전쟁의 비극성을 부각시킴. • '그림자'를 통해 말하는 이의 심리 변화를 나타냄.

1연	전쟁의 비참한 모습과 대조되는 아이들의 천진한 모습
2연	희망을 받아들일 수 없는 현실에서 느끼는 비애
3연	개나리가 망울진 것을 보고 희망을 느낌.
4연	소녀의 순진한 미소에서 희망을 발견함.
5연	앞날에 대한 희망을 느낌.

◉ '비극'과 '희망'의 대조

- 전쟁의 비극성을 상징하는 시어: 판잣집, 잿더미
- 희망을 나타내는 시어: 개나리, 소녀의 미소

◉ '그림자'의 역할

'그림자'는 말하는 이의 심리 상태를 그려 볼 수 있는 중요한 매개체이다. 2연의 '울상이 된 그림자 나의 뒤를 따른다.'에서 그림자는 나라의 비참한 현실에 상처 받고 슬퍼하는 말하는 이의 심리를 나타낸다. 이때의 그림자는 앞서가지 못하고 뒤로 처져서 따라온다. 그러나 3연, 4연에서 '개나리'와 '소녀의 미소'를 보고 말하는 이의 심리는 밝고 긍정적으로 변한다. 그리하여 5연에서 '그림자 웃으며 앞장을 선다.'고 함으로써 심리 상태가 '희망'으로 옮겨 갔음을 말하고 있다. 이는 새로운 삶에 대한 희망을 가지고 힘차게 나아감을 뜻하는 것이다.

❶ 이 시의 배경에 대해 생각해 보자.

❷ 이 시에서 '소녀의 미소', '개나리'와 대조가 되는 시어들을 생각해 보자.

● 책 이름(출판사)　　　　　　　　　　● 지은이

● 인상 깊은 시구와 그 이유

● 읽고 난 후의 생각이나 느낌

이 시를 읽고 '전쟁'에 대한 자신의 생각을 자유롭게 써 보자.

북에서 온 어머님 편지

김규동

『꿈에 네가 왔더라.』 『 』: 현실에서는 만날 수 없는 안타까움 강조
아들(듣는 이로 설정)
『스물세 살 때 훌쩍 떠난 네가

마흔일곱 살 나그네 되어』 『 』: 분단 이후 시간의 흐름을 나타냄.

네가 왔더라.

살아생전에 만나라도 보았으면

허구한 날 근심만 하던 네가 왔더라. 1~6행 꿈에 찾아온 아들

너는 울기만 하더라.
아들의 자책과 죄의식을 나타냄.
내 무릎에 머리를 묻고
어머니(말하는 이로 설정)
한마디 말도 없이

어린애처럼 그저 울기만 하더라.

목 놓아 울기만 하더라. 7~11행 아들의 자책

네가 어쩌면 그처럼 여위었느냐.

멀고 먼 날들을 죽지 않고 살아서

네가 날 찾아 정말 왔더라. 12~14행 어머니의 슬픔과 걱정

너는 내게 말하더라.

다신 어머니 곁을 떠나지 않겠노라고
떨어져 산 시간에 대한 안타까움.

눈물 어린 두 눈이

그렇게 말하더라 말하더라.

* 허구하다: 날, 세월 따위가 매우 오래다.

김규동(1925~2011) 함경북도 종성에서 태어났으며, 1948년 김일성 종합 대학을 중퇴하고 스승인 시인 김기림을 찾아 혼자 월남했다. 3년을 기약하고 내려왔지만 한국 전쟁으로 고향으로 돌아가지 못했다.

1948년 "예술 조선"에 시 '강' 이 입선되어 등단했으며, "후반기"의 동인으로 활동했다. 1959년 자유 문인 협회상을 수상했으며, 민족 문학 작가회의 고문을 역임했다. 저서로는 시집 "나비와 광장", "현대의 신화", "죽음 속의 영웅", "깨끗한 희망", "하나의 세상", "오늘밤 기러기떼는" 등이 있다.

● 작품 만나기

'북에서 온 어머님 편지' 는 꿈에서 고향에 돌아온 아들을 만난 어머니의 편지글을 그대로 옮겨 놓은 듯한 시로, 남북 분단으로 헤어질 수밖에 없는 우리 민족의 애환을 담은 작품이다. 꿈은 현실이 될 수도 있지만 이 시에서의 꿈은 현실적으로 불가능한 소망을 의미한다. 꿈속이 아니면 이루어질 수 없는 바람이라는 의미에서 이산가족으로 헤어져 살던 아들과 어머니의 만남이 그려진 것이다.

지은이의 자전적 시라고도 알려진 이 시에서는 떠나온 고향에 대한 그리움이 얼마나 깊은지 느낄 수 있다. 지은이는 아들의 입장에서 어머니의 근심과 슬픔이 얼마나 클지 짐작하고 어머니에게 그런 슬픔을 안긴 자신의 불효를 자책하고 있다.

이 시는 개인의 슬픔을 통해서 민족 전체의 슬픔과 역사를 나타내고 있으며, 궁극적으로는 통일을 염원하고 있다.

● 핵심 만나기

갈래	자유시, 서정시
성격	회상적, 독백적
제재	한국 전쟁 이후 남북 분단의 상황
주제	남북 분단으로 만나지 못하는 이산가족의 그리움
특징	• 종결 어미 '~더라'를 반복함으로써 운율을 형성함. • 반복법을 사용하여 애절한 심정을 표현함.

● '말하는 이'와 '듣는 이'가 처한 상황

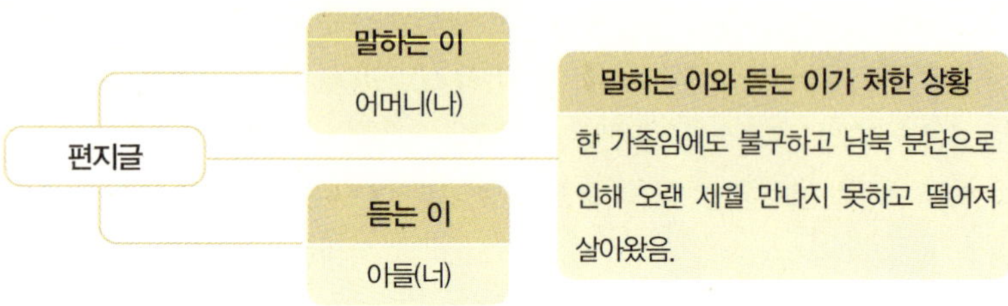

● '꿈'의 의미

'북에서 온 어머님 편지'에서의 '꿈'의 의미는 현실적으로 이루어질 수 없는 불가능한 소망을 의미하고 있다. 말하는 이(나)는 꿈속에서 아들(너)이 돌아와 만났다고 하지만, 이것은 꿈이 아니면 성취될 수 없는 일이다. 실제로 수많은 실향민들이 고향을 그리워하지만 직접 가 보지는 못하고 꿈에서라도 고향에 계신 부모형제를 만나기를 바라는 심정을 나타낸 것이다. 따라서 '꿈'은 말하는 이의 소망이 얼마나 간절한지를 보여 주는 상징적인 시어라 할 수 있다.

● 말하는 이를 '어머니'로 설정한 이유

이 시의 제목은 '북에서 보낸 어머님 편지'이다. 북한에 있는 어머니가 남한에 있는 아들에게 편지를 보낸 것이다. 따라서 말하는 이는 어머니이고, 듣는 이는 아들이다. 지은이가 자신의 애틋함을 어머니에게 이입시켜 전달하고자 한 까닭은 자신의 슬픔보다 몇 갑절 깊은 어머니의 슬픔을 직접적으로 표현하기 위해서이다.

❶ 이 시에서 말하는 이가 누구인지 생각해 보자.

❷ 이 시에서 '꿈'이 의미하는 바를 생각해 보자.

● 책 이름(출판사)　　　　　　　● 지은이

● 인상 깊은 시구와 그 이유

● 읽고 난 후의 생각이나 느낌

남북 분단으로 이산가족이 된 사람들에게 위로의 글을 써 보자.

봄은

신동엽

봄은
<u>통일</u>
남해에서도 북녘에서도
<u>외세</u>　　<u>외세</u>
오지 않는다.

『너그럽고

빛나는』　『』: 봄의 속성

봄의 그 눈짓은,
<u>통일의 기운</u>
제주에서 두만까지
<u>우리나라 전체를 비유적으로 이르는 말</u>
우리가 디딘

아름다운 논밭에서 움튼다.

겨울은,
<u>분단</u>
바다와 대륙 밖에서
<u>외세</u>　　<u>외세</u>
그 매서운 눈보라 몰고 왔지만
<u>분단의 고통</u>
이제 올

너그러운 봄은, 삼천리 마을마다
<u>우리나라 전체를 비유</u>

우리들 가슴속에서
통일의 주체
움트리라.

움터서,

강산을 덮은 그 미움의 쇠붙이들
군사적 대립과 긴장
눈 녹이듯 흐물흐물

녹여 버리겠지.

* 움트다: 기운이나 생각 따위가 새로이 일어나다.

● 작가 만나기

신동엽(1930~1969) 충청남도 부여에서 태어났으며, 1959년 "조선일보" 신춘문예에 장시 '이야기하는 쟁기꾼의 대지' 가 '석림(石林)' 이라는 필명으로 당선되면서 등단했다. 이후 '아사녀', '금강' 등 현실에 대한 역사의식과 민족의식을 바탕으로 한 시들을 발표했다. 민족의 고통을 전제로 한 참여시와 분단 조국의 현실적 문제에 관심을 가진 서정시와 서사시를 주로 썼다.

주요 작품으로는 '껍데기는 가라', '산에 언덕에' 등이 있고, 시집으로는 "아사녀", "누가 하늘을 보았다 하는가", "금강" 등이 있다.

● 작품 만나기

1968년 "한국일보"에 실린 '봄은' 은 남과 북으로 갈라져 있는 우리 민족의 현실을 안타까워함과 동시에, '봄' 과 '겨울' 이라는 계절의 상징성을 이용해 통일에 대한 뜨거운 염원을 노래하고 있다.

말하는 이는 우리나라가 남과 북으로 분단된 것은 외세에 원인이 있다고 밝히며, 통일의 주체는 외세가 아니라 우리 민족이 되어야 함을 강조하고 있다. '눈보라' 는 분단의 고통을, '바다' 와 '대륙 밖' 은 외세를 뜻하며, '봄' 은 통일을 뜻한다. 말하는 이는 3연에서 통일은 마땅히 우리 땅에서 움터야 한다는 해결책을 제시하고, 4연에서 남과 북이 미움의 쇠붙이들, 즉 군사적 대립과 긴장이 사라진 하나의 민족으로 다시 우뚝 서기를 간절히 소망하고 있다.

● 핵심 만나기

갈래	자유시, 현실 참여시
성격	참여적, 희망적, 의지적
제재	봄(통일)
주제	자주적이고 평화적인 통일에 대한 염원
특징	• '봄' 과 '겨울' 의 대립적이고 상징적인 이미지로 시상을 전개함. • 단정적 어조로 말하는 이의 확고한 믿음과 의지를 표현함.

● 긍정적 시어와 부정적 시어

긍정적 시어	봄	진정한 통일, 화해의 시대
	제주에서 두만까지, 아름다운 논밭, 삼천리 마을, 강산	우리나라, 우리 국토
	봄의 그 눈짓	통일의 기운
부정적 시어	겨울	분단의 현실, 냉전의 시대
	남해, 북녘, 바다, 대륙 밖	외세
	매서운 눈보라	분단의 고통
	미움의 쇠붙이	남북의 군사적 대립과 긴장

● '봄은'의 시대적 배경

• 한반도를 둘러싼 외부 세력에 의해 남과 북으로 분단되었다.
• 남북의 군사적 대립과 긴장의 상태가 지속되고 있다.

● '봄'과 '겨울'의 의미

'봄'이 따스함, 생명력, 새로움을 상징하는 긍정적 시어라면 '겨울'은 차가움, 죽음, 시련, 고난을 상징하는 부정적 시어이다. '봄'과 '겨울'이라는 대립적 이미지로 전개되는 이 시에서 '겨울'은 현재 우리 민족의 분단 상황이다. '봄'은 우리 민족이 이루어야 할 절대적 과제인 '통일'을 말한다. 말하는 이가 바라는 이 통일은 외세의 힘을 빌리지 않는 우리 민족의 자주적이고 평화적인 통일이다.

❶ 이 시에서 '봄'과 '겨울'이 상징하는 것을 생각해 보자.

❷ 이 시에서 말하는 이가 궁극적으로 바라는 것이 무엇인지 생각해 보자.

● 책 이름(출판사)　　　　　　　　● 지은이

● 인상 깊은 시구와 그 이유

● 읽고 난 후의 생각이나 느낌

이 시를 읽고 지은이가 기다리는 '봄'과 '통일'의 공통점을 써 보자.

동서남북

김광규

봄에는 연녹색 물결 북쪽으로

북쪽으로 퍼져 올라간다.

철조망도 군사 분계선도 『거리낌 없이

북상한다.』『 』: 분단 현실에 대한 극복 의지

산맥을 넘고

들판을 지나서

진달래도 개나리도 월북한다.

여름이면 뻐꾸기 노랫소리

개구리 우는 소리

어디서나 똑같다.
남북이 하나임을 강조

가을에는 황금빛 물결 남쪽으로

남쪽으로 퍼져 내려온다.

비무장 지대도 민통선도 거리낌 없이

남하한다.

강을 건너고

계곡을 지나서

코스모스도 단풍도 월남한다.

겨울이면 시원한 동치미 맛

얼큰한 해장국 맛

어디서나 똑같다.

『동서남북 가리지 않고

온 세상을 하나로

하얗게 뒤덮는 눈보라

아무도 막을 수 없다.』

11~17행 남하하는 가을의 빛깔

18~24행 남북 어디나 똑같은 겨울의 모습

『 』: 통일에 대한 간절한 염원

[ ]: 우리나라의 분단 현실을 나타내는 시어

* 군사 분계선: 전쟁 중인 쌍방의 협정에 따라 설정한 군사 활동의 한계선.

* 북상: 북쪽을 향하여 올라감.

* 월북: 삼팔선 또는 휴전선의 북쪽으로 넘어감.

* 비무장 지대: 군사 시설이나 인원을 배치해 놓지 않는 곳을 통틀어 이르는 말.

* 민통선: 민간인 출입 통제선.

● 작가 만나기

김광규(1941~) 서울에서 태어났으며, 1975년 "문학과 지성"에 시 '유무', '영산', '시론' 등을 발표하면서 등단했다. 1979년에 첫 시집인 "우리를 적시는 마지막 꿈"을 발표한 이후, 시집 "반달곰에게", "아니다 그렇지 않다", "크낙산의 마음", "좀팽이처럼", "가진 것 하나도 없지만", "처음 만나던 때", "시간의 부드러운 손" 등을 계속 발표했다. 평범한 일상을 소재로 하여 시의 형식이나 상징, 비유 등을 많이 배제해 '일상시'라는 새로운 영역을 개척했다. 녹원 문학상, 오늘의 작가상, 김수영 문학상, 이산 문학상 등을 수상했다.

● 작품 만나기

'동서남북'은 남과 북으로 분단되어 있는 우리나라의 현실과 통일에 대한 지은이의 염원을 나타낸 작품이다. 특히 '군사 분계선', '비무장 지대', '민통선'과 같이 우리나라의 분단 현실을 직접적으로 드러낸 시어들을 사용함으로써 우리나라가 처한 시대 상황을 곧바로 파악할 수 있다.

이 시에서는 사계절의 변화에 따라 남과 북의 자연이 똑같이 변화하는 것을 통해 남과 북이 본래 하나임을 효과적으로 드러내고 있다. 자연 현상이 북에서 남으로, 남에서 북으로, 동에서 서로, 서에서 동으로 거리낌 없이 옮겨 가듯, 민족의 통일도 철조망이나 민통선으로 가로막지 못하고 자연의 순리처럼 언젠가는 이루어진다는 것이다.

● 핵심 만나기

갈래	자유시, 서정시
성격	의지적, 참여적
제재	남북으로 분단된 우리나라의 상황
주제	남과 북이 통일되기를 바라는 마음
특징	• 사계절의 순서에 따라 시상을 전개하고 있음. • '군사 분계선', '비무장 지대', '민통선' 등의 시어를 통해 구체적인 시대 상황을 묘사하고 있음.

구분	계절	시의 표현	시상의 전개
1~7행	봄	연녹색 물결 북쪽으로 / 퍼져 올라간다.	봄이 되면 꽃들의 개화가 북상하는 것을 묘사함.
8~10행	여름	뻐꾸기 노랫소리 / 개구리 우는 소리 / 어디서나 똑같다.	남북 어디서나 똑같은 여름의 소리들을 통해 남북이 하나라는 것을 강조
11~17행	가을	• 황금빛 물결 • 코스모스도 단풍도 월남한다.	남북의 경계가 사라지고 한반도가 똑같이 가을빛으로 물드는 모습
18~24행	겨울	시원한 동치미 맛 / 얼큰한 해장국 맛 / 어디서나 똑같다.	남북 어디서나 똑같이 먹는 겨울 음식과 세상을 하나로 뒤덮는 눈보라를 통해 남북이 하나임을 강조

● 문학과 현실과의 관계

• 문학은 현실을 토대로 구성되며 현실을 반영한다. 즉, 지은이는 자신의 세계관으로 실제 현실을 바라보고, 이를 바탕으로 작품 속에서 새로운 세계를 재구성하는 것이다.

• '동서남북'은 남북 분단이라는 현실을 소재로 한 작품이다. 이 시에서 말하는 이는 '군사 분계선', '비무장 지대'와 같은 우리의 분단 현실을 드러내고, '거리낌 없이 북상한다.'와 같은 표현을 통해 분단 상황을 극복하고자 하는 강한 의지를 드러내고 있다.

● 이 시에서 파악할 수 있는 말하는 이의 소망을 생각해 보자.

● 책 이름(출판사)　　　　　　　　　● 지은이

● 인상 깊은 시구와 그 이유

● 읽고 난 후의 생각이나 느낌

✎ 이 시를 읽고 우리 민족이 왜 통일을 이루어야 하는지 자신의 생각을 자유롭게 써 보자.

껍데기는 가라

신동엽

껍데기는 가라.
허위, 비리, 불의
4월도 알맹이만 남고
순수한 정신
껍데기는 가라.

1연 ▸ 4 · 19 혁명의 순수한 정신 추구

껍데기는 가라.

동학년 곰나루의, 그 아우성만 살고
동학 농민 운동의 진원지   숭고한 정신
껍데기는 가라.

2연 ▸ 동학 농민 운동의 숭고한 정신 추구

그리하여, 다시
강조
껍데기는 가라.

이곳에선, 두 가슴과 그곳까지 내논
한반도   허위와 가식을 벗은 순수한 모습
아사달 아사녀가
순수한 우리 민족을 상징
*중립의 초례청 앞에 서서
이념을 뛰어넘은 화합의 장
부끄럼 빛내며
순수한 아름다움.
맞절할지니.
민족의 통일과 화합

3연 ▸ 민족의 화합과 통일에 대한 소망

껍데기는 가라.

한라에서 백두까지
　　　우리나라
향그러운 흙가슴만 남고
　　　　순수하고 깨끗한 민족애
그, 모오든 쇠붙이는 가라.
전쟁, 외세, 부정한 권력 등 통일을 가로막는 요인

■4연■ 분단 현실의 극복에 대한 소망

* 중립: 어느 편에도 치우치지 않고 공정하게 처신함.

* 초례청: 전통 혼례를 치르는 장소.

● **작가 만나기**

신동엽(1930~1969) 충청남도 부여에서 태어났으며, 1959년 "조선일보" 신춘문예에 장시 '이야기하는 쟁기꾼의 대지' 가 '석림(石林)' 이라는 필명으로 당선되면서 등단했다. 이후 '아사녀', '금강' 등 현실에 대한 역사의식과 민족의식을 바탕으로 한 시들을 발표했다. 민족의 고통을 전제로 한 참여시와 분단 조국의 현실적 문제에 관심을 가진 서정시와 서사시를 주로 썼다.

주요 작품으로는 '껍데기는 가라' , '산에 언덕에' 등이 있고, 시집으로는 "아사녀", "누가 하늘을 보았다 하는가", "금강" 등이 있다.

● **작품 만나기**

'껍데기는 가라' 는 우리 민족의 여러 역사적 사건들 속에서 '껍데기' 로 상징되는 허위와 비리, 불의는 사라지고 순수한 정신으로 상징되는 '알맹이' 만 남기를 바라는 마음을 단호한 어조로 표현한 작품이다.

이 시에서 '4월' 과 '동학년' 은 우리 현대사에 있어 중요한 사건인 4 · 19 혁명과 동학 농민 운동을 의미한다. 이 사건들이 민주와 자유를 지향한 운동이었다는 점으로 미루어 볼 때, '알맹이' 와 '아우성' 은 순수한 민주화의 열망, 민중의 정의 등을 상징한다. 하지만 시간이 흐르면서 이러한 순수와 정의는 퇴색되고, 부정과 허위가 순순한 정신을 탄압하고 있다. 따라서 지은이는 이러한 '껍데기' 를 몰아내고 이 땅에 다시금 순수한 마음과 순결한 정신만이 남아 민족의 화합과 평화 통일을 이루어 내기를 간절히 소망하고 있다.

● **핵심 만나기**

갈래	자유시, 서정시, 참여시
성격	저항적, 의지적, 현실 참여적, 직설적
제재	외세와 독재에서 탈피해야 할 민족 현실
주제	순수한 삶이 보장되는 민주 사회에 대한 열망 / 민주주의 실현과 통일
특징	• 동일한 구절의 반복과 직설적 표현을 통해 주제를 강조함. • 상징적이고 대립적인 이미지의 시어를 통해 시적 긴장감 조성 • 명령적 종결 어미의 반복으로 말하는 이의 의지를 강조함.

● '껍데기는 가라'의 시상 전개

1연	4 · 19 혁명의 순수한 정신 추구
2연	동학 농민 운동의 숭고한 정신 추구
3연	민족의 화합과 통일에 대한 소망
4연	분단 현실의 극복에 대한 소망

● 시어의 상징적 의미

껍데기	거짓, 허위, 가식, 외세 및 반민족 세력 등의 부정적 의미
알맹이	진실, 순수, 민중에 기반한 민족정신 등 말하는 이가 지향하는 긍정적 의미
향그러운 흙가슴	한반도의 평화 통일을 가능하게 하는 본질적인 것, 순수한 것을 상징. 인류의 평화와 순결 등 따뜻한 휴머니즘의 정서를 지님.
쇠붙이	민족의 통일을 가로막는 장애 요인. 무력이나 냉전 이데올로기를 가리키며 딱딱하고 차가운 죽음의 정서를 지님.

● '껍데기는 가라'의 명령적 어조

전체 17행 가운데 '껍데기는 가라'라는 구절이 6행을 차지할 정도로 이 시의 주제 의식은 명확하고 단호하다. 힘찬 남성의 목소리로 '가라'와 같은 명령적 어조를 반복함으로써 지은이의 강한 의지를 드러내고 있다. 강한 명령의 반복은 지속적인 긴장감을 줄 뿐만 아니라 운율을 형성하고 형식의 완결성에 기여함으로서 주제를 한 곳으로 집중시킨다.

❶ 이 시에서 '쇠붙이'가 상징하는 것을 생각해 보자.

❷ '두 가슴과 그곳까지 내논 / 아사달 아사녀'가 어떤 의미인지 생각해 보자.

● 책 이름(출판사)　　　　　　　　　● 지은이

● 인상 깊은 시구와 그 이유

● 읽고 난 후의 생각이나 느낌

내가 가진 것을 '껍데기'와 '알맹이'로 나누어 보고 그렇게 생각한 이유를 써 보자.

우리나라 꽃들에겐

김명수

우리나라 꽃들에겐
민중의 삶을 통찰하게 하는 매개체
설운 이름 너무 많다.
서러운 민중의 삶
이를테면 코딱지꽃 앉은뱅이 좁쌀밥꽃

『건드리면 끊어질 듯

바람 불면 쓰러질 듯』 『 』: 힘없고 연약한 민중의 삶

아, 그러나 그것들 일제히 피어나면

우리는 그날을 새봄이라 믿는다.
민중의 삶이 온전해지는 시대

1연 서러운 이름의 꽃들이 새봄을 맞길 소망함.

우리나라 나무들엔
민중의 삶을 통찰하게 하는 매개체
아픈 이름 너무 많다.
아프고 한스러운 민중의 삶
이를테면 쥐똥나무 똘배나무 지렁쿠나무

『모진 산비탈

바위틈에 뿌리내려』 『 』: 열악하고 혹독한 환경 속에서 살아가는 민중

아, 그러나 그것들 새싹 돋아 잎 피우면

얼어붙은 강물 풀려

서러운 봄이 온다.
서럽고 아픈 삶을 살면서 맞이한 봄

2연 아픈 이름의 나무들이 봄을 맞길 소망함.

　김명수(1945~　) 경상북도 안동에서 태어났으며, 1997년 "서울신문" 신춘문예에 시 '월식' 이 당선되면서 등단했다. 절제된 문장이 돋보이는 뛰어난 서정시를 많이 발표했다. 저서로는 시집 "월식", "하급반 교과서", "침엽수 지대", "바다의 눈", "아기는 성이 없고", "피뢰침과 심장" 등이 있다. 동화집으로는 "해바라기 피는 계절", "엄마 닮은 엄마가 없어요" 등이 있다. 신동엽 창작상, 오늘의 작가상, 만해 문학상, 해양 문학상 등을 수상했다.

● 작품 만나기

　'우리나라 꽃들에겐' 에서 말하는 이는 우리나라에 피는 꽃과 나무들을 애정 어린 시선으로 바라본다. 그런데 이러한 꽃과 나무들은 모두 이름에서부터 존재의 의미를 드러낸다. 예를 들어 '코딱지꽃' 은 보잘것없는 존재, '앉은뱅이' 는 장애를 지닌 존재, '좁쌀밥꽃' 은 크기도 작고 연약한 존재이다. 그런데 말하는 이는 이렇게 연약하고 하찮은 존재 같아도 이들이 있기에 '새봄' 이 오는 것이라고 한다.

　'건드리면 끊어질 듯 / 바람 불면 쓰러질 듯' 나약하게만 보이지만, '모진 산비탈 / 바위틈에 뿌리내려' 온갖 어려움을 이겨 내고 '봄' 을 맞이하는 꽃과 나무에서 민중의 모습을 발견할 수 있다. 말하는 이는 꽃과 나무가 바람을 견디고 모진 산비탈에 뿌리내리듯, 민중들도 고통과 괴로움을 이겨 내고 행복과 기쁨이 가득한 새봄을 맞이하길 소망하고 있다.

● 핵심 만나기

갈래	자유시, 서정시
성격	애상적, 서정적, 의지적
제재	우리나라의 꽃과 나무
주제	서러움을 안고 살아온 민중의 삶
특징	• 꽃과 나무에 붙여진 이름을 통해 소외된 민중의 삶을 바라봄. • 시구의 반복과 변주를 통해 운율을 형성함.

● 운율을 형성하는 반복과 변주

반복	• '우리나라 ~에겐 ~이름 너무 많다.'가 반복됨. • '이를테면' 뒤에 사물들이 나열되는 구조가 반복됨. • '아, 그러나 그것들 ~면 ~다.'가 반복됨.
변주	• 변주는 원래 음악에서 사용하는 용어로, 어떤 주제를 바탕으로 선율, 리듬, 화성 따위를 여러 가지로 변형하여 연주하는 것을 뜻함. • 1연과 2연에서 문장 구조는 동일하게 반복시키면서 그 안에 사용한 시어에 변화를 주고 있음. • 변주를 통해 민중에 어려운 삶을 다양한 면에서 제시하고, 정서를 심화시킴.

● 민중의 끈질긴 생명력

　이 시에서 제재로 사용되는 꽃은 '설운 이름'을 가졌고, 나무는 '아픈 이름'을 가졌다. 이름에서 느껴지는 보잘것없음, 온전하지 못함, 작고 연약함, 소외됨 등의 정서는 민중들이 살아온 삶을 그대로 보여 준다. 그러나 이토록 연약하고 나약한 존재인 민중들은 현실에 굴복하지 않고, 억압을 극복하는 강인한 생명력을 지니고 있다. 이 시에서는 그런 민중들을 바라보는 지은이의 따뜻한 시선을 느낄 수 있다. 이 시와 더불어 민중들의 삶을 자연에 비유한 시로는 김수영의 '풀', 이성부의 '벼', 이용악의 '두만강 너 우리의 강아' 등이 있다.

❶ 이 시에서 '코딱지꽃', 앉은뱅이', '좁쌀밥꽃' 등은 무엇을 빗대어 표현한 것인지 생각해 보자.

❷ 이 시의 1연에 있는 '새봄'이 의미하는 것을 생각해 보자.

● 책 이름(출판사)　　　　　　　● 지은이

● 인상 깊은 시구와 그 이유

● 읽고 난 후의 생각이나 느낌

✎ 이 시를 읽고 '우리나라 청소년들에겐' 이라는 제목으로 모방시를 써 보자.

오라, 이 강변으로

홍윤숙

오라 이 강변으로
우리는 하나, 만나야 할 한 핏줄
마침내 손잡을 그날을 기다린다.

그날이 오면 『끊어진 허리

동강난 세월들』 씻은 듯 나으리라
너의 주름과 나의 백발도
이 땅의 아름다운 꽃이 되리라
오늘도 여기 서서 너를 기다린다.

● 작가 만나기

　홍윤숙(1925~) 황해도 연백에서 태어났으며, 1947년 "문예신보"에 '가을' 을, 1948년 '신천지' 에 '낙엽의 노래' 를 발표하면서 등단했다. 저서로는 시집 "여사 시집", "풍차", "장식론", "일상의 시계 소리", "타관의 햇살", "하지제", "사는 법", "태양의 건넛마을", "짧은 밤에 긴 시를", "지상의 그 집" 등을 발표했다. 한국 시인 협회상, 대한민국 문화 예술상 등을 수상했다.

● 작품 만나기

　'오라, 이 강변으로' 는 한국 전쟁으로 인해 국토가 두 동강이 난 우리나라의 현실을 소재로 하여 쓴 작품이다. 말하는 이는 '우리는 하나, 만나야 할 한 핏줄' 이라는 표현을 통해 남과 북이 한민족임을 강조하고, 민족의 아픈 역사의 현장인 '강변' 에서 통일을 간절히 기다리고 있음을 말하고 있다. 1연의 '오라, 이 강변으로' 에서는 명령적 어조를 통해 말하는 이의 통일에 대한 의지를 더욱 강조하면서 주제를 부각시킨다.

　이 시에서 '너' 는 분단된 조국에서 남과 북으로 갈라져 살고 있는 우리 동포, 민족을 나타낸다. 또 '강변' 은 과거에는 이별의 장소였으나 이제는 재회의 장소이며, 환희에 찬 기쁨의 장소로 해석할 수 있다. 오랜 세월 남과 북으로 갈라져서 고통과 시련의 시간을 보낸 한민족이 재회하여 드디어 아름다운 꽃, 즉 통일의 기쁨을 만끽하는 장소가 강변인 것이다.

● 핵심 만나기

갈래	자유시, 서정시
성격	격정적, 단정적
제재	통일, 분단된 조국
주제	통일에 대한 간절한 염원
특징	• 일상에서 쉽게 접하는 상징적 소재를 통해 주제를 형상화함. • 명령적 어조와 단정적 어조로 말하는 이의 의지와 통일의 당위성을 강조함.

● '강변'의 의미

이별의 현장
• 분리의 공간
• 민족 분단으로 인한 아픔과 슬픔의 현장

➡

만남의 현장
• 화합의 공간
• 남북 통일로 인한 환희에 찬 만남의 현장

● '오라, 이 강변으로'의 짜임

구분	내용	의미
1~3행	'너'와 만날 '그날'을 기다림.	통일을 기다림.
4~7행	'그날'에 대한 염원	통일에 대한 염원
8행	'너'와의 만남을 향한 의지	통일을 향한 의지

● '오라, 이 강변으로'의 주요 시구 풀이

- 끊어진 허리: 남과 북이 분단된 현실을 의미한다.
- 동강 난 세월: 이념 때문에 남북으로 갈라져 살아야 했던 시간을 의미한다.
- 주름, 백발: 한민족이 이산으로 겪어야 했던 고난과 시련, 근심과 걱정을 의미한다. '꽃'과 대조를 이룬다.
- 꽃: 통일의 그날에 기쁨과 사랑과 평화로운 삶을 누리게 되리라는 의미이다. '주름', '백발'과 대조를 이룬다.

❶ 이 시에서 말하는 이가 '너'를 만나려고 하는 이유를 생각해 보자.

❷ 이 시에서 '주름', '백발'과 대조가 되는 시어를 생각해 보자.

● 책 이름(출판사)　　　　　　　　● 지은이

● 인상 깊은 시구와 그 이유

● 읽고 난 후의 생각이나 느낌

이 시에서 '강변'이 의미하는 것을 써 보자.

의자 7

조병화

지금 어드메쯤

아침을 몰고 오는 분이 계시옵니다.
새로운 시대를 여는 사람
그분을 위하여
존칭
묵은 이 의자를 비워 드리지요.
시대의 주역이 되는 자리

1연 역사 인식과 세대교체

지금 어드메쯤

아침을 몰고 오는 어린 분이 계시옵니다.
새로운 세대
그분을 위하여

묵은 이 의자를 비워 드리겠어요.
역사 인계의 재다짐

2연 역사 인식과 세대교체

먼 옛날 어느 분이
조상, 옛 세대
내게 물려주듯이
현재 세대

3연 역사 인계의 당위성

지금 어드메쯤

아침을 몰고 오는 어린 분이 계시옵니다.

그분을 위하여

묵은 이 의자를 비워 드리겠습니다.

4연 역사 인식과 세대교체

● 작가 만나기

　조병화(1921~2003) 경기도 안성에서 태어났으며, 1949년 첫 번째 시집 "버리고 싶은 유산"을 출간하며 문단에 등단했다. 쉽고 아름다운 언어로 인간의 실존적 모습을 그려 냈으며, 아시아 자유 문학상을 비롯하여 국민 훈장인 동백장, 모란장, 서울시 문화상, 3·1 문화상, 예술원상, 대한민국 문학상, 금관 문화 훈장 등을 수상했다. 저서로는 시집 "하루만의 위안", "밤의 이야기", "시간의 숙소를 더듬어서", "공존의 이유", "남남" 등이 있다.

● 작품 만나기

　'의자 7'은 새로운 시대의 등장과 낡은 시대의 퇴장으로 반복되는 인간의 역사를 '의자'라는 평범한 소재를 통해 상징적으로 그려 낸 작품이다.

　이 시에서 '아침'은 '새로운 시대'를 상징하고, '어린 분'은 새로운 세대를 상징한다. 새로운 시대의 주인공은 마땅히 새로운 세대임을 '묵은 의자'의 주인은 겸허히 받아들이고 새로운 세대에게 '의자', 즉 역사의 주역이 되는 자리를 내주겠다는 의지를 보이고 있다. 의자를 '어린 분'에게 물려주겠다는 말은 희망과 기대감에 차 있어 삶의 대한 말하는 이의 긍정적 인식을 보여 준다. 또한 '드리지요', '드리겠어요', '드리겠습니다'라는 점층적인 변형과 시어의 반복으로 세대교체에 대한 경건함과 진지함을 나타내고 있다.

● 핵심 만나기

길래	자유시, 서정시
성격	상징적, 주지적
제재	세대교체
주제	역사 인식과 세대교체
특징	• 수미 상관의 구조로 말하는 이의 의지를 강조함. • 존칭을 통해 대상에 대한 말하는 이의 태도를 드러냄. • 동어 반복을 통한 단조로운 형식을 취하고 있음.

● **'의자 7'의 세대교체**

이전 세대		현재 세대		새로운 세대
먼 옛날 어느 분	➡	나(묵은 세대)	➡	아침을 몰고 오는 어린 분

● **'의자 7'의 수미 상관 구조**

1연	역사 인식과 세대교체	세대교체의 역사적 필연성 제시	기
2연	역사 인식과 세대교체	시상의 심화, 1연의 반복	승
3연	역사적 계승의 당위성	주제가 나타나는 연	전
4연	역사 인식과 세대교체	시상의 정리	결

→ 수미 상관은 글의 처음과 마지막에 같거나 비슷한 내용의 구절 또는 문장을 반복해서 배치하는 표현법이다.

● **'아침', '의자', '어린 분'의 의미**

- 아침: 시작, 새로움, 밝음, 새로운 세대를 상징한다.
- 의자: 사회와 시대의 주역이 되는 자리, 또는 위치를 상징한다. 권위, 지위의 의미를 담고 있다.
- 어린 분: 새로운 역사 창조의 능력을 가진 새로운 세대를 상징한다. 새로운 사상이나 의지, 정열을 지닌 젊은 세대, 새로운 가치와 생명을 가진 존재이다.

❶ 이 시에서 '어린 분'이 상징하는 것을 생각해 보자.

❷ 이 시에서 말하는 이는 세대교체에 대해 어떻게 받아들이는지 생각해 보자.

● 책 이름(출판사)　　　　　　　　　● 지은이

● 인상 깊은 시구와 그 이유

● 읽고 난 후의 생각이나 느낌

부모님과 새대 차이를 느낀 경험을 떠올려 보고 세대 차이를 줄일 수 있는 좋은 방법을 써 보자.

봄

이성부

기다리지 않아도 오고

기다림마저 잃었을 때에도 너는 온다.

어디 뻘밭 구석이거나

썩은 물웅덩이 같은 데를 기웃거리다가

한눈 좀 팔고, 싸움도 한판 하고,

지쳐 나자빠져 있다가

다급한 사연 들고 달려간 바람이

흔들어 깨우면

눈 부비며 너는 더디게 온다.

더디게 더디게 마침내 올 것이 온다.

너를 보면 눈부셔

일어나 맞이할 수가 없다.

입을 열어 외치지만 소리는 굳어

나는 아무것도 미리 알릴 수가 없다.

가까스로 두 팔을 벌려 껴안아 보는

너, 먼 데서 이기고 돌아온 사람아.

이성부(1942~2012) 광주에서 태어났으며, 1962년 "현대문학"을 통해 등단했다. 1967년 "동아일보" 신춘문예에 '우리들의 양식'이 당선되었으며, 현대 문학상, 한국 문학 작가상, 공초 문학상을 비롯해 영랑 시문학상과 경희 문학상 등을 수상했다.

주로 시대적 현실에 대한 분노와 소외된 민중에 대한 애정을 주제로 많은 시를 썼다. 저서로는 시집 "이성부 시집", "우리들의 양식", "백제행", "전야", "빈 산 뒤에 두고" 등이 있다.

● 작품 만나기

'봄'은 새로운 시대를 상징하는 봄에 대한 간절한 기다림을 형상화한 작품이다. 계절의 순환이라는 자연의 섭리에 의해 겨울이 끝나면 봄이 오듯이, 고난과 절망이 지나가면 새 시대가 당연히 도래할 것이라는 희망과 강한 신념을 드러내고 있다.

이 시에서는 봄을 '먼 데서 이기고 돌아온 사람'으로 표현하고 있는데, 이는 불합리한 현실을 극복할 수 있는 존재, 또 새 시대, 암흑과 부정으로부터 승리를 얻는 광명과 희망을 상징한다.

시의 창작 시기와 배경을 생각해 볼 때, 말하는 이가 기다리는 봄은 새로운 시대에 대한 기대이며, 이 새로운 시대는 민주주의와 자유가 완성된 시대로 확대해서 해석할 수 있다.

● 핵심 만나기

갈래	자유시, 서정시
성격	희망적, 상징적
제재	봄
주제	새로운 세상의 도래에 대한 강한 신념과 믿음
특징	• 대상의 의인화와 상징적인 표현을 통해 주제를 형상화함. • 확고한 신념에 찬 어조를 통해 말하는 이의 믿음을 강조함.

● '봄'의 짜임

1~2행	봄이 오는 자연의 당위성
3~10행	봄이 오기까지의 더딘 과정
11~16행	기다리던 봄을 맞이하는 감격스러운 마음

● '봄'의 표현상의 특징

표현	내용	시구
'봄'의 의인화	단순한 계절의 의미를 넘어서 기다림의 대상이라는 절대적인 가치를 포함함.	한눈 좀 팔고, 싸움도 한판 하고 / 지쳐 나자빠져 있다가
단정적인 표현	봄이 반드시 오리라는 강한 확신을 보여 줌.	기다리지 않아도 오고 / 기다림마저 잃었을 때에도 너는 온다.
유사한 시구의 반복	봄을 기다리는 정서를 심화시킴.	• 너는 온다. • 너는 더디게 온다.

● '봄'의 의미

- 봄이 오지 않은 상황: '뻘밭 구석', '썩은 물 웅덩이' 처럼 절망과 시련이 지배하는 상황이다.
- 봄의 도래: 시련을 이기고 마땅히 찾아오는 시대를 봄에 비유하고 있다. 여기에서 '봄' 은 민주주의와 자유가 완성된 새로운 시대로 확대된다.

❶ 이 시에서 말하는 이의 마음을 '봄' 에게 전하는 매개체를 써 보자.

❷ '너는 온다.' 라는 시구에 나타난 말하는 이의 어조를 생각해 보자.

● 책 이름(출판사)   ● 지은이

● 인상 깊은 시구와 그 이유

● 읽고 난 후의 생각이나 느낌

✏ 내가 특별히 좋아하는 계절과 그 이유를 써 보자.

1. '팔원'에 대한 설명으로 알맞지 <u>않은</u> 것은?

   ① 어린 여자아이는 먼 길을 가야 한다.

   ② 지은이가 겪은 일을 소재로 쓴 시이다.

   ③ 내지인, 주재소장을 통해 시대적 배경을 알 수 있다.

   ④ 어린 여자아이의 울음은 우리 민족의 고달픈 삶을 뜻한다.

   ⑤ 어린 여자아이는 몇 년 전 일본인의 집에서 풍족한 삶을 살았다.

2. '초토의 시 1'에서 대조가 되는 시어를 바르게 연결한 것은?

   ① 골목 ↔ 울타리   ② 판잣집 ↔ 유리딱지

   ③ 해바라기 ↔ 그림자   ④ 소녀의 미소 ↔ 판잣집

   ⑤ 개나리 ↔ 소녀의 미소

3. '북에서 온 어머님 편지'의 성격으로 알맞은 것을 모두 고르시오.

   ① 격정적   ② 독백적   ③ 회상적   ④ 인도적   ⑤ 교훈적

4. '봄은'에서 대립적으로 사용된 시어를 찾아 쓰시오.

5. '동서남북'에서 시대 상황을 알 수 있는 시구를 찾아 쓰시오.(3개)

6. '동서남북'의 주제로 알맞은 것은?

   ① 민주주의에 대한 갈망

   ② 남북 통일에 대한 염원

   ③ 이상 세계에 대한 동경

   ④ 떠나온 고향에 대한 그리움

   ⑤ 부조리한 현실 세계에 대한 고발

7. '껍데기는 가라'에서 '껍데기'와 유사한 의미로 쓰인 시어를 쓰시오.

8. '우리나라 꽃들에겐'에서 민중들이 바라는 평화로운 세상을 표현한 시어는?

① 강물   ② 새봄   ③ 바위   ④ 산비탈   ⑤ 설운 이름

9. '오라, 이 강변으로'에서 말하는 이와 '너'의 관계를 나타낸 시구를 쓰시오.

10. '의자 7'에서 '의자'가 상징하는 것은?

① 휴식을 취하는 자리   ② 진리를 찾아가는 자리

③ 평화를 도모하는 자리   ④ 역사의 주역이 되는 자리

⑤ 새로운 세대가 잠시 머물러 있는 자리

11. '봄'에서 밑줄 친 '너'가 가리키는 대상을 쓰시오.

> 기다리지 않아도 오고
> 기다림마저 잃었을 때에도 너는 온다.

12. '봄'의 마지막 행인 '너, 먼데서 이기고 돌아온 사람아'에 담긴 말하는 이의 어조는?

① 비판적   ② 냉소적   ③ 예찬적   ④ 풍자적   ⑤ 저항적

● 다음 뜻에 해당하는 말을 풍선에서 찾아 빈칸에 써 보자.

(1) ____________ : 전통 혼례를 치르는 장소.

(2) ____________ : 불에 타서 검게 그을린 땅.

(3) ____________ : 날, 세월 따위가 매우 오래다.

(4) ____________ : 흥이 나서 마음이 들뜬 상태에 있다.

(5) ____________ : 삼팔선 또는 휴전선의 북쪽으로 넘어감.

(6) ____________ : 어느 편에도 치우치지 않고 공정하게 처신함.

(7) ____________ : 군사 시설이나 인원을 배치해 놓지 않은 곳을 통틀어 이르는 말.

해답

Ⅰ. 가족, 그 따스함으로

🔵 생각 톡톡

가정 16쪽

❶ 힘들고 고달픈 현실을 가족에 대한 사랑으로 극복하겠다는 의지가 담겨 있다.
❷ 자식들을 예뻐하고 사랑해서, 그리고 자기가 보호하고 품어 주어야 할 대상으로 생각하기 때문이다.

아버지의 마음 21쪽

❶ 아버지는 가족을 위해 언제나 묵묵히 고단한 삶을 살아간다. 자식의 앞날을 걱정하고 세파로부터 자식을 보호하느라 스스로를 돌볼 틈도 없다. 그래서 아버지의 삶은 늘 고단하고 외롭다.
❷ 자식은 나라와 동포만큼 소중하고 지켜야 할 존재라고 여기기 때문이다.

반중 조홍감이 25쪽

❶ 조홍감
❷ 부모에게 효도를 하자는 유교적인 가치관이 담겨 있다.

봉선화 29쪽

누님과 함께했던 어린 시절의 추억

시집살이 노래 34쪽

❶ 고된 시집살이를 하는 며느리가 누구에게도 괴로운 마음을 터놓기 어려운 심정을 노래로 하소연하면서 일의 고됨을 달랬을 것이다.
❷ 시아버지는 호랑이같이 무서운 사람, 시어머니는 호되게 꾸중하는 사람, 동서는 고자질을 잘하는 사람, 시누는 성격이 모나고 까다로운 사람, 시아재비는 퉁명스럽고 성을 잘 내는 사람, 남편은 어리석고 둔한 사람, 자식은 늘 칭얼대며 우는 사람이다.

성탄제 39쪽

아버지의 정성, 자식에 대한 아버지의 사랑을 의미한다.

어떤 귀로 43쪽

❶ 자식들을 위해 힘겹게 장사를 다니던 어머니의 고단함을 별빛과 달빛에 비유함으로써, 어머니의 헌신적인 사랑의 숭고함을 형상화했다.

❷ 힘들고 고단한 삶을 이겨 내면서 자식들을 키운 어머니의 사랑을 기억하고 고마워하고 있다.

엄마 걱정 47쪽

❶ 어린 '나'는 가난한 가정 형편 때문에 열무를 팔러 시장에 간 엄마를 늦은 시간까지 혼자 빈방에서 기다리고 있다. 무서움과 무료함을 잊기 위해 아무리 천천히 숙제를 해도 엄마는 오지 않는다. '나'는 외롭고 쓸쓸하며, 무섭고 슬픈 감정을 느끼고 있다.
❷ 어머니는 시장에 열무를 팔러 나갔지만 잘 팔리지 않아 기운이 빠져 있다. 고단한 삶에 지쳐 마치 시든 배추 잎처럼 힘없이 발걸음을 옮기는 어머니의 모습이 떠오른다.

찬밥 52쪽

❶ 찬밥이 목으로 고통스럽게 넘어간다는 뜻으로, 가족을 위해 희생하는 어머니의 삶이 얼마나 힘들었는지 알 수 있다.
❷ 어머니에 대한 그리움과 더불어 어머니의 희생적인 삶의 의미를 경험하고 싶어서일 것이다.

유리창 56쪽

❶ 삶과 죽음의 세계를 구분해 주는 동시에 만남의 매개체 역할을 한다.
❷ 별(죽은 자식)을 바라보는 눈에 눈물이 가득 고여 있음을 의미한다.

뻐꾹새 60쪽

❶ 밭을 매는 엄마는 허리가 덜 아프고, 먼 길 가신 아버지는 걸음이 가벼워지길 비라고 있다.
❷ 일하러 간 엄마와 아버지를 기다리는 어린아이이다.

★ **독서 퀴즈** 62쪽
1. ④ 2. 십구 문 반 3. 어린 것들이 간직한 그 깨끗한 피로…… 4. ⑤ 5. ③ 6. 회귤 고사 7. ③ 8. ⑤ 9. 자식들 10. 붉은 산수유 열매 11. ⑤ 12. ① 13. 먼지 14. 찬밥, 윗목 15. ④ 16. ①, ⑤ 17. 찬밥 18. ② 19. 4행 20. 허리 허리 21. ④

★ **어휘력 팡팡** 65쪽

(1) 조홍감 (2) 반물 (3) 심사 (4) 삼삼하다 (5) 문수 (6) 들깐 (7) 알전등 (8) 소

2. 사랑과 이별 앞에서

🌑 생각 톡톡

가시리 70쪽

❶ 같은 구절이 반복되어 리듬감을 느낄 수 있다. / 형태적 안정감을 준다. / 각 연을 구분해 준다.

❷ 떠나는 임을 붙잡을 경우 행여 임이 영원히 떠나 버릴 수도 있기 때문이다.

송인 74쪽

해마다 이별의 눈물만 푸른 물결에(4구)

황조가 78쪽

말하는 이의 외로운 처지를 부각시키는 소재이다.

서동요 82쪽

신라 진평왕의 딸 선화 공주를 아내로 맞이하기 위해 일부러 '서동요'를 지어 퍼뜨렸다. 선화 공주가 노래로 인해 궁궐에서 쫓겨나면 아내로 맞이하기 위한 것이다.

동짓달 기나긴 밤을 86쪽

❶ 임과 함께하는 긍정적 의미의 시간이다.

❷ 말하는 이에게 임과 함께할 수 없는 겨울밤의 시간은 너무 길게 느껴진다. 그러므로 사랑하는 임과 더욱 오랜 시간을 보내기 위해 시간을 잘라 이불에 넣어 두었다가 임이 오시면 펼치겠다고 한 것이다.

묏버들 가려 꺾어 90쪽

❶ 사랑하는 임과의 이별을 앞두고 있다.

❷ 임에 대한 사랑

먼 후일 94쪽

❶ 말하는 이는 사랑하는 사람과 다시 만날 기약 없이 헤어졌지만, 먼 후일에 '잊었노라.'라고 말하겠다는 것으로 보아 임을 결코 잊지 못하고 다시 만날 것을 기대하고 있다.

❷ 지금은 사랑하는 사람과 헤어져 있지만, 먼 훗날 사랑하는 사람이 다시 돌아오기를 간절히 바라고 있다.

❶ 체념 → 축복 → 희생 → 극복
❷ 이 시에서 말하는 이는 떠나는 임에 대한 희생적인 사랑을 보이고 있다. '죽어도 아니 눈물 흘리오리다.'라는 것은 인고의 태도로 이별의 슬픔을 극복하려는 반어적 표현으로 볼 수 있다.

내 마음은 103쪽

❶ 호수, 촛불, 나그네, 낙엽
❷ 1·2연은 '호수'와 '촛불'을 통해 정열적인 사랑의 모습을 표현하고 있다. 이에 비해 3·4연은 '나그네'와 '낙엽'을 통해 외롭고 쓸쓸한 사랑의 애달픈 모습을 표현하고 있다.

즐거운 편지 107쪽

견디기 힘든 외로운 상황에 처해 있으며, 사랑하는 사람을 기다리고 있다.

★ **독서 퀴즈** 109쪽
1. 가시는 듯 돌아오소서 2. 선경후정 3. 꾀꼬리 4. ② 5. ⑤ 6. ④ 7. 님의 손에 8. 반어법 9. ① 10. 당신이 떠나시면 나는 큰 슬픔에 잠길 것이다. 당신을 보내고 싶지 않다. 11. ② 12. 사소함

★ **어휘력 팡팡** 111쪽
(1) 나더러는 (2) 서러운 (3) 결혼하고 (4) 베어 내어 (5) 주무시는 (6) 님에게 (7) 나를 본 것처럼

---

3. 삶, 그 잔잔한 속삭임으로

🔵 **생각 톡톡**

까마귀 싸우는 골에 116쪽

❶ 까마귀는 탐욕스럽고, 백로는 고결하다.
❷ 까마귀 → 역신, 백로 → 충신

훈민가 120쪽

❶ 우정의 소중함. / 친구에 대한 믿음
❷ 백성에게 올바른 삶을 권장하기 위해서 창작되었다.

꽃 125쪽

❶ 자신도 누군가에게 의미 있는 존재가 되기를 원하고 있다.
❷ 의미 없던 사물에 의미를 부여하고, 진정한 관계를 형성하는 것을 뜻한다.

새로운 길 129쪽

❶ 1연, 5연
❷ 자신에게 주어진 새로운 길을 계속해서 걸어가겠다고 다짐하는 의지적 태도이다.

빨래꽃 133쪽

❶ 폐교된 분교, 빈 마을
❷ 사람들이 떠나 텅 빈 마을만 보다가 빨래를 보고 그곳에는 사람이 살고 있다고 여겼기 때문이다.

행복 137쪽

❶ 생활 주변에 아기자기하게 감추어져 있다.
❷ 쉽게 지나칠 수 있지만 무심코 돌아보면 발견할 수 있는 평범한 곳

동해 바다 141쪽

❶ 돌, 바다
❷ 점점 작아지고 경직되는 속성이 있다. / 잘아지고 굳어진다.

새봄 145쪽

❶ 화려하지만 금방 피었다가 지는 벚꽃에 비하여 푸른 솔은 변함없는 모습을 보이기 때문이다.
❷ 조화로운 삶의 아름다움.

단추를 채우면서 149쪽

❶ 세상살이의 이치
❷ 첫 단추를 잘못 채우면 전체가 다 잘못 채워지기 때문이다.

묵화 153쪽

❶ 함께, 서로
❷ 하루 종일 일한 소가 안쓰러워서

저녁에 157쪽

❶ 별이 모습을 드러내는 시간이다. / '별'과 '나'의 만남의 시간이자 헤어짐을 미리 알려 주는 시간이다.

❷ 따뜻한 인간관계에 대한 소망

안개꽃 162쪽
❶ 장미를 더 돋보이게 해 주고 싶어서
❷ 장미

너에게 묻는다 166쪽
❶ 비록 현재는 볼품없이 변했지만, 다른 존재를 위해 자신의 몸을 태워 따뜻함을 전해 준 가치 있는 존재이다.
❷ 다른 사람을 배려하는 사람, 다른 사람을 위해 자신을 희생하는 사람

숲 171쪽
공동체 안에서 더불어 사는 삶

★ **독서 퀴즈** 173쪽
1. ④ 2. ⑤ 3. 16수 4. ② 5. 숲, 마을 6. ① 7. ② 8. 보물찾기 9. 엄격, 관대 10. ④ 11. 반복 12. 잘못을 깨운다. 13. 여백 14. ② 15. 불교적 윤회관 16. ① 17. (1) 어디에서나 돋보이는 사람 (2) 주인공을 빛내 주는 사람 18. 안개꽃 19. 연탄재 20. ③ 21. 연쇄법 22. 함께

★ **어휘력 팡팡** 177쪽
(1) 유신 (2) 생가 (3) 폐교 (4) 새봄 (5) 설핏 (6) 내 (7) 묵화

4. 내면의 틀을 깨고

🔵 **생각 톡톡**

서시 182쪽
양심의 가책을 느끼게 하는 것, 어두운 현실, 외부적 시련을 멀리하고 아름답고 순수한 삶을 추구하는 태도이다.

모란이 피기까지는 186쪽
❶ 봄(모란)
❷ 수식받는 말과 수식하는 말 사이에 모순이 나타나는 '찬란한 슬픔의 봄'은 역설적 표현이

다. 모란이 지는 슬픔을 알지만 모란이 피는 기쁨이 더 크기에 모란에 대한 기다림을 그만두지 않겠다는 의지를 담고 있다.

낙화 191쪽
일반적으로 이별을 슬프고 고통스럽다고 생각한다. 그러나 이 시의 말하는 이는 이별을 단순히 슬픔으로만 보지 않고 영혼이 성숙하는 과정으로 보고 있다.

가난한 사랑 노래 196쪽
❶ 고향을 떠나 도시에서 살아가는 가난한 노동자이다. 가난 때문에 사랑하는 사람과 헤어질 수밖에 없으며, 어머니가 보고 싶어도 고향 집에 갈 수가 없는 처지에 놓여 있다.
❷ 가난하다고 해서~모르겠는가 / 운율을 형성하고, 구성의 안정감을 주며, 주제를 강조하는 효과가 있다.

민지의 꽃 200쪽
❶ 잡초야
❷ 말하는 이는 대상을 있는 그대로 보지 못하고 인간 중심적인 관점에서 보지만 민지는 자연과 더불어 자란 순수한 꼬마이기 때문에 대상을 순수하게 볼 수 있다.

우리가 눈발이라면 204쪽
❶ '진눈깨비'는 어려운 사람들에게 아무런 도움이나 위로가 되지 못하거나, 이들을 더욱 힘들고 우울하게 만드는 사람이다. '함박눈'은 어려운 사람들에게 위로와 희망을 주는 사람이다.
❷ 기쁨과 행복을 주는 존재, 위로와 희망을 주는 존재

흔들리며 피는 꽃 208쪽
❶ 흔들리지 않고 피는 꽃은 없다. 모든 꽃은 흔들리며 핀다.
❷ 세상의 모든 꽃이 바람에 흔들리고, 비에 젖고 나서야 아름답고 빛나게 피어나듯이, 인간의 삶과 사랑도 고난과 시련을 견디고 극복하면서 완성된다는 것을 의미하고 있다.

짧은 이야기 212쪽
❶ 사과 속에 사는 벌레에게 사과는 먹을 양식도 되고, 아늑한 집도 되고, 따뜻한 옷도 되고, 자신을 둘러싼 세상도 되기 때문이다.
❷ 사과에게는 벌레도 사람도 더불어 사는 대상인데 이기적인 사람들로 인해 관계가 끊어지고 말았기 때문이다.

봄 길 216쪽

❶ 길이 없는 절망적인 상황에서도 희망이 있음을 의미하는 역설적인 표현이다.
❷ 시련을 극복하고 세상을 밝고 따뜻하게 만들려는 의지를 가진 사람

담쟁이 220쪽
❶ 부정적인 현실을 이겨 내는 사람
❷ 부정적인 현실에도 좌절하지 않는 용기와 의지를 갖자.

성북동 비둘기 225쪽
❶ 자연과 인간이 모두 사랑과 평화를 느끼며 살아가는 모습
❷ 인간에 의해 파괴된 자연 / 집을 잃고 쫓겨난 가난한 이들의 모습 / 인간성을 점점 잃어
가는 현대인의 모습

슬픔이 기쁨에게 230쪽
'나'는 슬픔이고, '너'는 기쁨이다. '슬픔'은 우리 사회의 그늘진 곳에서 살아가는 소외된 이
웃이고, '기쁨'은 소외된 사람들의 아픔을 외면한 채 자신의 이익만을 추구하는 이기적인 존
재이다.

★ 독서 퀴즈 232쪽
1. ① 2. 별 3. ①, ④ 4. ③ 5. 역설법 6. ② 7. 때, 꽃이야 8. ③ 9. ④ 10. 밥, 집, 옷, 나라
11. ① 12. (1) 길이 끝나는 곳에서도 길이 되는 사람이 있다. (2) 절망적인 상황에서도 희망을 잃지
않는 사람이 있음을 의미한다. 13. ② 14. 벽 15. ①, ② 16. 슬픔 17. ④

★ 어휘력 팡팡 235쪽
(1) ⓑ (2) ⓒ (3) ⓜ (4) ⓔ (5) ⓢ (6) ⓖ (7) ⓛ

5. 소망의 별을 노래하며

🔵 생각 톡톡

청산별곡 241쪽
❶ 힘든 현실에서 벗어나 자연 속에서 살고 싶기 때문이다.
❷ 얄리얄리 얄라셩 얄라리 얄라 / 'ㄹ', 'ㅇ' 음을 반복적으로 사용하여 음악적 효과를 얻고
있다.

6. 고난의 역사와 마주 서서

🌙 생각 톡톡

단심가 296쪽
❶ 고려에서 조선으로 왕조가 교체되는 시기이다.
❷ 죽어(죽다) / 고려에 대한 충정을 지키겠다는 지은이의 굳은 의지를 나타낸다.

나룻배와 행인 300쪽
❶ 나는 나룻배 / 당신은 행인
❷ 당신을 흙발로 나를 짓밟습니다. / 당신은 물만 건너면 나를 돌아보지도 않고 가십니다 그려.

청포도 304쪽
❶ 손님 / 조국의 광복을 의미한다.
❷ 정성을 다할 뿐 아니라 순수하고 순결한 마음으로 광복을 기다린다.

두꺼비 파리를 물고 308쪽
❶ 백성에게 무리하게 세금을 걷고 재물을 빼앗는 관리들의 모습 / 실속은 없으면서 큰소리 치는 지배 계층의 무능한 모습
❷ 허세를 부리는 태도 / 자신의 실수를 인정하지 않고 합리화하는 태도

천만 리 머나먼 길에 312쪽

임과 이별하여 슬프고 괴롭다.

그 날이 오면 317쪽

❶ 일제 강점기에서 벗어난 조국 광복의 날
❷ '조국 광복의 그 날'이 반드시 올 것이라고 믿는 말하는 이의 강한 신념을 표현하기 위해서이다.

논개 322쪽

❶ 아, 강낭콩 꽃보다도 더 푸른 / 그 물결 위에 / 양귀비꽃보다도 더 붉은 / 그 마음 흘러라.
❷ 논개의 죽음을 아름답게 표현하기 위해서이다.

절정 326쪽

❶ 추운 겨울과 극한 상황, 시련과 고난을 상징하는 이 시어들은 일제 강점기의 비극적이고 고통스러운 시대 상황을 가리킨다.
❷ 강철과도 같은 강하고 혹독한 겨울(가혹한 현실 상황)을 무지개로 표상된 부드럽고 초월적인 세계로의 지향을 통해 극복하고자 하는 것이다. 한 걸음도 물러설 수 없는 극한 상황에서 차라리 그 고통을 아름답고 황홀하게 받아들인다는 뜻을 내포하고 있다.

사랑하는 까닭 330쪽

'당신'은 '다른 사람'과 달리 '나'의 부정적인 모든 모습까지 사랑하기 때문이다.

감자꽃 334쪽

❶ 내선일체 사상을 앞세워 창씨개명을 강요하던 일제 강점기
❷ 모든 사물은 저마다 고유의 본성을 지닌다.

★ **독서 퀴즈** 336쪽
1. 고려 왕조 2. ② 3. ⑤ 4. 행인 5. ⑤ 6. 조국 광복 7. ② 8. 풍자 9. 물 10. 단종 11. ③
12. 만세 소리 13. ③ 14. 붉은색과 푸른색의 대비가 드러난다. 15. 이러매 16. ⑤ 17. 부처 18. 백발, 눈물, 죽음 19. 자주 감자

★ **어휘력 팡팡** 339쪽
(1) ㉡ (2) ㉠ (3) ㉫ (4) ㉺ (5) ㉢ (6) ㉣

7. 자연과 생명의 숨결로

🌀 생각 톡톡

오우가 345쪽
❶ 변함없는 영원성
❷ 늘 푸르고 꿋꿋한 모습을 간직하고 있기 때문이다.

창 내고자 창을 내고자 349쪽
속마음을 털어놓고 이야기할 수 있는 사람에게 찾아가 상담을 한다.

오매 단풍 들것네 353쪽
❶ 누이는 단풍을 보고 가을이 왔음을 깨닫고 놀라지만, 곧 다가올 추석과 월동 준비를 걱정한다.
❷ 계절을 감상하기도 전에 생활을 걱정하는 누이의 마음을 읽고 위로를 전하고 싶어 한다.

별 357쪽
❶ 뉘, 게오
❷ 뜰 앞

배추의 마음 361쪽
배추의 풀물이 소매에 스며들면 소매도 배추와 같은 색으로 변하듯 사람(인간)과 배추(자연) 사이의 동화를 표현하고 있다.

남으로 창을 내겠소 365쪽
❶ 말하는 이가 바라는 이상향 / 전원 생활
❷ 전원의 평화로운 삶 / 전원 생활을 통한 달관의 삶 / 자연 친화적인 삶

종례 시간 370쪽
이 시의 말하는 이는 아마 인터넷 공간을 '만질 수도 없고 향기도 나지 않는 공간'이라고 했을 것이다.

햇빛이 말을 걸다 375쪽
❶ 반가움과 놀라움의 정서
❷ 나무 한 잎 피우려고 / 잠든 꽃잎의 눈꺼풀 깨우려고

해바라기 씨 380쪽

청개구리

봄은 고양이로다 384쪽

'봄'에 대한 느낌을 구체적이고 생생하게 느낄 수 있도록 도와준다.

연분홍 388쪽

❶ 떨어지는 살구꽃을 보며, 이별의 아쉬움과 쓸쓸함을 느꼈기 때문이다.
❷ 따뜻하고 화사한 봄의 분위기(살구꽃이 피고 나비가 춤을 춤.) / 쓸쓸한 분위기(꽃이 지고 나비가 울면서 날아감.)

★ **독서 퀴즈** 390쪽
1. 물 2. 창 3. ③ 4. 말하는 이(나 / 오빠) 5. ④ 6. 달은 넘어가고 7. ① 8. 의인법 9. 세속적인 삶 / 도시 생활 10. ①, ⑤ 11. ③ 12. 시각적 심상 13. 의인법 14. 시약시, 나려와 15. ⑤ 16. ③ 17. 하늘하늘, 송이송이, 너훌너훌 18. 나비

★ **어휘력 팡팡** 393쪽
(1) 넘놀다 (2) 어리다 (3) 구천 (4) 들장지 (5) 장광 (6) 못내

8. 평화와 자유를 꿈꾸며

🍂 생각 톡톡

팔원 398쪽

손잔등이 밭고랑처럼 몹시도 터졌다.

초토의 시 1 403쪽

❶ 한국 전쟁으로 참화를 입어 폐허가 된 우리 국토
❷ 판잣집, 잿더미

북에서 온 어머님 편지 408쪽

❶ 어머니
❷ 현실에서는 이루어질 수 없는 소망

봄은 413쪽

❶ '봄'은 통일의 시대를 의미하고, '겨울'은 분단의 현실을 의미한다.
❷ 평화적이고 자주적인 통일

동서남북 418쪽

남북의 자연이 하나라는 사실을 묘사함으로써 남과 북도 하나로 통일되기를 간절히 바라고 있다.

껍데기는 가라 423쪽

❶ 민족의 통일을 가로막는 장애 요인. 무력이나 냉전 이데올로기를 상징한다.
❷ 외세에 물들지 않은 순수한 우리 민족을 상징하는 것으로, 모든 껍데기를 몰아내고 민족의 순수함으로 화합해야 한다는 의미이다.

우리나라 꽃들에겐 427쪽

❶ 힘없고 연약한 사람, 소외된 사람, 무시받는 민중들을 비유한 것이다.
❷ 희망적인 날, 평등한 세상, 민중들이 바라는 시대를 의미한다.

오라, 이 강변으로 431쪽

❶ 나(말하는 이)와 너는 만나야 할 한 핏줄, 한민족이기 때문에
❷ 꽃

의자 7 435쪽

❶ 새로운 역사 창조의 능력을 가진 새로운 세대
❷ 당연하고 겸허하게 받아들이고 있다.

봄 439쪽

❶ 바람
❷ 봄이 오리라는 것을 믿는 강한 신념과 확신을 가지고 있다.

★ **독서 퀴즈** 441쪽
1. ⑤ 2 ④ 3. ②, ③ 4. 겨울, 봄 5. 군사 분계선, 비무장 지대, 민통선 6. ② 7. 쇠붙이 8. ②
9. 우리는 하나, 만나야 할 한 핏줄 10. ④ 11. 봄(민주주의와 자유가 실현된 시대) 12. ③

★ **어휘력 팡팡** 443쪽
(1) 초례청 (2) 초토 (3) 허구하다 (4) 흥그럽다 (5) 월북 (6) 중립 (7) 비무장 지대

교과서 탐구 여행 시리즈

국어 교과서 시 탐구 여행

2013년 3월 3일 초판 인쇄
2013년 3월 10일 초판 발행

펴낸이 양철우
엮은이 OK통합논술연구소
　　　　　장재현, 김태정, 홍연숙, 양미애, 김지우, 곽소영, 김하림, 박은주, 김요한, 이보현,
　　　　　조민경, 주혜정
표지 디자인 (주)교학사 디자인센터
내지 디자인 블루 디자인 오홍만

펴낸곳 (주)교학사
등록 18-7호(1962. 6. 26.)
주소 서울 마포구 마포대로14길 4(공덕동)
전화 편집부 02) 707-0968, 영업부 02) 707-5155
팩스 편집부 02) 712-2218, 영업부 02) 707-5160
홈페이지 http://www.kyohak.co.kr

ISBN 978-89-09-18040-5 04810
ISBN 978-89-09-18042-9(세트)